LA DECISIÓN DE TÍA CLARA

Cristina Danguillecourt

LA DECISIÓN DE TÍA CLARA

Cristina Danguillecourt

Título original: *Aunt Clara's Choice*
©2024 Cristina Danguillecourt
Traducido por Dolors Gallart
Editado por Marián Amigueti

https://thedreamingpen.com
ISBN: 979-8-9901249-8-1

«El destino no es una cuestión de suerte, sino de lo que cada cual elija. No es algo que haya que aguardar, es algo que se debe lograr.»

—William Jennings Bryan

«Lo que las personas tienen la capacidad de elegir, tienen la capacidad de cambiar.»

—Madelaine K. Albright

Capítulo 1

La Tía Clara

—¡Ay, señorita! —gritó desde lo alto de las escaleras Dotty, la criada, al ver entrar a Eleanor en la casa.

»¡Ay, señorita! ¡Ay, ay, ay! —repitió Dotty con su acento irlandés, emprendiendo un vertiginoso descenso por las escaleras de caoba, cargada con un juego de té con motivos florales en las manos.

—¡Por el amor de Dios, Dotty, cálmate un poco! —reclamó, con voz grave y ronca Cook. La mujer acababa de llegar con un pesado vaivén de caderas a la puerta de la cocina, que quedaba oculta tras la escalera. Mientras se secaba las manos con un paño de cocina, observó como la joven criada bajaba corriendo las escaleras, con la aprensión de que fuera a aterrizar de bruces.

Al llegar a la planta baja, Dotty soltó la bandeja en la mesa del vestíbulo. Pese al sonoro choque que hizo estremecer las tazas, los platos y la tetera, estos se mantuvieron casi de milagro en la bandeja.

—¡A ver si controlas esos nervios, chiquilla! —la amonestó con un suspiro Cook, antes de volverse para ayudar a Eleanor a desprenderse del paraguas, el impermeable y el sombrero mojados.

Luego los entregó a Dotty, que se fue a colgar a toda prisa las prendas y a guardar en su sitio el paraguas.

—¿Qué ha pasado? —preguntó Eleanor, inclinando un poco la cabeza para mirarlas, pues era mucho más alta que ellas.

—Ahí está el problema, señorita, que no lo sabemos —contestó Dotty.

Llevaba un vestido gris ajustado, de cuello blanco, y el pelo castaño recogido en un moño. En ese momento se retorcía las manos, tal como solía hacer cuando estaba nerviosa.

»¡No se ha caído, ni le ha dado fiebre, ni se ha puesto enferma ni nada, señorita! —añadió Dotty.

—El doctor Harreds está con ella ahora, señorita —explicó Cook—. Seguro que todo va a mejorar. —Volvió el rollizo cuerpo de cara a la bandeja.

Dotty y Cook eran empleadas de Clara Jenkins, la tía de Eleanor. La señora Poe, a quien llamaban "la Cocinera", empezó a trabajar para la señora Jenkins por la época en que Eleanor tenía seis o siete años. Dotty llevaba tres años en la casa.

Eleanor posó la vista en las escaleras, cuya alfombra roja se prolongaba hasta el primer piso, y empezó a subir despacio, seguida de Dotty, que parecía brincar de un escalón a otro.

Las luces estaban encendidas ya, pues caía la noche, y como de costumbre, Eleanor tuvo la impresión de que la casa siempre estaba casi en penumbra. En su opinión, allí hacía falta más lámparas, y más modernas además. Aquella luz amarillenta confería a todo un aspecto difuso y sombrío.

Justo al llegar al rellano, Eleanor oyó la voz jovial del doctor Harreds.

—¡Eleanor! ¡Qué alegría verte!

El doctor Harreds era ya el médico de la familia cuando Eleanor era adolescente. Los conocía muy bien a todos y pese a que ya tenía una edad algo avanzada, como se negaba a jubilarse, todavía hacía visitas a los domicilios de sus pacientes predilectos.

—¿Está enferma, doctor? —preguntó Eleanor.

—No, no, no… Es… algo un poco más complicado y, al mismo tiempo, más simple, digamos. —Hizo una pausa, como para poner orden en sus pensamientos, y se rascó la cabeza, alborotando la exigua cantidad de pelo que le quedaba—. Su tía sufre, según parece… a ver… ¿cómo lo explicaría?… un estado de *shock*.

—¿Un estado de *shock?*

—Sí, creo que esa es la explicación. La demencia no aparece de la noche a la mañana ¿entiende? —Siguió caminando escaleras abajo—. ¡Ah! —exclamó, deteniéndose—. Ella querría ver a esa amiga cuyo nombre no para de repetir, Marguerite. Yo diría que le podría sentar bien… Sí, le beneficiaría ver a una buena amiga.

—¿Marguerite?

—Sí, ¿sabes quién es? —preguntó, esperanzado, el médico.

—No, no me suena de nada ese nombre —respondió Eleanor.

—Vaya, qué lástima. Quizá habría sido útil —opinó el médico.

—¿Qué podemos hacer entonces?

—Bueno, voy a efectuar algunas pruebas… Sí, creo que es lo que conviene hacer, pero aparte de eso, quizá le vendría bien un cambio de aires, como pasar unos días en el campo, por ejemplo, porque lo que es en el plano físico ¡está más sana que tú y que yo! —afirmó con una alegre carcajada.

»Volveré mañana temprano—anunció, poniéndose de nuevo en marcha—. Veamos cómo pasa la noche.

Eleanor observó cómo Dotty bajaba las escaleras tras el doctor para ir a entregarle el abrigo y el sombrero, y abrirle luego la puerta.

A continuación, Eleanor torció a la derecha y tras recorrer el sombrío pasillo, llamó a la puerta de la derecha y entró sin aguardar respuesta.

La habitación estaba en penumbra. La única luz la aportaban los últimos rayos de sol que entraban por la ventana, cerca de donde estaba sentada la tía Clara.

—¿Tía Clara? —la llamó con dulzura Eleanor, en voz baja.

No obtuvo respuesta.

Sentada en un sillón verde junto a la ventana del fondo, la anciana no volvió siquiera la cabeza. Llevaba un vestido negro de algodón y tenía los pies menudos apoyados en un escabel. Con las manos crispadas en torno a un pañuelo, tendía la vista hacia la ventana. El cabello, recogido en un moño, despedía un brillo plateado que reflejaba la luz del ocaso.

Eleanor sabía que aquel era el lugar favorito de su tía para pasar las tardes, y con solo mirar los estantes repletos de libros que tapizaban todas las paredes del cuarto, se adivinaba enseguida cuál era la clase de actividad que se llevaba a cabo allí. Delante de su tía había una mesita redonda y otro sillón; allí era donde normalmente se sentaba Dotty. Junto a dicho sillón, había un enorme cesto de paja con toda clase de materiales de costura. Dotty hacía punto o cosía mientras la tía Clara leía, a veces en voz alta y otras en silencio, durante las tardes.

Pese a que aquello era una antesala del dormitorio de la tía Clara, ella llamaba a esa zona su biblioteca. La entrada del área donde dormía quedaba oculta por una puerta de madera que simulaba ser una prolongación de las estanterías de libros.

Sí, abajo había una biblioteca, pero allí era donde antes de morir, el tío de Eleanor, un oficial de marina retirado, pasaba las tardes con la tía Clara. A su muerte, agobiada por la carga de los recuerdos del tiempo vivido en ese lugar, la tía Clara mantuvo la biblioteca tal como la había dejado él, con libros en el suelo, sobre las sillas y el escritorio, abiertos en las páginas que había consultado o marcado por última vez. No había vuelto a usar nunca más aquella habitación.

Eleanor se sentó en el sillón situado frente a su tía y le cogió las manos. Los ojos de color azul claro de la mujer siguieron enfocados hacia la ventana.

—¿Tía Clara? Tía Clara, soy yo, Eleanor. ¡Ya estoy de vuelta del viaje! Aquello era muy bonito, tal como me lo describiste tú. —Aguardó un instante—. Tía Clara, mírame. Mírame, por favor, tía Clara. Soy yo, Eleanor.

Dotty se asomó por la puerta, que ella había dejado entornada. Se quedó mirando a la tía Clara y luego a Eleanor, sin entrar. Desde el umbral, dio a entender a Eleanor que estaría afuera, antes de cerrar discretamente la puerta.

—¡Marguerite sabría lo que hay que hacer! —dijo de improviso la tía de Eleanor—. Marguerite siempre sabía qué había que hacer. ¿Por qué no está aquí? ¿Por qué no la llaman? ¿La vas a llamar tú?

Al expresar aquella última petición, miró directamente a Eleanor. No obstante, no pareció que reconociera ni por asomo a su sobrina. Era como si estuviera mirando a una desconocida en la calle, como si Eleanor fuera un simple transeúnte más.

—Sí —respondió Eleanor—. Si me explicas dónde puedo localizarla, le diré que venga.

Con la mirada todavía posada en su sobrina, la tía Clara omitió dar una respuesta. Después volvió despacio la cabeza hacia la ventana y reanudó su mutismo.

Eleanor aguardó mientras el silencio se asentaba entre ambas; el único elemento audible era la respiración pausada de la tía Clara. Al final, cuando la luz proveniente del exterior se hubo disipado por completo, Eleanor se levantó, encendió la lámpara de pie que había al lado de la ventana y abandonó la habitación.

Dotty esperaba afuera. Recorría de arriba abajo el pasillo de puntillas para no hacer ruido, con una carta en la mano.

—Dotty ¿me podrías contar con detalle lo que ocurrió el día en que te percataste del cambio? —le pidió Eleanor.

—Pues bueno, señorita, fuimos a la iglesia. Eso fue el domingo pasado y ella estaba bien hasta ese momento. Me había dado la lista de cosas que quería hacer durante la semana y de a quién quería ir a visitar. Bueno, ya sabe, señorita, con lo enérgica que es ella cuando está bien.

»Luego, señorita, cuando salimos de la iglesia, parecía muy ensimismada. No habló casi nada. Yo pensé que igual no se encontraba muy bien, pero ella dijo que solo quería acostarse un rato. —Hizo una pausa—. Se pasó toda la tarde durmiendo y, cuando la señora Gate vino a tomar el té, le tuve que explicar que la señora Jenkins no se encontraba bien. No sabía qué otra cosa decirle, ¿entiende? porque cuando subí para ayudarla a arreglarse, la señora Jenkins no se quiso levantar.

»¡Ah! —exclamó, como si se acordara de repente—. Lo peor fue que parecía como si ni siquiera me reconociera a mí, señorita —explicó, con lágrimas en las mejillas—. Entonces fue cuando llamé al médico y a la señorita Stella, porque sabía que usted estaba de viaje, señorita, y no iba a volver hasta hoy.

—¿O sea que está así desde hace tres días, o más bien cuatro, contando hoy?

—Sí, señorita.

Dotty posó entonces la vista en sus manos y entregó la carta a Eleanor.

»No sé quién es esa Marguerite, pero desde el martes, la señora Jenkins ha estado preguntando por ella, inquiriendo si va a venir. El caso es que no es a ella a quien escribió, sino a ella… ¡es un lío, señorita! —exclamó Dotty, mirando con aire confuso el sobre.

Eleanor miró a su vez la carta que tenía en la mano.

—¿Quiere que la lleve al correo, señorita? —consultó Dotty.

Eleanor leyó el nombre y la dirección.

—Va dirigida a Catherine DeBois, París, no a Marguerite —constató.

—Sí, señorita.

—¿Cuándo la escribió?

—No lo sé, señorita. No la he visto hasta esta mañana, en la mesa de al lado de la ventana. El tablero del secreter estaba abierto. Debió de haber sido anoche, puede…

Eleanor observó, desconcertada, el nombre de la destinataria. No guardaba el menor recuerdo de ninguna persona llamada Catherine DeBois.

—Déjame pensarlo un poco, Dotty, y ya te diré.

—Muy bien, señorita —acató, retorciéndose las manos con aire indeciso.

—¿Hay algo más, Dotty?

Dotty repasó con la mirada el pasillo. No había nadie.

—Habla alemán, señorita —susurró.

—¿Quién habla alemán?

Dotty señaló con la barbilla el cuarto de la tía Clara.

—¿La tía Clara?

Dotty inclinó la cabeza con gesto grave.

Eleanor se quedó perpleja.

Se dirigieron a las escaleras y se detuvieron en el rellano.

—¿Va a venir mañana, señorita? —preguntó, con cierta ansiedad, Dotty.

—Sí —confirmó Eleanor, envolviendo las manos de Dotty con las suyas, sin soltar el sobre—. Llámame si surge algo ¿de acuerdo? A la hora que sea.

—Sí, señorita.

—Gracias, Dotty. No, no bajes. Prefiero que la atiendas para acostarse.

Después de dedicar una sonrisa a la joven criada, Eleanor dio media vuelta y bajó las escaleras para encaminarse a la puerta de la casa.

Capítulo 2

Eleanor

Cuando la luz de la mañana inundó su exiguo apartamento, Eleanor se levantó. Después se fue a la cocinilla que había pegada a su pequeño dormitorio y puso a calentar agua en su hervidor, de color rojo chillón.

¡Eleanor estaba encantada con aquel piso diminuto! Era un espacio reconfortante que le permitía sustraerse del resto del mundo.

Al dar la espalda al fogón, desde la barra de la cocina, centró la mirada en el sofá de la sala de estar. Aunque el color azul claro de la tela había quedado desvaído desde hacía mucho, a ella le fascinaba y no lo habría cambiado por nada del mundo. La mesa baja de cristal que había delante del sofá azul presentaba asimismo diversas rayaduras, que le conferían carácter. La mesilla con una lámpara y un teléfono era el tercer elemento de mobiliario de aquella habitación que hacía las veces de vestíbulo y sala de estar.

Su pequeño dormitorio, provisto de un cuarto de baño anexo, quedaba a la derecha de la sala de estar.

Eleanor sonrió evocando la descripción que le hizo a su madre del apartamento el mismo día en que lo alquiló.

—Uno entra, a la derecha duermes, a la izquierda comes y en el medio, recibes a los amigos. ¡No le falta de nada!

El dormitorio albergaba una cama, una mesita de noche con una lámpara, un armario, una pequeña cómoda y una gran ventana que daba al jardín del edificio. Ese jardín lo compartían todos los vecinos; en realidad eran solo tres inquilinos y en uno de los pisos vivía una familia con dos hijos de corta edad.

Cuando el hervidor dejó sonar su agudo aviso, sirvió el agua en una enorme tetera roja que ya había colocado en una bandeja de madera junto con su tacita favorita. Después cogió unos bizcochos secos de la caja de pan y los puso en un plato rojo. Con la bandeja en las manos, se dirigió a la escalera de caracol situada a la izquierda de la sala de estar, que la conduciría a lo que ella consideraba como su particular cámara del tesoro.

La casa donde vivía fue antaño una colosal mansión que habían dividido en pisos. El único que quedó con una distribución un tanto complicada fue el apartamento que ocupaba Eleanor. Nadie lo había querido debido a su exiguo tamaño y al hecho de que comunicaba con lo que anteriormente fue, sin duda, el desván.

El desván, de techo tremendamente alto, contaba con un gran ventanal en la pared izquierda según se llegaba de abajo, que ofrecía la misma vista del jardín que el dormitorio, además de dejar entrar la luz a raudales.

Al llegar, tras despegar el pie del último escalón, Eleanor inspiró y dejó escapar un suspiro de placer. Aquel era su lugar predilecto por encima de todos. Allí era donde surgía toda la magia. ¡Allí era donde todo era posible!

Adosado a la pared más larga, su amplio escritorio aparecía inundado de papeles con detalles de colores y diseños, hojas mecanografiadas, lápices de colores, plumas, tarjetas y una gran máquina de escribir negra. Por encima de aquel desorden había colgado el tablero de corcho... a duras penas visible entre la multitud de cosas que había clavadas en él. Aquel era el sitio donde ella trabajaba en lo que sus hermanas creían que era su manera de ganarse la vida: la creación de tarjetas de felicitación. Ella se encargaba del diseño y del texto. Le encantaba aquel oficio; disfrutaba ideando frases alegres o graciosas relacionadas con las distintas estaciones del año y sus correspondientes fiestas, aparte de los cumpleaños, por supuesto.

No obstante, aquel sitio era además el espacio donde cada día se convertía en B. Hubbard, la famosa escritora de libros infantiles. Había encontrado una manera de facilitar el aprendizaje de la lectura y hacerlo más ameno que en los viejos textos por los que había tenido que pasar ella de niña. Además, escribía también relatos breves para los cursos más avanzados.

Aparte de ello, en aquel rincón acogedor se había reinventado adoptando la personalidad de Zela Tusheva, la célebre escritora de género romántico, autora de unas novelas cortas, cargadas de pasión inocente, para jovencitas, que se vendían en los quioscos cada mes. Nadie de su familia sabía que ella era Zela Tusheva y su propósito era que no llegaran a enterarse nunca.

Después de dejar la bandeja en la mesa, se sentó en la silla. Al lado de la máquina de escribir, tenía una foto enmarcada de la tía Clara, tomada unos diez años atrás. Lo cogió y quedó fijamente mirando la cara.

—Y todo esto, gracias a ti —dijo con un suspiro.

Todavía recordaba el día en que la tía Clara se presentó en casa de su madre exigiendo hablar con Eleanor, para "decirle cuatro cosas", según su expresión. Aquella amonestación, que aún resonaba en la memoria de Eleanor, fue lo que la hizo reaccionar, ensamblar los pedazos que se habían roto y volver a empezar con una perspectiva diferente, una ambición inédita y nuevos objetivos en la vida.

El teléfono sonó.

—¿Eleanor? —Era su hermana Stella.

—Hola, Stella.

—¡Ay, gracias a Dios! —exclamó esta—. ¿Pudiste ver a la tía Clara?

—Sí, claro. Fui anoche, en cuanto dejé mi equipaje en casa.

—¿Estaba el médico allí? —preguntó con ansiedad.

—Sí, aunque dudo que sepa qué hay que hacer. Me parece que igual tendríamos que llamar a un especialista.

—¡Por supuesto que necesitamos otro médico! —replicó Stella con impaciencia—. ¡Este podría caerse muerto encima de la tía Clara con solo inclinarse para examinarle la garganta! Hay que tener en cuenta que nació el siglo pasado ¿o no?

»Eleanor —añadió, alterando el tono, tras un instante—. Yo no voy a poder ayudar mucho. Me encuentro muy cansada teniendo que ocuparme del niño y todo.

—Sí, claro, lo entiendo perfectamente.

—Aparte, está Fred… —agregó.

La frase quedó interrumpida con un sonido ahogado.

—¿Stella?

—Sí, sí, estoy aquí —afirmó, con un temblor en la voz.

—Al final va a perder el empleo —dedujo Eleanor.

Llevaban un tiempo temiendo aquella noticia.

—Sí, eso parece y… está buscando algo, lo que sea, pero en este momento es muy difícil, y con tres bocas que alimentar y habiendo puesto nuestros ahorros en la casa, no sé… —Se le quebró la voz.

—¡No te preocupes! Yo me encargo de todo y te mantendré al corriente. Seguro que entre Dotty, Cook y yo nos las arreglamos, y además está James, "mi James", como lo llama Dotty —comentó, tratando de levantarle el ánimo.

Stella soltó una breve carcajada.

—Gracias, Eleanor —dijo, aliviada.

Por el teléfono llegó el sonido del llanto de un niño.

—Perdona, te tengo que dejar —se disculpó Stella.

—De acuerdo. Dales un beso de mi parte a todos.

—Descuida… ¡Ay, y no te preocupes por Martha! Yo se lo contaré y la mantendré informada. No tienes necesidad de llamarla.

—Gracias, Stella —dijo Eleanor, retorciendo el cordón del teléfono mientras hacía una mueca.

—Adiós.

—Adiós.

Después de colgar, Eleanor se quedó mirando la carta que le había entregado Dotty la noche anterior. Estaba tan cansada entonces que solo había subido corriendo las escaleras para dejarla encima de la máquina de escribir.

Su editor le había pedido que fuera a Francia para reunirse con el propietario de una editorial que quería traducir y publicar su libro para niños en francés. Tal vez, si Dotty fuera capaz de mantener la fortaleza en pie, podría ir y rogarle personalmente a aquella tal madame DeBois que volviera con ella a Londres por unos días. Quizá aquello lo solucionaría todo.

Capítulo 3

La carta

Parada en la esquina de la calle LesGrandes, Eleanor miraba el mapa. No sabía si le convenía ir a la izquierda, a la derecha o cruzar enfrente. Para colmo, el viento que soplaba esa mañana le impedía desplegar por completo el manoseado mapa, lo cual la obligaba a perder tiempo volviéndolo de uno y otro lado, sin llegar a poder ver por entero la zona donde se encontraba.

En la calle había escaso tráfico y escasos transeúntes en la acera. Se trataba de una rancia zona residencial sin tiendas a la vista. Las casas blancas adosadas se sucedían a ambos lados de la calle, con un color blanco inmaculado que no parecía acusar el paso del tiempo. Debían de haberlas pintado hacía pocos años. Todas tenían cuatro escalones de ladrillo, con un pasamanos de hierro a ambos lados, que daban acceso a una puerta ónix. Las aldabas de bronce eran tan enormes que Eleanor pensó que, si llamaba con una de ellas, el ruido se expandiría sin duda por toda la calle, incitando a abrir sus puertas a otros residentes. A la derecha de cada puerta, había una ventana con visillos blancos.

"Muy bien —pensó Eleanor—. Veamos, los números impares están en este lado y los pares en el otro."

Mirando en ambas direcciones, para cerciorarse de por dónde venían los vehículos, puesto que en Inglaterra circulaban en sentido contrario, cruzó la calle y siguió andando hasta llegar al número treinta y seis.

Respiró hondo, observando la puerta. Después de consultar una vez más el mapa, levantó la vista y lanzó un suspiro. Resolviendo que no merecía la pena demorarse más, subió los escalones y agarró la aldaba. En ese momento advirtió el timbre y optó por llamar con él.

Al principio, no advirtió ningún ruido procedente del interior. "Vaya mala pata, no hay nadie en casa", pensó. Luego oyó una voz juvenil que decía *"J'y vais! J'y vais!"*, lo cual significa en francés "Ya voy yo", y la puerta se abrió en el acto con vigoroso impulso. En el umbral apareció una jovencita morena vestida con jersey de cuello alto y vaqueros, de ojos castaños, tan grandes como no los había visto nunca Eleanor.

—*Bonjour!* —saludó con entusiasmo la muchacha, apartándose la melena de los ojos.

—*Bonjour!* —respondió Eleanor con leve acento inglés—. Me llamo Eleanor Timboult y busco a la señora Catherine DeBois. Es una amiga de mi tía, que ha escrito hace poco una carta a la señora DeBois. He pensado que podía entregársela personalmente en lugar de enviarla por correo.

Abrió el gran bolso de color azul marino y, para su sorpresa, la localizó de primeras. La joven miró la carta y luego le habló, sonriendo, en un inglés con acento francés.

—Debe de haber un error, porque aquí no vive ninguna señora DeBois.

Eleanor se quedó en blanco durante unos segundos. Entre todas las posibilidades que había contemplado no entraba la de que aquella señora no viviera allí. Había pensado en lo que iba a decir para convencerla de que fuera a Londres con ella, para convencer a su familia o incluso había barajado la posibilidad de llevar a la tía Clara hasta allí, pero en ningún momento se le ocurrió que la señora Catherine DeBois no fuera a residir en la dirección que constaba en el sobre.

—¿Quizás se mudó y dejó una dirección de reenvío? —preguntó a la adolescente, pensando que tal vez hubiera en la casa alguien de más edad que estaría mejor informado que ella.

—No, no creo —contestó sin ningún asomo de duda la chica.

Eleanor volvió a mirar el sobre.

—¿Este es el número treinta y seis de la calle LesGrandes? —consultó.

—Sí, sí —confirmó la muchacha, centrando a su vez la vista en la dirección del sobre—. Pero aquí no hay ninguna señora DeBois.

—¿Está segura? —insistió Eleanor.

—Sí, sí, estoy segura —afirmó, algo molesta, la chica—. Esta casa pertenece a mi familia desde hace años. Mi abuela vivió aquí durante la guerra, o sea que estoy segura. Lo siento mucho.

—Quizá haya un error en el número. ¿Ha oído hablar alguna vez de una tal Catherine DeBois?

—No, lo siento. Ahora me tengo que ir —dijo la adolescente.

—Sí, sí, claro. Perdone, gracias —se disculpó Eleanor, con la mirada fija en el sobre.

—¡Muy bien! —zanjó la muchacha.

Eleanor se dio la vuelta y oyó cómo se cerraba la puerta. A continuación, bajó los escalones y se detuvo allí, sin saber si ir hacia la derecha o la izquierda. Aunque ¿qué más daba? ¿Qué iba a hacer ahora? El estado de la tía Clara no tenía buen pronóstico y todos pensaban que en esa carta radicaba la solución. Apretando el bolso de color azul marino contra el pecho para escudarse del viento, siguió por la derecha, con la carta todavía aferrada en una mano.

Al llegar al final de la calle, torció a la derecha y anduvo unos pasos antes de volver sobre sí. Al ver una parada de autobús en la esquina, se sentó allí en el banco para discurrir qué le convenía hacer.

Todo aquello era extraño. La tía Clara nunca cometería un error así. ¿Aunque quién sabía? ¿Acaso estaba perdiendo realmente la cabeza? ¿Qué era lo que le ocurría? ¡La gente no perdía la cabeza de la noche a la mañana y menos una persona tan segura y decidida como la tía Clara! Tal vez…

—*Madame? Madame?* —oyó llamar a alguien.

Al levantar la vista, vio a un hombre aproximadamente de su misma edad que la miraba desde escasa distancia.

—¿Sí? —contestó.

—Disculpe, *Madame* ¿es usted la señora que buscaba a la señora Catherine DeBois?

Ya conocía la respuesta, pues su hija la había descrito perfectamente: pelo rojizo, ojos verdes, alta y delgada, tirando a desgarbada, con pies grandes, abrigo azul marino y un gran bolso del mismo color.

—Así es.

Eleanor se levantó. El hombre tenía la misma estatura que ella.

"No es que tenga los pies grandes, sino que corresponden a su altura", pensó él mientras observaba sus preciosos ojos verdes.

—Creo que quizá pueda ayudarla. Disculpe, por favor, a mi hija, *Madame*. Seguramente ella no ha oído nunca ese nombre y debo confesar que yo mismo hacía mucho que no lo oía. De todas formas, creo que quizá pueda ayudarla. Ah, por cierto, soy Antoine LeSart —precisó con una leve inclinación, tendiéndole la mano.

Tenía los mismos ojos que su hija. No cabía duda de que los había heredado de él.

—Ah, yo me llamo Eleanor, Eleanor Timboult.

—Tenga la amabilidad, Madame Timboult, de venir a tomar un té conmigo y así veremos si es posible conseguir la información que busca. ¿De acuerdo? —añadió, con expresión alentadora.

—Gracias —aceptó ella, ajustando el paso con el suyo para desandar el camino hacia la casa.

—¿Ha venido de Inglaterra? —preguntó el hombre.

—Sí, en efecto —confirmó Eleanor.

Por una parte, dudaba de si debía responder a esas preguntas, pues no sabía nada él. Por otra, se sentía aliviada, pensando que quizá no todo estuviera perdido.

—¡Entonces tendremos que procurar que no haya hecho todo ese viaje en balde! —dijo él, con una reconfortante sonrisa.

Una vez delante de los escalones de la casa, le cedió el paso para que subiera primero. Ya arriba, Eleanor se hizo a un lado, él abrió la puerta con una llave y la invitó a entrar con un ademán.

Lo primero que vio fue un diminuto recibidor con un perchero y una puerta de medio cuerpo que, una vez abierta, casi chocaba con la escalera que conducía al primer piso. Aparte, por la derecha se podía acceder a una sala de estar, ni pequeña ni grande, que fue el lugar adonde la acompañó su anfitrión una vez hubieron dejado los abrigos y la bufanda en el vestíbulo.

—¿Le apetece una taza de té? —preguntó este, frotándose las manos, al entrar.

—Por favor, no se moleste…

—*Mais non!* No es ninguna molestia. Me iba a preparar una para mí cuando mi hija me ha dicho a quién buscaba.

A continuación, salió y Eleanor aprovechó para observar la habitación. Estaba amueblada con un sofá de plaza y media y dos sillones, dispuestos en torno a una mesa baja. A un lado había una pequeña chimenea con leña lista para encender. La ventana de la derecha daba a la calle por donde habían entrado. Los visillos tenían los mismos motivos florales que la tela del sofá. Los sillones, en cambio, eran de cuero. Había también dos mesas de té en los que se exhibían diversas fotos de la muchacha que Eleanor identificó como su hija, desde que era una recién nacida hasta su edad actual.

El hombre no tardó en regresar con una bandeja en la que llevaba una tetera, tazas, azúcar, limón, una jarrita de leche y galletas.

—Gracias —dijo ella.

—¿Limón? ¿Leche?

—Solo una cucharada de azúcar, por favor —repuso, reconociendo lo poco que había durado su resolución de dejar el azúcar.

De hecho, después del surtido de pasteles que le ofrecieron en el hotel, le parecía imposible volver a retomar su promesa.

Su anfitrión sirvió el té y tomó asiento en uno de los sillones de cuero mientras ella se instalaba en el sofá.

—¿Y bien, esa carta? —consultó.

—Sí, mi tía, la señora Clara Jenkins, querría ponerse en contacto con la señora DeBois. Creo que debieron de haber sido amigas, o al menos eso supongo, porque no lo sé con seguridad. Verá, mi tía parece enferma y le sentaría bien recibir la visita de su amiga. Pregunta por ella. Bueno, también pregunta por otra persona —puntualizó—. Nos gustaría reunirlas para ver si eso la reconforta. En caso de no ser posible, quizás se podría intentar establecer al menos algún tipo de correspondencia —añadió, sacando la carta del bolso para entregársela al señor LeSart—. Para serle sincera, nunca le había oído mencionar este nombre, con lo cual soy incapaz de encontrar una explicación.

—¡Sí, claro está! Tal como le he dicho, yo sí oí ese nombre, no muchas veces, pero lo he oído, y sí, la señora DeBois vivió aquí, o por lo menos su hija, o algo por el estilo. Eso fue durante la guerra, creo. No recuerdo los detalles, pero mi madre podrá darnos más información seguramente.

—¿Es posible que sepa dónde puedo localizarla?

—Puede que sí. Mi madre vive en la calle Saint-Martinel. Si quiere, la puedo llamar y preguntarle si podemos ir a verla esta tarde.

Eleanor se sonrojó. Detestaba pedir favores o molestar. Tal vez aquello no fuera lo más conveniente, al fin y al cabo, se dijo. Tal vez no mereciera la pena implicar tanto a nadie más.

—Ah... no creo que sea necesario, de verdad —contestó, levantándose. Se le cayó la servilleta.

Él se apresuró a recogerla y devolvérsela.

—Seguro que a ella no le va a importar —afirmó el hombre, dirigiéndose a la puerta sin tomar en serio su reacción—. Dígame ¿está libre esta tarde? ¿O quizá prefiera mañana por la mañana?

—De verdad no quisiera importunar a nadie. Si pudiera decirme dónde vive la señora DeBois, seguro que con la carta bastaría y se explicaría la situación. Así, quizás no tengamos que molestar a su madre, que seguramente está muy ocupada —arguyó Eleanor, hablando tan deprisa que ni siquiera sabía lo que decía.

—*Au contraire!* —replicó él—. Eso le servirá de distracción y yo no tengo nada que hacer hoy. Mi hija, Andrea, está preparando sus exámenes y, créame, es mejor que me vaya de casa —afirmó con una carcajada—. Mientras usted se toma el té, haré la llamada.

Salió de la habitación y cerró la puerta tras de sí. El teléfono debía de estar cerca, porque Eleanor alcanzó a oír su voz.

Volvió a sentarse y siguió tomando té. ¿Tal vez podría hablarle en francés? Al fin y al cabo, estaba en su país. Su francés era bastante bueno, según había podido comprobar; aunque tal vez necesitaba un leve perfeccionamiento, estaba orgullosa de su grado de fluidez. Eso también debía agradecérselo a la tía Clara, que había insistido en que aprendiera dos lenguas extranjeras, o como mínimo una.

Rememoró la reunión que mantuvo el día anterior en la editorial. Aunque se había desarrollado por entero en francés, pudo seguirla perfectamente. Era curioso que los libros de lectura que ella escribía para niños en inglés fueran a tener una utilidad en otro idioma. Además, estaba muy contenta porque también se habían interesado por sus novelas cortas de corte romántico.

Su anfitrión regresó.

—¡Perfecto, nos recibirá esa tarde! Así, mi madre estará entretenida ¿sabe? A veces se aburre mucho y es mejor tenerla ocupada. Ha dicho que iba a buscar fotos para enseñárselas.

Sacó un cuaderno del bolsillo y tras escribir algo, arrancó la página y se la tendió.

—Calle Saint-Martinel, número cuatro. ¿A eso de las cuatro?

—¿Está seguro? Bueno, es que…

—*Mais oui!*—exclamó él, interrumpiéndola con una sonrisa.

Acto seguido cambió de tema y empezó a hacerle preguntas sobre Londres, el tiempo y ciertos lugares donde había estado hacía unos años.

Eleanor abandonó la casa al cabo de veinte minutos. Entonces no reparó en el viento, mientras caminaba asiendo con entusiasmo el papel con la dirección que él le había dado.

Volvió al banco para esperar el autobús. Allí sentada, buscó en el mapa la calle Saint-Martinel.

ॐ

No le costó encontrar la calle Saint-Martinel. Como de costumbre, llegó con más de un cuarto de hora de antelación, de modo que decidió pasear un poco por la calle. A diferencia de las casas de la calle LesGrandes, que databan de antes de la guerra y habían sido sin duda reformadas, las viviendas de esa zona eran de construcción reciente. La calle incluso era más ancha. Aun siendo también adosadas, las casas parecían más grandes y contaban con un pequeño espacio ajardinado delante de la puerta principal.

Antoine LeSart, que llegó asimismo antes de la hora prevista, sonrió para sí al ver a Eleanor desde lejos. Estaba de espaldas a él y subía por la calle a un paso muy lento que indicaba que estaba haciendo tiempo por su excesiva puntualidad. Se acercó y, oyendo sus pasos, ella se volvió.

—¡Ah! ¡Qué maravilla conocer a alguien que es puntual! —comentó.

Eleanor se ruborizó y él se echó a reír.

»Verá —explicó, tomándola del brazo para conducirla hacia la casa—, yo creo que esa idea de que llegar a la hora es una falta de educación es errónea, y ya no digamos lo de llegar antes de tiempo. Es una lástima, porque yo creo que la puntualidad es una muestra de orden mental, ¿no le parece?

—O muestra de aprensión, por llegar tarde y hacer esperar a la gente sin tener una excusa adecuada por el retraso, ¿no? —contestó Eleanor con una sonrisa, mirándolo.

—¡Sí, es otra posibilidad! —concedió él riendo, mientras se encaminaban a la puerta.

Una joven con uniforme de doncella les abrió y, cogiendo sus abrigos, indicó al señor LeSart que su madre los esperaba en la sala de estar.

Se trataba de una habitación espaciosa. La dama sentada en el sillón de cuero contiguo a la chimenea era probablemente más joven que la tía Clara. Tenía, al igual que su hijo, el pelo castaño y unos ojos grandes, del mismo color. Llevaba un vestido de tono verde oscuro, acompañado de una chaqueta de punto algo más clara, y zapatos negros. A un lado de la mesa de sofá, había una bandeja de té y un amplio surtido de bollitos, sándwiches y pasteles. Al otro lado se apilaba, en perfecto orden, una pequeña colección de revistas.

—*Maman* —la saludó Antoine con tono cariñoso, inclinándose para darle un beso en ambas mejillas—. ¡Permite que te presente a la señora Timboult, de Inglaterra! ¡Señora Timboult, mi madre, madame Lucile LeSart!

—¡Ah, hola! —dijo señora LeSart en voz queda, besando también a Eleanor en ambas mejillas, mientras los animaba a sentarse en el sofá azul que había frente a ella—. A mí me encanta el té inglés y cuando viene alguien de Inglaterra, procuro prepararlo tal como hacen ellos en su país. ¿Limón, azúcar, leche? —preguntó con entusiasmo.

—¡Todo tiene un aspecto magnífico! —elogió Eleanor—. Tomaré un terrón de azúcar solo.

—Una vez, tuve aquí a un estudiante de intercambio de Londres, que nos enseñó cómo prepararlo bien, y también los bollitos, o sea que espero que todo sea de su agrado.

Eleanor sonrió, sirviéndose en el plato un bollito, que parecía relleno de pasas. También tomó un pequeño sándwich, contenta de verse obligada a interrumpir de nuevo su dieta, con la excusa de que debía demostrar aprecio por los esfuerzos de su anfitriona.

—Antoine dice que está buscando a Catherine DeBois ¿verdad?

—Sí —Eleanor dejó el bollito para buscar la carta en su bolso.

Se la entregó a la señora LeSart y se quedó mirando cómo esta la observaba con curiosidad.

—¿Sabe dónde la puedo localizar? —preguntó, esperanzada.

La señora LeSart se demoró mirando la carta, hasta que al final la dejó encima de la mesa.

—Lo cierto es que no he visto a Catherine DeBois, madame DeBois, como la llamaba yo, desde 1942. Yo tenía solo doce años —precisó, haciendo memoria—. Tenía dwiez cuando la conocí, a ella y a su hija, Marguerite. Entonces yo me apellidaba Cotard. La señora DeBois había estado comprometida con mi tío Guillaume, que era el hermano de mi madre. Cuando las conocí, los alemanes habían invadido ya Francia, así que vivíamos sometidos a ellos. Mi tío había muerto, y aunque nunca quedó claro cómo ni por qué, el caso es que antes de morir, había escrito a mi madre para pedirle que ayudara a Catherine en caso de que alguna vez lo necesitara, aunque no estuvieran casados todavía.

Hizo una pausa, posando la vista en la bandeja.

»Un día, cuando volví del colegio, ella y su hija estaban ahí, en esa misma sala de estar donde usted conoció a Antoine. Eso fue en 1940, creo. Catherine había encontrado, por lo visto, un trabajo como secretaria o algo por el estilo, en algún pueblo o ciudad del norte, o quizá del sur. No recuerdo qué fue lo que dijeron, pero a ella no le parecía adecuado llevarse a su hija con ella. Creo que era un puesto administrativo de alguna clase en un pueblo de los alrededores, Chantilly quizás… da igual. El caso es que quería que su hija Marguerite se quedara con nosotros durante dos años como mínimo.

Volvió a guardar silencio un instante.

—Para mí, que era hija única, aquello fue una gran noticia, claro. De repente, tenía una hermana mayor y a Marguerite le gustó el papel. Íbamos y volvíamos juntas del colegio. Ella, al ser mayor, terminaba antes, claro, pero igualmente me esperaba. Me peinaba, me ayudaba a hacer los deberes… Yo era muy mala para las matemáticas ¿sabe? y tampoco se me daba muy bien la ortografía. Leíamos y montábamos obras de teatro con los viejos libros de papá, porque en casa teníamos una biblioteca bien surtida. Nos divertíamos mucho, teniendo en cuenta los tiempos que corrían. O por lo menos, nos distraíamos.

Tomó un sorbo de té, que sin duda ya estaba frío, según infirió Eleanor, antes de proseguir.

»Después, un día, o más bien debería decir una noche, en 1942, la señora DeBois volvió. Había encontrado un trabajo estupendo en otro pueblo, no sé dónde. Se llevó a Marguerite con ella esa misma noche y nunca más las volví a ver.

Antoine y Eleanor permanecieron callados, expectantes.

»Catherine debe de tener ahora... debe de rondar casi los ochenta, creo. Tengo algunas fotos, no muchas, porque en aquellos tiempos uno debía tener cuidado con lo que hacía, lo que leía, lo que decía...

Se levantó para acercarse a una mesita que había a su derecha, próxima a una estantería. El señor LeSart se levantó a su vez para dejar que su madre se sentara al lado de Eleanor. Él se quedó de pie junto a la chimenea, observándolas mientras ojeaban las fotos.

Eleanor dedicó un vistazo a todas ellas, pero detuvo la vista en una en concreto. Antoine advirtió cómo tensaba la expresión, comprimiendo la mandíbula. Sin dar muestras de percatarse de ello, su madre siguió detallando quién aparecía en las fotos.

—Aquí en la primera foto, están mi padre y mi madre. En esta, mi tío Guillaume. Era pelirrojo ¿ve? aunque no se vea bien en la foto. En esta, está la señora DeBois. Era una mujer muy guapa, no cabe duda, igual que su hija, que sale aquí en esta foto. Era curioso ver el contraste que había en el color del pelo y los ojos entre la madre y la hija, una con el pelo caoba y ojos de color avellana, casi verde, y la otra, rubísima y con unos ojazos azules.

—Sí —repuso Eleanor, cohibida—. Era… disculpe, no querría resultar ofensiva, pero… ¿era Marguerite hija de su tío Guillaume?

—¡Oh, no! —contestó la dama, apoyando la mano en la de Eleanor con una gran sonrisa reconfortante y comprensiva—. Marguerite era la hija de un banquero alemán, o algo por el estilo. No se apellidaba DeBois siquiera, sino Eintberg, si mal no me equivoco. Por lo visto, su padre murió poco después de nacer ella, en Berlín.

—¿O sea que era alemana? —preguntó Eleanor.

—¡No, no! Marguerite nació en Francia, pero vivió en Alemania hasta que vino a vivir con nosotros. La señora DeBois vivió en Alemania hasta que Marguerite tenía unos dieciséis años, o sea que tanto la madre como la hija hablaban muy bien el alemán, igual que el francés, porque la señora DeBois procuró que Marguerite hablara la lengua de su país de origen. Vinieron a vivir a Francia, unos años después de que muriera mi tío Guillaume.

Calló un momento y luego siguió con una suave carcajada.

—A veces intentaba enseñarme alemán, aunque nuestro pasatiempo favorito era el dibujo.

—¿Y nunca la volviste a ver? —preguntó su hijo.

La señora LeSart miró con tristeza las fotos.

—Bueno sí, pero fue algo tan breve que casi ni merece la pena mencionarlo, porque ni siquiera hablamos. Fue después de la guerra, muy poco después de que acabara. Había mucho trasiego entonces. Muchos de los supervivientes de los campos de concentración volvían para ver si podían encontrar a sus familias y recuperar sus casas. Seguro que ya debe de saber lo que pasó en ese sentido. Teníamos una vecina a la que se llevaron y cuando volvió, encontró la casa vacía, porque por lo visto, tenía algún defecto y nadie la había querido, así que la pudo recuperar. Ella fue de las que tuvo suerte, por así decirlo.

»El caso es que ella iba todos los días a la estación de tren a esperar a sus hijas y a su marido. Yo la acompañé un día y fue entonces cuando vi a Marguerite. Iba en un tren con destino a Alemania. Lo sé porque estábamos esperando en el otro anden, por donde llegaban los trenes procedentes de Alemania. Parecía que estaba sola. Al principio, creí que no me había reconocido, pero después sí se fijó en mí, porque me saludó también con la mano… y sonrió. Luego el tren arrancó y nunca más la volví a ver. No tengo ni idea de qué fue de ella ni de su madre —concluyó con aire de nostalgia.

—*Alors, nous sommes dans une impasse* —dijo Antoine LeSart.

—Sí, eso parece —convino Eleanor.

Después observó de nuevo una de las fotos depositadas en la mesa del sofá y la volvió a coger. Era la foto de Marguerite con la señora LeSart. Una vez más, Antoine advirtió la tensión en su cara.

—¿Quiere quedarse alguna? —le propuso la señora LeSart—. ¿Por si le pudiera servir de ayuda?

—Oh, no, no —declinó—. No creo que vaya a necesitar ninguna, de verdad. Muchas gracias.

—¿De qué se conocían su tía y la señora DeBois? ¿Eran parientes? —preguntó la señora LeSart.

—Pues no lo sé. Yo pensé que quizá fueron solo amigas, pero ahora no lo sé —dijo, posando la mirada en la foto. Si no sabe dónde está, es seguramente porque perdieron el contacto hace mucho tiempo, diría.

—Parecía como si se estuviera haciendo cargo de tal posibilidad mientras lo expresaba.

—Marguerite no era el tipo de persona que se deja conocer fácilmente ¿sabe? Nunca hablaba de su pasado, ni de su antigua escuela antes de venir a Francia, ni de amigos, ni parientes, ni siquiera de su madre. Nunca la oí decir que la echara de menos. Parecía aceptar su ausencia sin poner peros. Nunca hablaba del futuro tampoco, de sus sueños o sus preocupaciones… nada. Cuando alguien le preguntaba algo, no respondía con claridad. Por ejemplo, recuerdo que le pregunté cómo era Berlín, porque yo había oído hablar mucho de esa ciudad, pero lo único que contestó fue "Bueno, ya sabes, todas las ciudades se parecen un poco".

»Otra vez, le pregunté si tenía planes de futuro. Le conté que yo quería ser profesora, que mi mejor amiga, Diedra, quería ser panadera, y estuvimos hablando y haciendo chistes sobre las ventajas de ser profesora o panadera, pero cuando le insistí en que dijera qué le gustaba a ella, solo comentó "No lo he pensado mucho, pero cuando lo haga, te lo haré saber." Es como el día en que mi madre me cortó el pelo, y le pregunté si había llevado alguna vez el pelo corto como mi amiga Marie. "No recuerdo si lo he llevado así alguna vez", respondió.

Se produjo un paréntesis en la conversación.

—Su pasado y su futuro estaban envueltos en silencio —dijo Eleanor, pensando en voz alta.

—Sí, era muy extraño, aunque al mismo tiempo yo no me daba cuenta. No podría siquiera decirle cuál era su color preferido si me lo preguntara. ¡Y eso que convivimos bajo el mismo techo durante dos años!

Por un momento, pareció ensimismarse en el pasado.

»Debo reconocer que hacía unos dibujos extraordinarios, con todo lujo de detalles, de lo que quisiera. Los tenía en un cuaderno del que no se separaba nunca. Se podía pasar noches enteras dibujando; se notaba, porque la mitad del tiempo tenía los dedos manchados de tinta y de colores. Dibujaba mucho con tinta. Ella misma había forrado el cuaderno con una tela roja, muy bonita. También forró algunos de mis libros. Era bastante creativa, sí.

Todos guardaron silencio un momento.

—Ojalá pudiera serle de más ayuda. ¿Cuándo regresa a Londres? —preguntó la señora LeSart.

—Mañana, de hecho —repuso Eleanor. Luego abruptamente soltó una risa suave—. Jamás pensé que esto fuera a ser tan… complicado —confesó, ceñuda, con la mirada fija en su plato vacío.

—¿Más té? —le brindó la señora LeSart.

—No, no, me tengo que ir. Me temo que ya les he importunado bastante, y usted ha sido muy amable y atenta.

—*Mais non* —le aseguró la señora LeSart—. Solo lamento no haberla podido ayudar más.

Eleanor se puso en pie y madre e hijo se levantaron a su vez.

—¿Quiere que le pida un taxi? —se ofreció Antoine.

—¡No, no! Prefiero caminar —respondió Eleanor.

—¿Con este tiempo? —preguntó, preocupada, la señora LeSart.

—Bueno, está bastante mejor que esta mañana —dijo, riendo, Eleanor.

Se dirigieron a la puerta.

—Bien, si surgiera algo más o si le apetece o necesita algo, vuelva a verme —propuso la señora LeSart, dándole un abrazo y dos besos en la mejilla—. Aquí siempre será bienvenida —afirmó antes de regresar a la sala de estar.

—¿Seguro que no quiere un taxi? —insistió Antoine, mientras la ayudaba ponerse el abrigo.

—¡Sí, sí! ¡No se preocupe! —reiteró.

—Ya sé que se ha llevado una decepción. Yo también; esperaba poderle ser más útil —lamentó.

—Ya se me pasará. ¡De todas formas, le estoy muy agradecida por su ayuda, de verdad! ¡Gracias! Me han tratado de maravilla, aun siendo una total desconocida.

—*Mais non*. Está claro que, aunque solo sea en el sentido de la amistad, nuestras familias han tenido algún lazo ¿no? Siento que no hayamos podido ayudarla —dijo con tono de decepción, abriendo la puerta.

—Gracias, de veras —repuso ella sonriendo, antes de alejarse despacio por la calle.

Él cerró la puerta y fue a reunirse con su madre. Al ver a su hijo, esta detectó algo raro.

—¿Ha pasado algo? —preguntó.

—¿Has visto cómo miraba esa foto en la que estás tú con Marguerite?

—Sí.

—Ha visto algo. ¡Ah, pero no es asunto mío! ¿No?

—Nunca fue un asunto tuyo y aun así has elegido ayudarla, y has hecho bien, *mon Petite* —aprobó con gesto de cariño, usando el apelativo que siempre utilizaba con él, pese a que él la ganaba en varios palmos de estatura desde que cumplió los diecisiete años.

»¿Sabes? —prosiguió, tras una pausa—. Me gustaría saber qué fue de ellas. Eran buenas personas, tanto Marguerite como su madre. La señora Timboult parece muy preocupada por su tía. Eso siempre dice algo bueno de una persona.

Él asintió con una sonrisa y, tras dar un beso a su madre, se dirigió a la puerta. Ya con el abrigo puesto, entreabrió la puerta para asomarse antes de salir. Volvía a llover y se había levantado el viento. Cerrando la puerta, se colocó la bufanda, cogió un paraguas del vestíbulo y miró a su madre, que había acudido tras él.

—Volveré mañana. ¿Te apetece que vayamos al cine?

La madre le dio un beso en la mejilla, le recolocó la bufanda y cerró la puerta una vez se hubo ido.

Se estaba asegurando que su abrigo estaba bien cerrado y abriendo el paraguas cuando, de repente, la vio. Se había ido por la derecha y en ese momento doblaba la esquina por dicha dirección.

Decidió seguirla a distancia. ¿Qué le iba a decir? ¿Y si ella lo consideraba como un acto de intromisión? ¿Y, de entrada, por qué quería seguirla él?

Ella se detuvo y él se paró también. Luego sacó la carta del bolsillo del abrigo y se quedó inmóvil, mirándola.

Antoine oyó un suave resoplido.

"*Mon Dieu!* Está llorando", pensó.

—Eleanor —la llamó.

Cuando se volvió, vio que tenía los ojos llorosos y la cara roja, ¿quizás debido al frío? Con expresión nerviosa y angustiada, volvió a clavar la vista en la carta.

—No sé qué pensar. Verá, es que es ella —dijo en voz baja, enseñándole la carta.

—¿Es ella? —inquirió él, acercándose.

—¡Sí, Marguerite!

—¿Marguerite? —repitió, con la cabeza casi pegada a la suya bajo el paraguas, observando a su vez el sobre.

—Sí, la tía Clara… La tía Clara es Marguerite. ¡Catherine DeBois es su madre! Escribió una carta a su madre. Lo cierto es que nunca, jamás, ha hablado de su madre. Nosotros pensábamos que su familia había muerto durante la guerra. De alguna manera, nos dio a entender eso. Quizá mi tío conociera la verdad, pero los demás no la sabíamos. ¿Estará aún viva? ¿O murió? ¿Acaso recientemente? ¿O durante la guerra? —se planteó, perpleja, sin saber cómo digerir la información que acababa de recibir.

Ambos callaron un momento, sin saber qué decir.

»¿Por qué nos lo iba a ocultar? —prosiguió Eleanor, más pensando en voz alta que hablando con él—. ¿Qué es lo que debo hacer ahora? —parecía preguntarle a la carta.

—¿Sabe lo que nos hace falta? —planteó él. Sin aguardar la respuesta, la cogió del brazo—. ¡Una copa de vino!

—¿Vino? —replicó sorprendida Eleanor.

—¡Sí, un auténtico vino francés con queso! Eso es. ¡Un buen vino francés con queso hace milagros! Y yo conozco el sitio ideal. Un amigo mío del ministerio se retiró y abrió un bistró. Se llama Luc y, quién sabe, hasta podría ayudarnos.

No le había dejado otra opción, de modo que al cabo de poco se encontraba sentada en un taxi de camino a… tomar una copa de vino con queso.

❧

El bistró se encontraba cerca de Nôtre-Dame y, pese a que era miércoles, estaba bastante lleno. No obstante, en cuanto entraron, un joven camarero acudió a recibirlos y ofreció inmediatamente a Antoine "su mesa".

Antoine la ayudó a quitarse el abrigo, que el camarero se encargó de ir colgar en el vestíbulo.

El bistró estaba bien iluminado, pese a que todo el mobiliario era de madera oscura. La temperatura, por otro lado, era magnífica, a pesar de las tres grandes ventanas y el frío que hacía afuera.

Pusieron sobre la mesa pan y una terrina de mantequilla cremosa, y después de que Antoine guiñara un ojo a la camarera, que le devolvió el guiño, aparecieron inmediatamente dos copas, una botella de vino y un surtido de quesos.

Antoine se frotó las manos con entusiasmo. Un camarero abrió una botella de vino. Una vez que Antoine hubo dado su aprobación tras oler el tapón, lo sirvió en una de las copas. Antoine la levantó, la hizo girar, olió el contenido y luego dio un sorbo. El camarero aguardó, expectante, mientras agitaba el buche en la boca. Antoine cerró los ojos y tragó. Al cabo de unos diez segundos, los volvió a abrir, con una gran sonrisa.

—*¡Formidable!* —elogió.

El camarero llenó la copa de Eleanor y después la de Antoine.

—Mi padre solía decir que la mejor manera de encontrar la solución a un problema difícil es intercalar una distracción. ¡O sea que esta es nuestra distracción!

—Yo…

Eleanor no tuvo oportunidad de terminar la frase porque hacia su mesa acudió, riendo, un individuo corpulento, canoso, de barba corta y mejillas encendidas.

—¡Antoine! —exclamó con voz estruendosa que se expandió por todo el restaurante—. ¿No habrás venido a acabarte todos mis vinos de reserva y mis más selectos quesos, ¿eh, granuja?

Los dos hombres se abrazaron y se dieron efusivas palmadas en el hombro.

—¡Luc, permite que te presente a la señora Timboult, de Inglaterra!

—*Madame!* —la saludó, tomándole la mano para besársela, con los tobillos juntos en postura militar—. Me alegro de que haya venido a mi bistró. Es el mejor de París. Es el mejor, en primer lugar, porque lo digo yo. En segundo lugar, dado que Antoine sigue viniendo ¡debe de ser porque no lo hacemos nada mal! —Acto seguido, soltó un sonoro torrente de carcajadas.

»Llamen a Nadine para que les traiga cualquier cosa que necesiten —dijo. Luego, inclinándose como si fuera a revelar un gran secreto, prosiguió—: ¡Tienen que probar mi nueva *crème brûlée* a la naranja! —Cerró los ojos y olisqueó el aire—. *C'est sublime!* ¡Aunque sea yo quien lo diga! *Bon!* Les dejo y ya volveré más tarde.

El restaurante se iba llenando cada vez más. Entre los murmullos y risas, sonaban alegres canciones populares en francés, interpretadas por una camarera acompañada por un acordeonista, que se desplazaba de una mesa a otra tocando.

Eleanor se fue relajando. El vino cumplió su parte en dicho sentido, desde luego, y tal como había pronosticado Luc, el crème brûlée estaba fabuloso.

—¡Creo que son el mejor crème brûlée que he comido nunca! —exclamó.

—Sí, Luc es muy buen cocinero. Cuando trabajaba en el ministerio, se sentía muy desgraciado. Tendría que haberlo dejado cuando me fui yo. Esperó demasiado, pero ahora está aquí con su sueño hecho realidad. Más vale tarde que nunca, como dicen ¿verdad?

—¡Exacto! ¿Así que usted también trabajó en el ministerio?

—Sí, como ingeniero industrial, pero mi padre, que había fallecido muchos años atrás, me dejó algunas rentas y a medida que fui aprendiendo, hice nuevas inversiones. Cuando dieron su fruto, dejé el ministerio y nunca me he arrepentido. ¿Y usted, Eleanor? ¿Está casada? ¿Tiene hijos?

—No, nada, muy soltera —respondió, riendo—. Soy escritora. Escribo libros para ayudar a los niños en el aprendizaje de la lectura.

—¿Ah, sí?

—Como lo oye. —Tomó otro sorbo de vino.

—¿En francés?

—Pues no, en inglés, pero por lo visto, mi 'método' o como lo quiera llamar, también sirve para el francés y hay un editor interesado en adaptar mis libros al francés. —Echó un vistazo en torno a sí, antes de continuar—: También creo tarjetas.

—¿Tarjetas?

—Sí, de felicitación para los cumpleaños o por Navidad, fiestas varias o con otros mensajes.

—Entiendo.

—¿Y usted…

—Soy viudo —la interrumpió, apresurándose a darle la información de una vez por todas y aliviado de haberlo hecho.

—Lo siento.

—Bueno, de eso hace tiempo. Estoy bien, estamos bien, mi hija y yo. Ella tenía solo seis años y, ya sabe… la vida continúa.

"Sí, así es", pensó para sí Eleanor.

Luc empezó a hacer su típica ronda por las mesas. Se había quitado el delantal y llevaba una copa vacía en la mano, al parecer con intención de hacer la mesa de Antoine y Eleanor su última parada.

—¿Qué? ¿Qué me dice de crème brûlée? —preguntó, tomando una silla para aposentar en ella su pesado cuerpo.

—¡Estaban deliciosas! —alabó Eleanor.

—¡Ah! Y dicen que los ingleses no entienden nada de comida. ¿Ven? ¡No hay que creer lo que dice la gente! —A continuación, se echó a reír otra vez de manera escandalosa.

—¿Y qué? ¿Qué tal te va la vida, *mon ami*? —preguntó a Antoine.

— *Très bien, et toi?*

—¡Uf! El negocio va viento en popa. No puedo pedir más. —Agitó el brazo, abarcando la totalidad del restaurante. Luego se sirvió una copa de vino de la botella. También él lo hizo girar, oliéndolo, para después tomar un sorbo y paladearlo antes de tragar—. *Fantastique!* Ya sabía yo que este vino sería bueno. Es de una de las mejores añadas.

Antoine asintió con la cabeza.

—Luc —planteó Antoine—. Si necesitara saber u obtener cierta información sobre el paradero de alguien, ¿a quién debería recurrir?

Advirtiendo la seriedad con que Antoine hacía la pregunta, Luc adoptó también una expresión grave.

—¿Es alguien que ha desaparecido? ¿La policía?

—En cierta manera sí, pero fue durante la guerra, hacia el 1942. Bueno, no estamos seguros. Esa fue la última vez en que la vio mi madre. Es una pariente de Eleanor.

—Ah. ¿Y cómo se llama?

—Catherine DeBois.

—Haré algunas averiguaciones. Todavía tengo amigos en el ministerio.

—Es posible que ya haya muerto —precisó Eleanor—. Podría rondar casi los ochenta o más.

—Bien. Veré si puedo enterarme de algo.

—Gracias —dijo Eleanor.

—De nada. ¿Para qué están los amigos si no? —contestó, riendo.

Después se puso a hablar de las reformas que quería llevar a cabo en el restaurante, del nuevo cocinero que tal vez iba a contratar, de la preocupación que tenía con el proyecto de su hija de montar una *chocolaterie* y, cómo no, de los vinos que iba a comprar.

Al cabo de un rato, Antoine acompañó a Eleanor a su hotel en el mismo taxi que lo llevaría luego a su casa. Después de dejarla, durante el trayecto hacia su domicilio, sacó la servilleta de papel en la que ella había anotado su número de teléfono.

—Eleanor Timboult —pronunció en voz alta.

El apellido era sin duda francés. ¡Qué lío!

❧

—¿Papá? —llamó la voz juvenil.

—¿Sí? —contestó con distracción Antoine.

Estaban en la sala de estar. Antoine leía el periódico de la mañana con una taza de café al lado. Su hija Andrea, sentada junto a la ventana, leía un grueso libro que tenía por título *"Biologie 2"*.

—¿Pudiste orientar a la señora que vino ayer? —preguntó esta, sin despegar la vista del libro.

Antoine volvió la página del periódico.

—No mucho —respondió, sin prestar apenas atención.

—¿Y hoy tienes una cita con ella?

—No —contestó, mirando a su hija por encima de la montura de las gafas—. Se marcha a Londres hoy mismo.

—Ah, bueno. Lo digo porque esta es la tercera vez que pasa caminando por la calle, mirando la casa, arrastrando una maleta.

Antoine se levantó y acudió junto a su hija. Ambos eran conscientes de que, si bien ellos podían mirar afuera, la persona de afuera no podía verlos.

Eleanor recorría, efectivamente, la calle con aire pensativo. De repente daba media vuelta, volvía atrás, miraba la casa y luego el reloj, antes de volver de nuevo sobre sí para reiniciar la misma maniobra.

Antoine sonrió, advirtiendo su expresión decidida y preocupada a la vez. ¿Qué debía de haber ocurrido?

—¿Papá? —dijo Andrea con tono malicioso y burlón, dirigiendo una curiosa sonrisa a su padre mientras observaba su cara.

—¿Qué? Debe de…

Andrea se levantó y plantó un beso en la mejilla de su padre.

—Pórtate bien.

—¡Andrea! Pero qué falta de…

Como ella ya subía corriendo por las escaleras, no tuvo necesidad de añadir nada más. De todas formas, no habría sabido qué decir.

Volvió a mirar por la ventana. Allí estaba ella, aproximándose otra vez. Estaba claro que poseía una gran tenacidad, una cualidad que él apreciaba en una mujer. Por otra parte, aunque era más joven que él, todavía era muy ingenua y vulnerable para su edad. ¡Sí, reconoció con un suspiro, aquella mujer alta y desgarbada de ojos verdes tenía algo que le agradaba!

Salió a abrir la puerta. En cuanto lo vio, ella cruzó la calle, después de mirar a la derecha, seguramente obedeciendo a una costumbre, y después a la izquierda.

—*Bonjour!* —la saludó Antoine.

—Lo siento mucho, de verdad, pero es que…

Dejó caer la maleta en el suelo. Luego sacó del bolsillo el sobre y se lo entregó a Antoine.

Constatando que el sobre estaba abierto, la miró a la cara.

»Ya sé que eso es una intrusión en la intimidad, pero no paraba de pensar que igual podría haber algo que pudiera servir para que nuestro amigo localizase a Catherine DeBois ¿sabe? Algo como una dirección u otro nombre, por ejemplo.

—Pase, por favor —la invitó Antoine, deduciendo, por su manera de bascular el cuerpo, que debía de estar helada—. ¿Cuánto tiempo lleva ahí afuera?

—Desde las ocho.

Antoine consultó el reloj y vio que eran más de las nueve y media.

—Ya sé —dijo ella, en tono de disculpa—. He tratado de disminuir esa tendencia obsesiva mía de terminar cuanto antes lo que empiezo, pero siempre surge algo que me muestra que aún no he mejorado mucho.

Antoine, entretanto, le había cogido la maleta y, asombrado por su ligereza, la depositó en la entrada y la hizo pasar a la sala de estar. Ella le indicó que mirasc lo que había adentro del sobre.

En el interior de este no había una carta, sino una fotografía, envuelta con un grueso papel de carta amarillo. En ella aparecía una Catherine DeBois muy joven con una niña de seis años, que probablemente era Marguerite. Antoine levantó la vista y Eleanor le dio a entender que debía mirar el dorso de la foto. Allí había una fecha y una inscripción: "Sarah Jacobs Levi y su hija."

—Ya ve —dijo Eleanor, sin dejar de ir de un lado a otro—, voy a ir a reunirme con mi tía Clara, que en realidad es Marguerite Eintberg, que está buscando a su madre Catherine DeBois, que en realidad se llama Sarah Jacobs Levi.

—*Extraordinaire* —comentó Antoine.

—Exacto —convino Eleanor, dejándose caer con ligereza en uno de los sillones de cuero, sintiéndose agobiada y avergonzada. Ella nunca pedía favores, pero desde que había conocido a ese hombre, no paraba de recurrir a él.

Guardaron silencio un momento.

—Yo pensaba que… quizá su amigo podría hacer averiguaciones sobre los otros nombres —sugirió con timidez Eleanor.

—Por supuesto que sí. ¡Yo mismo se lo voy a pedir! —dijo con tono optimista.

Ella consultó el reloj.

—Me tengo que ir —anunció, levantándose—. Si averigua algo ¿me llamará, por favor? —pidió—. Me siento abochornada.

—*Certainement*. No se preocupe, que vamos a desentrañar esta madeja. ¡Ya lo verá!

Luego la acompañó a la puerta y le devolvió el sobre. Una vez afuera, le llevó la maleta y la ayudó a localizar un taxi. Antes de cerrar la puerta, con una convicción absoluta que incluso le sorprendió a sí mismo, declaró:

—¡Vamos a llegar al fondo de esta cuestión, ya lo verá!

Después cerró la puerta y se quedó mirando el automóvil que se alejaba.

Capítulo 4

Información

Las semanas transcurrieron inmersas en un ambiente gris, porque el sol se negó a asomarse sobre Londres. Con ello, la percepción que Eleanor tenía de su tía, de la casa y de todo lo relacionado con la enfermedad de esta (si acaso se podía considerar como una enfermedad, puesto que nadie sabía qué le ocurría) resultaba más bien desmoralizadora. El único consuelo que sentía era cuando podía refugiarse en su apartamento, en los escasos días de la semana en que no la necesitaban en el domicilio de su tía.

Aunque no había empeorado, esta seguía como desconectada de todo cuanto la rodeaba. Los médicos eran incapaces de dar alguna explicación que no fuera un estado de shock o la demencia.

En más de una ocasión, estando sentada frente a su tía, Eleanor había sentido la tentación de susurrarle el nombre "Marguerite" para ver si reaccionaba de alguna manera.

Había localizado el pasaporte de su tía e incluso su certificado de nacimiento. Clara Jenkins, nacida el año 1924. ¿Cómo era posible?

¿Cómo se entendía, si había nacido en Francia? Aunque también cabía la posibilidad de que no fuera así…

Eleanor todavía no había confiado a nadie lo que había averiguado, porque sabía que, de una forma u otra, Marguerite se había convertido en Clara. Hasta donde ella alcanzaba a saber, en todo caso, porque el día en que su tío conoció a la tía Clara, ese era el nombre que utilizaba.

Se miró un instante en el espejo. Camisa de encaje blanca, rebeca de color burdeos, falda gris que le llegaba por debajo de las rodillas y zapatos negros planos.

—¡Como una solterona total! —determinó en voz alta.

Después se dejó caer como una adolescente en la cama del cuarto en donde dormía cuando pasaba la noche en casa de su tía y se quedó mirando el techo blanco. Con los ojos cerrados, se puso a rememorar aquella velada que pasó en el bistró. Evocó el mobiliario de madera oscura combinado con la tapicería de cuero de los sillones y sofás; las radiantes luces del techo y las lámparas de bronce de las mesas; también el largo espacio de la barra, paralelo a un espejo, entre los cuales preparaba y servía las bebidas el camarero, rodeado de los rutilantes reflejos de las luces. Casi podía oír todavía los murmullos de las conversaciones, salpicadas de alguna que otra carcajada, y oler las diferentes carnes, pescados y quesos que habían pasado junto a ella en bandejas plateadas, así como los que les llevaron a su mesa, la mesa que había compartido con Antoine y su amigo Luc. Había sido una velada fantástica que le gustaba paladear en el recuerdo.

—¿Señorita?

Era Dotty.

—La señorita Stella está abajo. ¿Quiere que prepare té?

—Sí, por favor, Dotty —repuso, levantándose como un soldado. En posición casi de firmes, se volvió a mirar en el espejo y, tras estirarse la chaqueta, se dirigió a la escalera.

Stella acudía de vez en cuando a visitar a la tía Clara, sin los niños por supuesto. Todos sabían de sobra, pese a que ella nunca decía nada, que la tía Clara no tenía una especial predilección por los niños. Su actitud cambiaba cuando cumplían los quince años, porque entonces los consideraba ya como adultos y podía, tal como explicaba, mantener una conversación con ellos. Eleanor había sido la única excepción a la norma.

Las dos hermanas mayores de Eleanor fueron siempre muy guapas, con lo cual nadie le hacía apenas caso a la pequeña desgarbada que nació después. Su padre estaba tan decepcionado por no haber tenido un varón a quien legar su apellido que no prestó atención a ninguna de ellas. No obstante, como murió muy pronto, sus hijas no guardaron ningún recuerdo de él. Su madre siempre había considerado que Eleanor era algo más torpe que las otras dos y forjó escasas expectativas con respecto a ella.

Un día, cuando tenía diez años, Eleanor estaba garabateando en un cuaderno mientras su madre y sus dos hermanas hacían planes para las vacaciones de verano. Ese día, la tía Clara, que había ido a visitarlas y parecía arrepentida de ello, se encontraba sentada al lado de Eleanor.

—¿Qué es eso? —preguntó Stella, con expresión de repulsa, echando un vistazo al cuaderno.

—Un tren —respondió Eleanor.

—¡Eso no es un tren! —contestó la hermana, riendo, mientras se alejaba para sentarse en otra silla.

La tía Clara se inclinó para observar el dibujo y frunció el entrecejo. Después cerró los ojos como si quisiera volver a su siesta, probablemente el único recurso disponible para afrontar la situación.

—Sí lo es, si uno se fija bien —susurró quedamente Eleanor.

La tía Clara volvió a abrir los ojos, para mirar primero a Eleanor y después a sus garabatos. De repente, sonrió y soltó una risita.

—Desde su interior hacia fuera —dijo.

Eleanor asintió, con la cara iluminada por una gran sonrisa.

—Hija, eres mucho más lista de lo que das a entender. No permitas que nadie te diga lo contrario.

Así fue cómo comenzó la relación entre ambas. A partir de ese día, se convirtió en la protegida de la tía Clara. La pusieron en otro colegio, mejor que el anterior, y le asignaron clases particulares. La tía Clara la llevaba con ella de vacaciones. Iban a la ópera, al ballet, al teatro y a restaurantes caros. Finalmente, llegado el momento, la aceptaron en Cambridge y pudo estudiar literatura, tal como anhelaba.

La tía Clara había creído en su potencial y había sido un estímulo en su vida.

La hermana de Eleanor estaba sirviendo ya el té cuando llegó ella. Tenía que reconocer que Stella tenía mejor aspecto, habida cuenta la situación en que se encontraba, teniendo que ocuparse de tres niños y de un marido sin trabajo. Pese a que disponía de poco tiempo para ayudar a Eleanor en lo concerniente a la tía Clara, procuraba acudir una vez por semana para hacerle compañía en casa de la tía.

Se saludaron con un beso y Eleanor se dejó caer en un sillón frente a su hermana.

—¿Qué? ¿Hay alguna noticia de los médicos? —preguntó, acercándole una taza.

—No, nada. Demencia, estado de *shock*. Por lo demás, todo está perfecto, o sea que no hay ninguna explicación —respondió Eleanor.

—¿Y no has visto ningún cambio en ella? —consultó Stella.

—No, ninguno. —Apoyándose con un suspiro en el respaldo del sillón, estiró las largas piernas por debajo de la mesa.

Sin darse cuenta, hizo caer el bolso de su hermana. Al volcarse, de su interior salió un pequeño libro titulado *Amor en el castillo de Eldridge*, de Zela Tusheva.

Stella se encorvó para guardarlo, ruborizada.

—He oído hablar de ella, ¿sabes? —comentó Eleanor, sonriendo—. ¿Te gustan sus libros?

—Bueno, son lo que son, más bien bobadas.

—¿Ah, sí?

—A ver, tampoco están tan mal, las historias de amor siempre son perfectas y, aunque resulta entretenido, todo acaba siempre bien. Puede que no siempre, pero casi.

Eleanor volvió a apoyarse en el respaldo, haciendo equilibrios con el plato y la taza de té. Si estuviera allí, su madre habría dicho que su postura no era nada femenina ni apropiada en una dama.

—¿Stella?

—Dime.

—¿Recuerdas cómo se conocieron la tía Clara y el tío James?

Stella frunció el ceño.

»Bueno, más bien si te acuerdas de cómo lo explicaban ellos, o de dónde fue —precisó Eleanor.

—Se conocieron en la India —contestó Stella, reclinándose en el sillón, aunque con un porte más refinado, mientras observaba con aire de interrogación a su hermana.

—Sí.

—Creo que ella era la secretaria… no, la traductora de unos políticos británicos que estaban allí ¿verdad? Unos años después de la guerra, creo.

—Sí.

—Recuerdo que mamá se puso loca de alegría al saber que el tío había encontrado por fin alguien que aceptara casarse con él.

—¡Stella!

—¡Es que es verdad! Nadie quería casarse con él porque no podía tener hijos. Y al final, se fue a la India, habiendo renunciado por completo, y va y encuentra el amor de su vida, una persona a la que no le gustaban de entrada los niños.

—Sí —confirmó Eleanor, con una risita—. Es verdad… —ponderando sobre lo que acababa de confirmar Stella—. ¿Recuerdas si mencionaron alguna vez si ella llevaba mucho tiempo viviendo allí?

—No, no creo —respondió, tras hacer memoria un momento, Stella—. Por lo visto, ella nació en Londres y perdió toda su familia durante la guerra. Creo que, según contaban, lo perdió todo durante los bombardeos, así que no sé, quizá se fue a la India para tratar de olvidarse de la guerra, tal como hizo mucha gente entonces.

—Sí, claro.

Permanecieron pensativas un instante.

—¿Por qué? —preguntó Stella.

—¿Por qué? —repitió Eleanor.

—Sí ¿por qué? ¿Crees que todo eso pueda tener algo que ver con sus problemas de salud? Su pasado, me refiero.

—Ya no sé qué pensar. Me… me gustaría encontrar alguna explicación a todo lo que le ha pasado. ¿Puede la demencia aparecer prácticamente de un día para otro? ¿Y si se trata de un estado de *shock*, a qué se debe?

—Ojalá pudiera ayudarte más, pero ella siempre fue un poco distante y muy reservada —dijo Stella.

—Sí, es verdad. —Eleanor sacudió la cabeza—. ¿Y tú qué? ¿Cómo está Fred? ¿Van mejor las cosas?

Stella dejó la taza en la mesa, juntó las manos y respondió con gesto contenido, en voz baja.

—Creo que ha cambiado su suerte, pero no quisiera echarla a perder.

—¿Sí? ¡Cuéntamelo! —la animó Eleanor.

—Pues el otro día, Fred estaba llenando el depósito en una gasolinera y oyó a dos hombres que hablaban cerca del capó levantado de un coche muy viejo. No recuerdo muy bien los detalles porque no entiendo nada de coches. Ni siquiera sé distinguir uno de otro. Por lo visto era un coche antiguo de clase.

»Bueno, ya sabes cómo es Fred, que a veces no sabe quedarse callado, así que se acercó a esos hombres y les dijo que más valía que no hicieran lo que pensaban hacer, porque sería perjudicial para el coche. Entonces uno de ellos le contestó algo así como "¿Ah, sí? ¿O sea que nos viene a dar lecciones?" —Stella lo contó intentando imitar el tono bronco de aquel individuo—. Fred se disculpó, claro, y dijo que no era asunto suyo, pero que de todas formas la decisión que tomaban no era la buena.

Hizo una pausa.

»Luego el otro hombre, que era un caballero, le preguntó qué haría él. Entonces Fred hizo algo en el motor y después le dijo al hombre que volviera a intentar arrancarlo. ¡Y arrancó! Luego el caballero le invitó a tomar un café con él y empezaron a hablar, y al final ¡le ofreció un empleo!

—¿Un empleo?

—Sí, es que Fred explicó primero que era ingeniero mecánico, pero como no había encontrado trabajo en su profesión, había trabajado como agente de seguros. Cuando le preguntaron sí sabía mucho de coches, contestó que él había estudiado ingeniería porque los coches eran su gran pasión y que era capaz de arreglarlos, diseñarlos, repararlos y recomponerlos, y que, si no encontraba un empleo, se pondría a trabajar como un simple mecánico en un taller en caso necesario. ¡Entonces el hombre dijo que necesitaba una persona como él, le dio su tarjeta y le dijo que fuera a verlo el lunes!

—¡Ay, me alegro mucho por él! ¡Por todos! —exclamó con alborozo Eleanor.

—Sí, y lo mejor es que el caballero que le dio la tarjeta a Fred es ni más ni menos que Henry Lenard.

—¿Henry Lenard? ¿Quién es?

—¡El mayor empresario de coches de toda Inglaterra!

—Ah, ya sé quién es. ¿No se le murió la mujer hace poco?

—Sí, exacto. Fue un caso muy triste.

—¿Tiene dos hijos?

—Sí, ya mayores. Creo que su hijo va a seguir con el negocio. La hija vive en Bélgica y está casada con un político, me parece.

—¡Eleanor! —exclamó de repente Stella, con apremio.

—¿Qué?

—¿Y si la tía Clara está en estado de *shock* porque se ha muerto una de sus amigas? No una amiga cualquiera, sino alguien muy importante para ella.

—No se me había ocurrido.

Stella se levantó e hizo sonar la campanilla.

Dotty apareció de inmediato.

—Dotty ¿sabes si últimamente ha fallecido alguna de las amigas de la tía Clara? —le preguntó Stella.

Dotty frunció el entrecejo.

—Me parece que no, señorita. No que yo me haya enterado y, además, ella me lo habría contado.

—¿Ni siquiera alguien de la parroquia? —preguntó Eleanor.

—¿Antes de… que le diera el ataque? —precisó Stella.

—¡Ah! ¡No se me había ocurrido! —respondió Dotty, casi con alegría, planteándose si aquello podría ser la solución. Después volvió a abatir la expresión, sin embargo—. Pero tampoco sé que hubiera nada de eso.

»Sí que murió un tal señor John Roth, pero eso fue una semana después del ataque de la señora Jenkins. Comentaron que fue algo misterioso, porque nadie se lo esperaba, pero así es como funciona lo del corazón ¿no? sobre todo a esa edad. Se para y ahí se acaba todo.

La impresionante sencillez de su reflexión dejó perturbadas a ambas hermanas.

—¿Era amigo suyo? —indagó Eleanor.

—¡No, no, señorita! Era nuevo en el vecindario, pero ahora está muerto… pero no, no tenían ninguna clase de amistad. Ya saben cómo es su tía. No creo que se haya fijado en ningún caballero ni que haya recibido la visita de ninguno desde que murió su tío, ni tampoco antes cuando vivía él.

—Sí —confirmó Stella—. Era solo una idea.

—¡Y muy útil, señorita! Yo preguntaré, por si acaso, y si surgiera algo, se lo diré. ¿Han terminado con el té? ¿Quieren que les traiga otra cosa?

—¡Huy! —exclamó Stella—. Fíjate qué hora es. ¡Me tengo que ir corriendo!

Eleanor la ayudó a ponerse el abrigo mientras Dotty recogía la mesa. Las dos hermanas se despidieron con un beso y un abrazo delante de la puerta.

—Mantenme al corriente con lo de Fred —pidió Eleanor.

—Descuida. Ya sabes que, aunque se quede en nada, al menos ha motivado esperanzas.

Luego Stella asió las dos manos de Eleanor, como si quisiera reconfortarla.

»Eleanor, puede que no vuelva… la tía Clara, me refiero… puede que no vuelva a ser como era ella.

—No puede ser —protestó Eleanor—. Nadie pierde la cabeza de la noche a la mañana.

—Quizá no fue de un día para otro. Tal vez no vimos o no quisimos ver los indicios… ¡Ya sé! —dijo, adelantándose a las objeciones de su hermana—. Pero quizá deberíamos mantener una postura sensata. No querría que volvieras a vivir la… situación de mamá.

—Es curioso, porque la esperanza y aceptación van normalmente de la mano y, sin embargo, para mí siempre las he visto como fuerzas opuestas —constató Eleanor, con aire pensativo—. Si tengo esperanzas, me siento incapaz de aceptar, y si acepto, siento como si hubiera perdido toda motivación para esperar.

—Tú nunca aceptas, Eleanor —destacó Stella, apretándole las manos con cariño —. Nunca te das por vencida. Es una cualidad que siempre he envidiado en ti.

Luego, tras dedicarle una sincera sonrisa, abrió la puerta y salió.

Eleanor se quedó apoyada en la puerta después de cerrarla y suspiró, tendiendo la mirada hacia el techo. Después la centró en el cuadro que había en la mesa del recibidor. Era una foto enmarcada de la tía Clara con el tío James.

—¡Fotos! —dijo en voz alta—. ¡No hay fotos!

—¿Fotos, señorita? —preguntó Dotty, que pasaba por allí en ese momento.

—No hay fotos antiguas de mi tía.

—Sí las hay, señorita, en la sala de estar y en la biblioteca.

—Sí —reconoció Eleanor—, pero todas datan de después de su boda con mi tío, y solo aparecen personas de la familia de él, como mi madre, Stella, Martha, los niños y yo, pero no hay ninguna de ella ni de su propia familia. Mi madre tenía toda una colección de fotos de ella y de mi tío de cuando eran niños. La tía Clara, en cambio, no tiene ninguna, aparte de la que había en ese sobre.

—¿El sobre? —preguntó con extrañeza Dotty.

—Dotty —prosiguió Eleanor, sin hacerse eco de su interrogación— ¿has visto alguna vez alguna foto de la tía Clara por la casa, o en su cuarto, de cuando era joven, o de su familia?

—No, señorita, ahora que lo dice, pero yo no creía que la señora Jenkins tuviera familia.

—¿Por qué?

—Porque nunca hablaba de ella. Puede que la perdiera por completo durante la guerra. Igual lo perdió todo.

—Sí, eso fue lo que nos contaron, pero ahora ya no me lo creo.

Eleanor posó la vista en las escaleras meditando sobre la cuestión, porque en todo caso, sí hubo una foto... la foto de la tía Clara junto con su madre. ¿Cabía la posibilidad de que hubiera más guardadas en algún sitio? En tal caso, ¿dónde podían estar? Iba a tener que buscar. No obstante, ella jamás registraría las cosas de su tía sin su permiso. Por otra parte, había que tener en cuenta que se enfrentaban a una situación extraordinaria...

Capítulo 5

Los primeros pasos de Eleanor

La llamada se produjo el sábado por la mañana. Eleanor había pasado la noche del viernes en su piso, puesto que Dotty y "mi James", como llamaba ella a su marido, habían decidido quedarse en casa y no salir tal como acostumbraban a hacer los viernes.

—¡Buenos días! —la saludó alguien con acento francés—. ¿Puedo hablar con mademoiselle Timboult, por favor?

—Sí, soy yo —respondió con entusiasmo, habiendo identificado ya de quién se trataba.

—Soy Antoine. La he llamado los días anteriores, pero no contestaba. ¡Tengo noticias! —anunció, con un asomo de excitación.

—¡Ay! Es por mi culpa. Es que me he estado quedando a ayudar en casa de mi tía. Debí haberle dado su número también.

—¡Da igual, porque ya la he localizado hoy! Mademoiselle, los hemos encontrado.

—¿A quiénes?

—A la familia de Catherine DeBois, o lo que queda de la familia. Viven no muy lejos de París, en un pueblecito llamado *Sousleit,* que queda entre París y Auxerre.

—¡Ay, es fantástico! —exclamó, sentándose en el borde de un sillón—. ¿Podemos ir a verlos? ¿O quizá sería mejor escribirles antes?

Antoine guardó silencio.

—¿Hola?

—Sí, sí, estoy aquí. Bien, verá, creo que no. Creo que debería venir. Lo mejor sería que llamara a su puerta y se presentara directamente.

—¿Pero y si no me quieren ver?

—*Ah, voilà,* entonces será que no la quieren ver. De todas maneras, tenga presente que, si la tienen ahí, delante de ellos, les será más difícil no atenderla, *n'est-ce pas?*

—También podríamos hacer ambas cosas. ¿Cree que no me van a recibir? —preguntó con inquietud.

Antoine meditó un momento la respuesta.

—Bien, hasta ahora usted no sabía nada de su existencia, y su tía nunca se había puesto en contacto con ellos, ni había hablado de ellos.

—Sí, es verdad, al menos que yo sepa.

—Y no sabemos por qué. ¡Bien! Yo propongo que vayamos a llamar a su casa y usted diga "¡Hola, aquí estoy!" Y *voilà!*

Se había expresado de una manera tan cómica que Eleanor soltó una carcajada espontánea y él también se rio.

»¿Cuándo puede venir entonces?

—Pues… podría estar allí el martes. Solo tengo que dejar organizado los cuidados de la tía Clara y lo que haya pendiente de mi trabajo; creo que podré tenerlo listo entre hoy y el lunes.

—*Bon!* Entonces ya me dirá dónde quiere que nos encontremos.

—¿Quiere acompañarme? —preguntó ella, esperanzada.

—*Absolument!* Lamento decir que soy un hombre de mediana edad con una ocupación que me deja demasiado tiempo para hacer otras cosas, con una hija en la universidad a la que veo a la hora del desayuno y de la cena, y a veces ni eso. Para mí no será ningún sacrificio acompañarla si lo considera adecuado. ¡De hecho, me encantaría ir con usted! Además, puesto que nuestras familias mantuvieron un vínculo en el pasado, me gustaría participar en estas indagaciones… si no le importa. Mi madre guarda un recuerdo especial del tiempo que pasó con ella. Hace unos días volvió a sacar las fotos y se deshace en elogios para con ella. La admira mucho. ¡O sea que me encantaría contribuir a la resolución de este misterio!

—Y yo estoy encantada de que me quiera acompañar —contestó Eleanor, tal vez con vehemencia excesiva. Como no podía volver atrás, carraspeó antes de añadir, aligerando el tono, de manera precipitada—: Creo que esta vez voy a ir en avión, en lugar de coger el barco en Calais y luego el tren.

—¡Perfecto! Llámeme para confirmar el día y la hora de su llegada.

A continuación, le dio su número de teléfono y después colgaron.

Eleanor se quedó mirando el escritorio, el tablero de corcho, todas las notas y los cuadernos que invadían la mesa y el suelo. Bueno, le convenía empezar a organizarse de inmediato, resolvió, cayendo en la cuenta de que ¡solo faltaban dos días para el martes!

Bajó a su habitación y abrió el armario.

—¡Solterona! —espetó en voz alta.

Se sentó en el borde de la cama. ¿Cómo había acabado adoptando esa apariencia de alguien mayor que ella? Todavía era joven, ¿no? ¿Qué debía de pensar de ella monsieur LeSart? De todas formas ¿qué más daba? —De improviso, se echó a reír, y a su imagen, reflejada en el espejo del interior de la puerta del armario, le dijo—: Pues me importa. No sé por qué, pero me importa.

Tampoco aspiraba a algo más que una amistad, desde luego. La impresión que tenía era de que podían llegar a forjar una bonita amistad. No sabía muy bien por qué, pero sentía como si tuvieran… algún tipo de conexión, un respeto y comprensión mutuos. Pero, aun así, quería que él la viera como una mujer… atractiva… o al menos interesante, ¿no?

Se volvió a mirar en el espejo. Tampoco quería que él la viera como alguien que se había estancado definitivamente en la vida, como una mujer que había renunciado a sí misma y al mundo, que se había refugiado en los libros, en la fantasía y en su labor de creación de tarjetas.

Sí, se le daba bien escribir, eso era cierto ¿y qué había de malo en ello? Al fin y al cabo, le gustaba su vida. Lo único que tenía que hacer era escribir lo que habría deseado que otros le dijeran, así de sencillo. Siempre experimentaba un increíble sentimiento de satisfacción, ¿o no?

—¡Te estás escondiendo, Eleanor! —le había dicho muchas veces su hermana Stella—. No puedes seguir escondiéndote para siempre. Debes tratar de seguir adelante, de volver a empezar.

Eso era precisamente lo que había hecho. Se había convertido en una misteriosa autora de novelas cortas románticas, que también escribía libros para niños que ahora iban a ser traducidos al francés. Aparte, estaba el diseño de las tarjetas, cuyos textos redactaba también.

Volvió a observar su reflejo y la ropa colgada en el armario.

Cerró los ojos, recordando.

Si volvió a emprender una nueva vida fue gracias a la tía Clara, no cabía duda. Esta se presentó a las ocho en punto de la mañana en la puerta de la casa de la madre de Eleanor y, tras irrumpir prácticamente en su interior, se fue directamente a su cuarto, y ¡le propinó un tremendo sermón! Su intervención había dado frutos... Por lo menos, le había hecho pasar de una total oscuridad a una tonalidad de gris más clara. Lo que más impresión le causó fueron las palabras que empleó la tía Clara.

"¡Eleanor, puedes seguir así y arruinar tu vida o bien puedes recoger los pedazos rotos y seguir adelante como si fueran tan solo un trampolín que te impulse hacia donde quieras llegar! ¡Nadie, absolutamente nadie, te puede privar de lo que eres, de quién eres y de lo mucho que tienes para ofrecerte a ti misma y a los demás! Eleanor, tú tienes muchas capacidades y cualidades. ¡Te aconsejo que empieces a usarlas en tu propio beneficio y que no cierres las puertas a la vida! ¡Aunque no sepas qué es lo que te va a traer, tanto si es bueno como malo, debes emprender el camino, paso a paso!"

Y eso era lo que había hecho ¿no? Volvió a mirarse en el espejo y exhaló un suspiro. ¿O acaso había permanecido encerrada, resguardada del mundo de afuera, sobreviviendo y existiendo solo en el acogedor nido que se había acondicionado para sí? Cerró la puerta del armario.

—¡Bueno! ¡Está claro que me hace falta ropa nueva, así que, mi querida Eleanor, esa es tu prioridad en el día de hoy! —determinó.

Capítulo 6

La familia

Antoine le llevó la maleta y la colocó en el maletero de su coche blanco, que relucía como si estuviera recién salido de fábrica. Cuando le abrió la puerta, ella advirtió que los asientos de cuero rojos también parecían completamente nuevos.

—¿Qué coche es?

—¡Ah, un Citroën! ¡El mejor coche que se hace en Francia! ¡Bueno, esa es mi opinión! —matizó con entusiasmo.

Eleanor sonrió.

»¡Veamos, aquí está *le Guide Michelin*! —anunció, entregándole un enorme mapa al tiempo que se sentaba a su lado—. ¡No se puede ir a ninguna parte sin él! Yo conduciré y usted, Mademoiselle, me indicará la ruta.

—¿Yo?

—Sí ¿Sabe cómo interpretar un mapa, *n'est-ce pas*?

—Creo que sí, pero tengo un sentido terrible de la orientación. Me suelo perder a menudo.

—No se preocupe, Mademoiselle, que encontraremos el camino ¡seguro!

—Puede tutearme y llámeme Eleanor, por favor.

—¡Perfecto! Y tú me tienes que llamar Antoine.

Culminó la frase con una sonrisa. A Eleanor le encantaba que siempre la mirara directamente a los ojos. Otros hombres, incluso su editor, la examinaban de pies a cabeza, como si efectuaran algún tipo de evaluación, al margen del tipo de ropa que llevaba puesta. Desde el primer día, monsieur LeSart, Antoine, jamás hizo eso y se mantenía fiel a su tendencia.

Posó con escepticismo la mirada en el mapa mientras el motor rugía, propulsándolos hacia la carretera.

El pueblo quedaba a dos horas largas de París y, pese a que aún hacía un poco de frío en el mes de marzo, la primavera despuntaba ya en el verde paisaje por el que se desplazaban, entre las pintorescas casitas, iglesias, tiendas e incluso granjas que alegraron el trayecto hasta llegar a Sousleit.

—¡Ahora hay que encontrar la *rue de l'Église*! —dijo Antoine, deteniendo el coche.

Bajó la ventanilla al lado de un anciano con una pipa, que cargaba una bolsa de pan. El hombre parecía dar una larga explicación de cómo llegar a aquella calle.

—Muy bien. Debemos aparcar lejos del centro de la población y luego seguir a pie, *d'accord*?

Pese a que la calle era de adoquines, se veía que en algunas zonas habían pavimentado hacía poco la acera. La casa que buscaban se encontraba cerca del centro de la plaza principal. Estaba encima de una pastelería, o un establecimiento que en parte era pastelería, según le habían informado a Antoine.

La plaza central del pueblo no era muy grande. Tenía una iglesia enorme que casi invadía una buena parte del lado izquierdo de la plaza. A la derecha, había unas cuantas tiendecillas donde vendían sombreros, guantes y bufandas, así como un pequeño banco y dos cafeterías con mesas afuera. En el medio, se encontraba la pastelería, tal como se leía en el letrero: Pâtisserie Sosleit.

Eleanor notó de repente un amago de nervios.

—¿Qué le parece si tomamos café antes…?

Antoine, no obstante, ya se había ido directamente a la tienda y entró. Eleanor lo siguió con renuencia.

Vieron una mujer que debía de tener unos diez u ocho años menos que la tía Clara, y otra, sin duda más joven que Eleanor. Aparte, no había nadie más en el interior.

Aunque no era muy espacioso, junto a la entrada había varias mesas contiguas a la ventana que daba a la plaza. Lo primero que atraía la vista, sin embargo, era el enorme mostrador cargado a rebosar de pasteles, pastas y pan, capaces de hacerle la boca agua a cualquiera.

—*Bonjour* —saludó la más joven de las dos mujeres que atendían tras el mostrador.

—*Bonjour* —dijo Antoine, sonriendo, al tiempo que se quitaba la bufanda y se desabotonaba el abrigo—. Buscamos el 4 de la *rue de l'Église* —expuso en francés.

—Ah, según se sale, es la callecita que queda a la derecha. Hay solo dos números a cada lado. ¿Le puedo ayudar en algo más?

Antoine miró a Eleanor, que se acercó tímidamente al mostrador.

—Verá —explicó él—, yo me llamo Antoine LeSart y ella es mi amiga Eleanor Timboult. La tía de Eleanor está buscando unos parientes suyos, por parte de madre. Está buscando los parientes de Sarah Jacobs Levi.

Las dos mujeres se quedaron calladas, mirándolo. Después observaron con detalle a Eleanor antes de volverse para intercambiar una mirada.

—Perdone, Monsieur, hacía mucho que no oíamos ese nombre. ¿Por qué razón los buscan? —preguntó la mayor.

—Porque creemos que a mi tía quizá le quede poco tiempo de vida y pensamos que sería un consuelo para ella saber algo de su madre, o de sus parientes —dijo de improviso Eleanor, también en francés.

—¿Después de tantos años? —preguntó con suspicacia la mayor.

—Sí, ya sé, pero es que hasta hace poco no nos habíamos enterado… bueno, de que ni siquiera tuviera algún pariente —respondió Eleanor.

—Si no hizo ningún esfuerzo por encontrarlos antes ¿por qué ahora? —insistió la mujer.

En la pastelería se asentó un breve lapso de silencio.

—Quizá porque ahora considera que es el momento —argumentó Eleanor.

—Usted es inglesa —señaló la mujer.

—Sí, me temo que mi francés no esté a la altura.

—Es aceptable —aprobó la pastelera, al tiempo que se volvía para apagar un timbre que empezó a sonar.

Eleanor consultó con la mirada a Antoine, que se encogió de hombros, y aunque no llegó a sonreír, se notaba que ganas no le faltaban.

—*Bon!* Yo me llamo Ruth y esta es mi hija, Olivia. Acompáñenme —los invitó, quitándose el delantal, antes de ponerse a dar instrucciones a la joven.

Rodeando un extremo del mostrador, accedieron a una puerta que conducía a la trastienda. Allí había hornos, una gran mesa de trabajo y bandejas vacías colocadas en las guías de un portador de bandejas. Ruth se acercó a uno de los hornos y, tras colocarse unos guantes, sacó una gran bandeja llena de *croissants*, que luego dejó enfriar. Parecía muy concentrada y pensativa, como si estuviera tomando una decisión.

Olivia acudió con más bandejas, en ese caso vacías, y las colocó entre las guías del portador de bandejas.

Entonces Ruth se dirigió al fondo de la trastienda, donde había un ascensor, en el que entraron los cuatro. Pese a su apariencia decrépita y a los crujidos que sonaron cuando arrancó, la madera y el espejo del interior estaban limpios y resplandecientes.

Se detuvieron en el primer piso, según los cálculos de Eleanor. Cuando Ruth abrió la puerta, salieron directamente al recibidor de la casa.

—Siéntense, por favor. Les traeré algo para tomar —dijo Ruth, señalando la sala que había a la izquierda.

—Parece muy angustiada —comentó Eleanor con inquietud, mientras se quitaban los abrigos y los dejaban en una de las sillas.

—Hemos sacado a la luz el pasado —interpretó Antoine, sonriendo—. Ya se le pasará, ya verás. Seguro que siente la misma curiosidad que nosotros —afirmó con un guiño.

Sarah tendió la mirada hacia la pastelería desde el otro lado de la plaza. Las tiendas habían cerrado ya y solamente se oía, de vez en cuando, el roce de una escoba en el suelo de la acera. La luz del atardecer perdía intensidad, tiñendo de una tonalidad rosa las añejas fachadas de los edificios de ladrillo.

Dirigiendo un vistazo a la muchacha rubia que la acompañaba, asintió con la cabeza. Al llegar a la otra punta de la plaza, tomaron la calle lateral para dirigirse al portal que buscaba Sarah. Una vez allí, se detuvo un instante y después, con un suspiro, entró en el edificio. Las escaleras no pararon de crujir mientras subían hasta el primer piso. La madera todavía se veía hermosa y las paredes no parecían acusar el paso del tiempo. Quizá aquella fue una de las últimas obras en las que trabajó Jonah antes de su accidente.

Al llegar al rellano, vieron la mezuzá todavía colgada en el pilar de la puerta. Sarah llamó a la puerta con su mano y esperó.

La puerta se abrió y por el resquicio asomó una mujer algo más joven que ella. Tras observarla con cara de sorpresa y a la vez de reconocimiento, apoyó la cabeza en la jamba y bajó la vista, como si meditara. Unos segundos después, levantó la cabeza y miró a la joven rubia, de ojos azules, que aguardaba pacientemente al lado de la mujer.

—Es un asunto urgente —dijo Sarah.

Una niña apareció junto a la mujer y se quedó, como ella, apoyada en el quicio. Tenía unos grandes ojos oscuros y el pelo castaño rizado. Comía una manzana y el jugo le chorreaba por la mano.

—¡Hola! Me llamo Ruthy —se presentó, muy contenta.

Nadie dijo nada.

Finalmente, la mujer abrió del todo la puerta para dejar pasar a Sarah y a la muchacha rubia.

—Ruthy —dijo la mujer—. Esta es tu tía Sarah y tu prima…

—Marguerite —dijo Sarah.

—Sí, Marguerite —repitió, con tono neutro, la mujer.

—¡Ah! —exclamó con entusiasmo la niña, aplaudiendo con la boca llena con el último bocado de manzana.

Para entonces ambas habían entrado en la casa, pero no se habían quitado el abrigo.

—Ruth necesito hablar con papá.

—No te va a querer ver.

—¿Sarah? —las interrumpió, con voz apagada, una mujer que apareció detrás de Ruth.

—Mamá —susurró Sarah, sonriendo.

La mujer se precipitó a abrazar a su hija. Después dio un paso atrás y manteniendo sujetas las manos de Sarah, la observó con cariño, de pies a cabeza. Luego desplazó la atención hacia Marguerite.

—Marguerite —dijo Sarah—. Ella es tu abuela, Anne.

La abuela abrazó a la muchacha como si le fuera la vida en ello. Después se volvió hacia Sarah para formularle sin palabras aquella pregunta que tanto la perturbaba.

—Sí —contestó Sarah—. Nos casamos… en Berlín. Pero mamá, necesito hablar con papá —insistió, cogiéndola de las manos.

—No va a querer, Sarah, ya lo sabes —respondió Anne en voz baja, dirigiendo una mirada cautelosa a la puerta de madera que estaba cerrada a la derecha.

Sarah miró a su vez la puerta y luego trasmitió una muda indicación a Marguerite.

—¿Ruthy? ¿Tú tienes muñecas? —preguntó.

—¡Huy, sí! —respondió la pequeña, girando sobre sí como una bailarina los bracitos sobre la cabeza formando un arco.

—¿Me las puedes enseñar? —le pidió Marguerite.

Ruthy, tomando la mano de Marguerite, la guio por el corto pasillo de la izquierda.

Sarah se encaminó con paso firme a la puerta de madera, llamó una vez, la abrió y entró. El anciano sentado frente al escritorio levantó la cabeza y abrió la boca como si quisiera protestar, pero no dijo nada.

Padre e hija se quedaron mirándose un instante.

—¡Aquí no eres bien venida! ¡Márchate! ¡Para nosotros estás muerta! —espetó el anciano.

Anne y Ruth habían acudido detrás de Sarah. La madre se acercó al marido para hablarle en tono de súplica.

—Escúchala, tiene…

—Os tenéis que marchar todos de aquí. Los alemanes ya están en París. Es solo cuestión de tiempo antes de que los soldados lleguen aquí. Vuestras vidas corren peligro —aseguró Sarah, interrumpiendo a su madre.

—¡Bah! ¿Cómo lo sabes? —replicó el padre.

—Lo sé —reiteró, con calma y contundencia, Sarah—. En Polonia están haciendo redadas de judíos y los encierran en guetos. En los pueblos de los alrededores, simplemente los matan.

—Esto es Francia —dijo el anciano—. ¡Francia es diferente!

—Francia, Austria, Polonia, Holanda, Bélgica… en todas partes es igual. Todos aplican las órdenes. Los judíos no pueden tener negocios, los judíos no pueden viajar en los autobuses, los niños judíos no pueden tener bicicletas, y muchas otras cosas más horrendas. Los detienen y los meten en trenes para llevarlos, como ganado, a campos de trabajo. Pero corren rumores de que allí también los matan.

—¡Bobadas! —vociferó el anciano.

—Les disparan después de haberles hecho cavar zanjas donde enterrarlos. En algunos casos los obligan a quitarse la ropa antes de dispararles, en la cabeza, a todos, tanto hombres como mujeres y niños.

—¿Pero tú cómo sabes eso? —preguntó Ruth, perpleja por lo que acababa de oír.

Sarah guardó silencio, mirando a su padre a los ojos.

—¿Y adónde vamos a ir? —preguntó Anne.

—A Suiza. Ya está todo arreglado. Os recogerán mañana por la tarde justo antes del anochecer —anunció con firmeza Sarah.

—¡Pero si mañana es el Sabbat! —protestó el anciano.

—Precisamente por eso. Saldréis como si fuerais a casa de algún amigo para pasar el Sabbat, pero en realidad os iréis a Suiza.

—Joel, escúchala —rogó Anne.

—¡Yo no pienso ir a ninguna parte! —insistió el anciano—. ¡Yo confío en Dios! ¡Él nos ayudará y nos protegerá, y será nuestro guía en lo que debemos hacer!

—¡Dios os está protegiendo y guiando! —declaró con severidad Sarah.

—¿Crees que hablas por boca de Dios? —replicó con indignación su padre, levantándose de la silla—. ¡Tú, que eres una blasfema! ¡Tú, que dejaste a un lado tus creencias y tu herencia judía por un hombre, un infiel y encima un alemán!

—Os lo van a quitar todo, hasta acabar matándoos —prosiguió Sarah, dirigiéndose a su madre—. ¿Es eso lo que quieres para la familia? —preguntó a su padre—. ¿Para Ruth y Jonah... para Ruthy?

En el cuarto se instaló un pesado silencio, mientras el padre de Sarah se volvía a sentar despacio en la silla.

Anne tomó la palabra.

—Ruth, Jonah y Ruthy se irán. Tu padre y yo nos quedaremos.

—Pero ¿quién ayudará con la tienda —alegó Ruth—. Mamá, tú no puedes...

—Lo hice antes de que tu nacieras y cuando eras niña. Puedo desenvolverme —aseguró Anne, interrumpiendo a su hija.

—¡Mamá! —suplicó Sarah—. ¡Vas a perder la vida por una tienda, que de todas formas te van a quitar!

—Ya está zanjado. Ahora dime ¿qué tienen que hacer Ruth y Jonah? —preguntó Anne.

—Necesito una mesa con buena luz —dijo Sarah, quitándose los guantes—. Ruth, llama a Marguerite y dile que la necesito. También necesitaré agua en un vaso y fotos.

—¿Fotos? ¿Por qué? —preguntó Ruth.

—Ni demasiado grandes, ni demasiado pequeñas. ¿Por qué? Porque hay que cambiar vuestras identidades. No podéis seguir utilizando vuestro nombre actual, y a Ruthy hay que instruirla en lo que puede y no puede decir, por si acaso le preguntan algo. Os explicaré qué hay que decirle y de qué forma.

Ruth salió a buscar lo que había solicitado.

—¿Y tú qué vas a hacer, cariño? —preguntó su madre—. ¿Vas a ir con ellos?

—No, yo no corro peligro. —Luego, mirando a su padre, declaró—: Sarah Jacobs Levi murió hace muchos años.

Una vez sentados en torno a la mesa, con unas tazas de té y unos pastelillos que sirvió Olivia, Ruth tomó la palabra.

—¿Así que es usted la sobrina de Marguerite?

—Sí, se casó con mi tío, en la India.

—¿En la India? ¡Vaya si se fue lejos! —exclamó Ruth.

—Sí. Pensábamos que quizá usted nos podría decir algo con respecto a su madre, o a ella. Usted la conoce con el nombre de Marguerite. ¿Sabe si Sarah, su madre, sigue viva todavía?

—No lo sabemos —respondió Ruth—. Yo solo vi a mi tía Sarah una vez. El día antes de que nos fuéramos a Suiza, mi madre, mi padre y yo.

Calló un instante y pareció cómo si se relajara y se le suavizara la expresión.

»Si pudimos marcharnos fue gracias a ella. Nos salvó la vida. Siempre le estaré agradecida. —Exhaló un suspiro y, al mirarlos, se dio cuenta de que aguardaban a que añadiera algo más.

»Vinieron el día antes, tal como he dicho. A mí me llamaban Ruthy porque mi madre se llamaba Ruth. Vivía aquí con mi madre, mi padre, que quedó ciego a raíz de un accidente, y mis abuelos, Anne y Joel.

»Los alemanes habían tomado ya París y se había constituido el gobierno de Vichy, pero aquí, en este pueblo, casi no habían llegado soldados. Pensándolo bien, tampoco tenían por qué venir concretamente aquí, estando como estamos perdidos en medio del campo.

»A mí no me lo explicaron, pero por lo visto ese día Sarah les avisó a mi madre y a mis abuelos de todo lo que sabía sobre el trato que daban los alemanes a los judíos. Mi madre me contó más tarde que disponía de mucha más información que la mayoría de la gente, y que eran cosas horribles. Ahora todos sabemos que era todo verdad, ¿no?

Eleanor y Antoine asintieron mudamente.

»Ella y Marguerite prepararon los salvoconductos y los nuevos documentos de identidad aquí mismo. Nos pusieron nombres nuevos y a mí, al ser una niña, me dieron órdenes estrictas de lo que tenía que decir. Me pareció divertido eso de hacerme pasar por otra persona. Por otra parte, me di cuenta de que mi madre y mi padre estuvieron asustados hasta que llegamos a la frontera y debo reconocer que, aunque no tenía ninguna conciencia de lo que pasaba, cuando uno ve a sus padres atemorizados, le entra miedo también e intuye que algo va mal.

—¿Sus abuelos no fueron con ustedes? —preguntó Eleanor.

—No —respondió con aspereza, fijando la vista en la taza de té—. Mi abuelo se negó y mi abuela no quiso dejarlo solo.

Suspiró con pena.

»Por lo visto, pensaba que en Francia las cosas serían distintas, pero no fue así. A los judíos los deportaron a los campos de internamiento, donde los eliminaron en cámaras de gas, o les dejaban morir de hambre y enfermedades, igual que en todas partes. Mis abuelos murieron en Dachau. Los llevaron a las cámaras de gas en cuanto llegaron.

Se produjo una pausa de silencio, cargado de tristeza.

—¿O sea que su tía Sarah formaba parte de la Resistencia? —preguntó Eleanor.

—O sí, no cabe duda. Y sabía mucho, porque nuestros salvoconductos eran especiales y llegamos a la frontera mucho más deprisa que la mayoría de los que lo intentaron en ese momento. No hubo ni un punto de control en el que tuviéramos que demorarnos más tiempo del necesario para echar un vistazo rápido a los papeles.

—¿Ella fue con ustedes? —quiso saber Eleanor.

—No, fuimos hasta la frontera con un individuo llamado Jacques O'Cringe. Bueno, al principio nos dijeron que se llamaba Carlo y que era de origen italiano, pero el joven guía que nos acompañaba nos dijo cuál era su verdadero nombre. Jacques se enteró y se enfadó muchísimo. Cuando estábamos a punto de cruzar la frontera, le ordenó al muchacho que se quedara con nosotros hasta que hubiera acabado la guerra, porque si volvía antes, él mismo le dispararía un tiro. Le dijo que no era lo bastante discreto para trabajar para *la Résistance* —concluyó, riendo.

»Bueno, al final fue lo mejor, porque más adelante el chico se convirtió en mi marido y gracias a él, pudimos sobrevivir al llegar a Suiza —reconoció, mirando con orgullo a su hija, que seguramente había escuchado relatar más de una vez aquella historia.

—¿Qué edad tenía usted entonces? —preguntó Eleanor.

—Siete u ocho años, creo —respondió Ruth.

—¿Y Marguerite?

—Creo que ella debía de tener unos dieciséis. Era muy guapa y también muy lista. Cuando la vi trabajando con mi tía, me quedé muy impresionada, aunque fuera solo una niña. Pensándolo bien, era increíble que pudiera falsificar documentos siendo tan joven ¿no?

—¿Tiene alguna foto de su tía? —pidió Eleanor.

—No. Antes de irse esa noche, o quizá por la mañana, porque creo que las dos se fueron muy de madrugada, nos hizo quemar todas las fotografías suyas y de mi madre. De entrada, ya no había casi ninguna porque *grand-papa* las había quemado antes, cuando se fugó con el abogado alemán, pero mi abuela tenía algunas —explicó, con un suspiro.

—Pero si se iban a ir, ¿por qué había que quemar las fotos de su madre? —objetó Eleanor.

—Porque mi madre y mi tía se parecían mucho. Mi tía era algo mayor y tenían el pelo diferente. El de mi tía era de color caoba y no oscuro, y aparte tenía unos ojos de color verde avellanado, según le daba la luz. Me acuerdo porque siempre me parecieron extraordinarios y de pequeña me preguntaba si los míos iban a cambiar para ser de esa manera. Por lo visto, se parecía a la hermana de mi abuelo, que murió siendo niña. Ella también se llamaba Sarah. El caso es que las hermanas tenían unas facciones casi iguales. Como Sarah se iba a quedar, habría supuesto un riesgo para ella si las encontraban en la casa de mis abuelos, y también para nosotros si las lleváramos encima, porque nos habrían podido registrar en los puntos de control; nunca se sabía con certeza de qué información disponían. Igualmente, Sarah nos obligó a llevar ropa sin la estrella amarilla.

—Comprendo —dijo Eleanor.

—¿A su tía la echaron de casa porque no se casó con un judío? —preguntó Antoine.

—Por eso y porque además primero se fugó con él y vivía con él sin estar casados, por lo que mi familia pudo deducir al principio. No envió ni una carta. Simplemente desapareció con él. Por aquel entonces, tenía dieciséis años, y nadie supo nada de ella hasta que mi madre abrió la puerta y se la encontró delante esa tarde.

—¿Su madre y su padre aún están vivos? —preguntó Eleanor.

—Papá murió unos años después de que volviéramos de Suiza y mamá murió hace dos años.

Se oyó el ruido de una puerta.

—¡Papá! —exclamó Olivia—. Iré a preparar más té para todos.

Un hombre de pelo moreno, vestido con traje, entró en la sala. Era muy alto y delgado y, a juzgar por su vestimenta, debía de trabajar en alguna oficina. Tenía una gran sonrisa y un semblante jovial.

Al ver a la visita, puso cara de extrañeza. Su hija le dio un beso en la mejilla antes de irse a la cocina.

—Philippe, te presento a Eleanor y Antoine. Eleanor es la sobrina de Marguerite, la hija de Sarah —explicó Ruth.

—*Bonjour. Hallo!* —saludó, algo desconcertado, tratando de hacer memoria—. ¡Ah! —exclamó por fin—. Ya entiendo.

Después de quitarse el abrigo, fue a dar un beso a su esposa. Luego cogió uno de los pastelillos y lo engulló de golpe, antes de dejarse caer en una silla al lado de Antoine.

—¿Y después de la guerra volvieron? —preguntó Eleanor.

—Sí —continuó Ruth—. Bueno, mi madre volvió y se encontró con que nuestra casa, esta casa, y también la panadería tenían otro propietario. Habían instalado el ascensor, no sé cómo, estando las cosas como estaban durante la guerra. Mi padre, Philippe y yo nos quedamos en Suiza porque, aunque todos queríamos volver, no sabíamos si podríamos. No se sabía cómo podían ir las cosas con la reclamación de las propiedades, y nosotros teníamos una panadería en Suiza donde trabajábamos todos, que teníamos que mantener en funcionamiento.

»El caso es que mi madre vino aquí y habló con los nuevos propietarios, porque en el ayuntamiento del pueblo le dijeron que no tenía derecho a reclamar la propiedad.

»Por lo visto, los nuevos propietarios, simpatizantes de los nazis, querían irse. No encontraban comprador para el negocio y la vivienda; estaban atrapados en la situación. Como habían apoyado el régimen nazi, la gente les odiaba. Nuestra familia apenas podía pagar lo que pedían, pero mamá pagó más de la mitad del precio y, durante un año, les dio parte de las ganancias. Después, por fin, volvió a ser nuestro… otra vez.

»¡Mamá estaba feliz! Estaba contenta de poder volver a su casa. Muchas de las familias de los alrededores volvieron. Otras se tuvieron que volver a marchar; algunas ni siquiera lo intentaron. Aparte estaban, claro, los que nunca iban a volver.

Todos guardaron silencio hasta que Olivia regresó con la tetera y llenó las tazas de todos.

—O sea que usted era el muchacho indiscreto —infirió Antoine, con tono jocoso, mirando a Philippe.

—Así es. ¡Fue una suerte! —comentó, dirigiendo una sonrisa con guasa a su esposa.

»De todas formas, me arrepentí —puntualizó, con aire pensativo—. Al principio, hacíamos broma sobre el asunto, pero según íbamos enterándonos de lo que ocurría, comprendimos la preocupación de Jacques. Por otra parte, me supo mal no poder colaborar en lo que hacían ellos. Tuve otros quehaceres, porque el padre de Ruth no estaba bien de salud y, hasta que su madre encontró empleo, yo era prácticamente el sustento de todos, haciendo trabajillos de toda clase. Después la madre de Ruth encontró trabajo en una panadería, primero para tareas de limpieza, pero cuando vieron sus capacidades y su arte para la pastelería…

Como si aquello le recordara los pastelillos que tenía a su disposición, se levantó y cogió uno, que también engulló de golpe.

—¡Papá! —lo reprendió su hija.

Él se encogió de hombros, sonriendo, antes de proseguir.

—Tal como decía, cuando vieron sus capacidades, la cambiaron de puesto y eso representó un gran alivio para nuestra situación.

—¿Y ninguno de ustedes volvió a saber nada de Sarah, ni siquiera después de la guerra? —preguntó Antoine.

—No. En esa época murió y desapareció mucha gente. Quizá no se llegó a enterar de que habíamos vuelto. Quizá pensó que nos habíamos quedado en Suiza, o puede que muriera durante la guerra —aventuró Philippe.

—No hubo ningún intercambio de cartas —dedujo Eleanor.

—No —dijo Ruth—. No nos habríamos atrevido, ni tampoco ella habría sabido dónde mandarlas. Tampoco les enviamos ninguna a los abuelos, porque Jacques nos dijo que no había que hacerlo. Después, supimos que de todas formas no las habrían recibido.

—¿Han vuelto a ver a Jacques alguna vez? —planteó Antoine.

—Sí, yo lo vi —contestó Philippe—. Estaba muy cambiado. Se había vuelto cínico y huraño. No confiaba en nadie y parecía descontento siempre.

Hizo una pausa para tomar un trago de té y ordenar los pensamientos.

»Verán, cuando empezó la guerra, vio cómo mataban a sus familiares de un tiro en la cabeza por su participación en la Resistencia. Él no se entregó, tal como exigían los alemanes, para salvarlos, y eso le dejó una gran amargura. Todos sabemos, como probablemente también sabía él, que en ese momento los habrían matado igual a todos aunque se hubiera entregado. También era consciente de que lo que había en juego iba más allá de la familia de cada uno. Él era una pieza clave en la cadena de toda la actividad clandestina de Francia. —Calló un instante—. Nunca lo llegó a superar del todo.

El silencio se asentó de nuevo en la habitación.

»Yo era huérfano y trabajaba a veces para su familia. Él era como un hermano mayor para mí. Estaba muy enamorado de Sarah, a la que conocía con el nombre de Tania, aunque era mayor que él, y estoy convencido de que no sabía que ella tenía una hija, porque tampoco lo sabía yo.

»Era mejor que entre los miembros de la Resistencia no se supiera nada de la vida personal de cada cual, ni siquiera sus verdaderos nombres ¿entienden? Sarah, Tania, falsificaba cualquier clase de documento para las personas que los necesitaban.

Philippe se volvió a llenar la taza y miró los pastelillos, pero se abstuvo de coger uno.

»Era mejor así —reiteró—, porque de esa forma no se sabría cómo localizar a alguien directamente ni tampoco dónde vivía. Si era capturado, no se podría decir gran cosa. Claro que, en caso de que hubiera un infiltrado, se corría un riesgo elevado de que lo mataran por no ser capaz de revelar ninguna información.

»Durante el viaje a Suiza, Jacques supuso que estaba ayudando a la familia de Tania, por el gran parecido que tenía con la madre de Ruth.

De todas formas, nunca hubo confirmación. Nadie dijo nada ni él hizo preguntas. Nadie de la familia mencionó nunca a Sarah, porque ella misma lo había exigido. En lo tocante a Jacques, él asumía que solo tenía contactos con Tania y nunca había oído hablar de Sarah. Consideraba que los motivos de la huida de la familia a Francia no eran de su incumbencia. Aunque suponía que huían por ser judíos, también habría podido ser porque eran comunistas.

—¿Cree que podríamos ponernos en contacto con monsieur O'Cringe? —preguntó Antoine.

—Puedo darles su dirección, o al menos la que tenía al acabar la guerra. No sé si todavía sigue allí. Vivía en un pueblo situado al sur de París, a dos horas de aquí y a una hora, más o menos, de París. Pero sepan que no va a hablar de ella; ni de ella ni de ninguno de los demás. Es como si todos estuvieran muertos y enterrados. Al principio, cuando volvimos, intentamos localizar a Sarah. Él dijo que no sabía nada, y que lo bueno del pasado era que era pasado y que había dejado de existir.

A continuación, ellos preguntaron a Eleanor por Marguerite, interesados por saber algo de su vida. Eleanor los dejó un tanto asombrados al contarles diversos pormenores, especificando que para ella Marguerite era en realidad Clara Jenkins.

Finalmente, se despidieron.

☙

De regreso al coche de Antoine, ambos se quedaron absortos en silencio, abrumados por el peso de tanta información. Eleanor tenía la impresión de que aquello era como el primer capítulo de un libro, muy denso, al que debían seguir otros más. Esa era, al menos, su esperanza.

—¡Qué! —exclamó, frotándose las manos, Antoine—. ¿Nos vamos?

—Esto es… más complicado de lo que pensaba —confesó Eleanor.

—*Exactement!* Tengo la impresión de que solo hemos rascado la superficie. Me alegro de que tengamos la misma sensación. Definitivamente tenemos que ir a ver a Jacques.

—Pero ellos han asegurado que no va a decir nada.

—Bueno, puede que sí o puede que no. Dejemos que sea él el que decida, *d'accord?*

—*D'accord* —aceptó, riendo, Eleanor.

۞

De vuelta al hotel, Eleanor abrió la ventana para dejar entrar un poco el aire fresco de la noche.

No todo el mundo habría calificado de espléndida la vista que ofrecía de París. Para eso había otros hoteles más caros. No obstante, a ella le bastaba lo que desde allí se alcanzaba a ver. Había varios tejados; interiores llenos de vida que se atisbaban a través de los visillos y las siluetas que se recortaban gracias al contraste de luces; una estrecha panorámica de la esquina donde los transeúntes se detenían a veces antes de cruzar la calle para apretar el botón del semáforo, mientras que otros atravesaban simplemente con celeridad; el ir y venir de los coches, una parada de autobús cuyo banco se llenaba cada media hora, un pequeño bar que parecía rebullir de vida; una heladería… ¿Una muestra fidedigna de la vida parisina?

Después se cambió y se metió en la cama. Había llevado consigo algunos borradores para corregir y también el cuaderno donde había comenzado a escribir un nuevo relato.

Sentada allí, con la espalda apoyada en la cabecera, estuvo pensando unos minutos en su vida anterior. Desde el "incidente", tal como lo llamaban en su familia, y el viaje que hizo a Italia con la tía Clara, había estado llevando una vida solitaria, quizá no del todo plena, pero confortable, que le procuraba la seguridad que necesitaba. Su vida estaba presidida por la fantasía y eso era precisamente lo mejor: pasara lo que pasara, disponía de un refugio, un lugar a donde ir, un sitio donde ella determinaba el desenlace, donde las cosas buenas o malas sucedían de acuerdo con sus deseos.

Ahora estaba inmersa en una aventura, una aventura real, con un hombre al que apenas conocía, y todavía no acababa de entender por qué él quería tomar parte de esta. Alejada de su acogedora rutina diaria, no sabía lo que le depararía el mañana ni adónde la iban a conducir las pesquisas sobre la vida de Catherine y Marguerite. Por primera vez en muchos años, se sentía entusiasmada con el cambio y deseosa de participar en ello, cosa que resultaba increíble en sí.

Recordó aquella vez en que la tía Clara le había dicho "Es inconcebible que, siendo una escritora con tanto éxito, no pareces ser capaz de pasar página en tu vida y empezar un nuevo capítulo. Eli, prueba a avanzar. ¡El mundo te está esperando allá afuera para que lo disfrutes!"

Se echó a reír, reconociendo cuánta razón tenía.

—¡Bueno, tía, quizás, gracias a ti, por fin estoy empezando un nuevo capítulo! —dijo en voz alta.

Después apagó las luces, todavía rodeada por todos los papeles, el cuaderno y los bolígrafos.

Capítulo 7

Jacques O'Cringe

Antoine la recogió a las ocho en punto. Quería llevarla a desayunar a un diminuto bar cercano a Nôtre-Dame porque, según afirmaba, no encontraría un sitio donde sirvieran mejores *croissants* que allí. Después de probarlos, Eleanor admitió que eran deliciosos.

La ventana junto a la que estaban sentados procuraba una vista parcial de la catedral.

—He llamado a mi amigo Luc para que recabe información sobre monsieur O'Cringe, por si acaso se cierra en banda con nosotros. Ha dicho que haría algunas averiguaciones.

—Me parece increíble que la tía Clara, o Marguerite, supiera cómo falsificar pasaportes o documentos de identidad a los dieciséis años, aunque la ayudara su madre.

—Sí. Claro que aquella era una época difícil. Los niños maduraban muy deprisa y tenían unos valores muy firmes.

—¿Pero Marguerite, la tía Clara, estaba ya viviendo con tus abuelos y tu madre en ese momento? Porque si ese hombre, Jacques, nunca la había visto ni había oído hablar de ella ¿dónde estaba? —planteó Eleanor.

—Sí, supongo que cronológicamente coincide. Ten en cuenta que solo estuvo unos dos años con mi madre —precisó—. No sabemos qué ocurrió antes o después, qué actividad realizaban ni adónde fueron.

—Sí, es verdad. En todo caso, consiguió ocultar que era judía.

Eleanor tendió un momento la vista hacia las altas torres de Nôtre-Dame, aunque sin enfocar la mirada.

—¿En qué estás pensando? —le preguntó Antoine.

—En qué motivos tendría para ocultarnos todo esto —respondió con un suspiro—. No sé si se lo contaría siquiera a mi tío.

—Quizá algún día puedas preguntárselo a ella —apuntó él con tono alentador.

—Eso espero, aunque… no parece muy seguro.

—*Ah, mais non!* La esperanza es lo último que se pierde, *n'est-ce pas?* Eleanor le correspondió con una sonrisa.

Después él le mostró en el mapa el sitio adonde iban a ir y, una vez hubieron terminado el fantástico desayuno, se dirigieron al coche.

⁂

Para llegar a la localidad donde vivía Jacques O'Cringes, circularon por una carretera sinuosa que atravesaba varios pueblos.

Una vez allí, preguntaron a un hombre que caminaba por la calle principal. Este les dijo que para llegar a la casa de monsieur O'Cringe, debían subir a pie por el sendero del bosque durante tres kilómetros, como mínimo… y que tuvieran cuidado con la escopeta.

—¿La escopeta? —repitieron.

El hombre se limitó a soltar una carcajada, sin dar más explicaciones.

El camino, donde las densas ramas de los árboles obstruían el paso del sol, conservaba aún la humedad de la lluvia caída la noche anterior.

De repente, llegaron a un claro y allí, a escasos metros, apareció una casita de piedra rodeada de gallinas, un enorme perro que levantó un instante la cabeza antes de volver a concentrarse en el hueso que roía, y un gran gato rojizo sentado en el alféizar de la ventana contigua a la puerta.

De la casa salió un muchacho rubio que, observando con recelo a los dos desconocidos, murmuró un desganado «*Bonjour*»

Ellos se detuvieron y entonces Antoine preguntó por monsieur O'Cringe.

—*Grand-père!* —gritó el chico—. *Il y a deux personnes qui veulent vous voir!*

Primero se oyó un ruido dentro de la casa y luego la puerta se abrió de golpe. Un hombre, de unos setenta y pico años, se quedó observando a Eleanor y a Antoine desde el umbral. Iba sin afeitar y, por su aspecto, se podía deducir que había descuidado su imagen personal desde hacía tiempo.

Era de estatura media, con grandes ojos azules y cabello canoso que sin duda había sido negro antaño. Llevaba una camisa sucia, demasiado ajustada, y unos pantalones excesivamente holgados, sucios también, que dejaban entrever la barriga.

Los escrutaba con sus ojos azules y, como nadie decía nada, le preguntó sin más a Antoine qué querían.

Este consultó con la mirada a Eleanor y luego dio en francés una respuesta concisa, sin andarse con rodeos.

—Información sobre algo. Ya me avisaron de que no querría dárnosla.

O'Cringe entornó los ojos, asestando una mirada iracunda a Antoine.

—*Si vous savez que je ne vous aiderai pas, pourquoi demander?* ¿Para qué pregunta si sabe que no le voy a ayudar? —tradujo de inmediato, habiendo deducido que Eleanor no era francesa.

—*Au cas où vous changeriez d'avis* —respondió, con un encogimiento de hombros, Antoine—. Todos cambiamos alguna vez de opinión —añadió en inglés.

El hombre los examinó a ambos de pies a cabeza, en silencio.

De improviso, se echó a reír, mirando a Antoine.

—*Vous êtes très drôle, Monsieur! Allez, allez, entrez dans mon Petite château.* —Luego añadió en inglés, dirigiéndose a Eleanor—. Qué gracioso, ¿eh? ¡Pasen, pasen!

—*As-tu fini?* —agregó, mirando al muchacho—. *Bien, va pleurer à ta mère, et dis-lui que tu as bien travaillé.*

El chico se despidió, con tono de desaprobación, de los recién llegados que iban a acoger en la casa.

La vivienda era realmente pequeña. Al entrar, vieron una escopeta apoyada en la pared, junto a la puerta.

El hombre los invitó a café. Los sorprendió presentándolo en una bonita bandeja de madera y una preciosa cafetera de porcelana con tazas a juego, acompañado incluso de cucharillas y servilletas con bordados de flores.

Se instalaron, algo apretados, en la salita a la que daba directamente paso la puerta.

—¿Qué? ¿Qué es lo que quieren saber? —preguntó, mirando a Eleanor mientras servía el café.

No había azúcar ni leche, y ninguno de los dos se atrevió a pedirlo, mientras trataban de acomodarse con las tazas en la mano en el angosto sofá de cuero, que más bien parecía un sillón de tamaño grande.

—Hemos venido a preguntarle qué nos puede decir sobre Catherine DeBois —expuso Antoine—. Creo que usted la conoce con el nombre de Tania, y quizá también ahora con el de Sarah Jacobs Levi.

—No conozco ninguno de esos nombres —contestó con aspereza—, pero sé a quién se refieren.

Se sentó en el único sillón que había allí, como dando a entender que el esfuerzo de llevar y servir el café había sido suficiente para ese día. Después, observando con más curiosidad a Eleanor, preguntó:

—¿Y a usted por qué le interesa?

—Soy la sobrina de su hija, que ahora está enferma y pregunta por ella… por Catherine DeBois.

Tras escrutar un momento el semblante de Eleanor, asintió, como si diera el brazo a torcer.

—De acuerdo, sí, la conocí, pero yo la conocía con el nombre de Françoise Aubert y no… con todos esos nombres que han dicho. De todas formas, no puedo ayudarles, porque no sé si está viva o no. Debía de tener al menos diez años más que yo, o sea que sí, cabe la posibilidad de esté viva todavía.

Con un encogimiento de hombros, sacó del bolsillo una pipa y se la colocó entre los labios. No hizo nada para llenarla ni encenderla. Al parecer, le gustaba tenerla simplemente en la boca.

»Podría haber muerto durante la guerra, ¿saben? —comentó.

En ese instante, Eleanor tomó conciencia de que, si Catherine había participado en la Resistencia, era posible que la hubieran ejecutado de un disparo, o que la hubieran hecho prisionera y disparado después, o que hubiera muerto en uno de los campos de concentración de los que le habían hablado.

»¡Era lista, ella! —ponderó el hombre—. ¡Y guapísima! —Se besó la punta de los dedos de la mano derecha para lanzar un beso al aire—. Sí, sí, muy atractiva —insistió, riendo entre dientes con los ojos cerrados, como si aún la estuviera viendo—, y muy decidida.

Frunció el ceño.

»Y… también muy fría —Sonrió y, dejando la pipa en la mesa, se levantó para ir a buscar una tabaquera en un estante—. ¿Les molesta que fume? —preguntó, levantándola.

—Por favor, está usted en su casa —dijo Antoine.

—Sí, ya, pero siempre hay que ser considerado. Aunque, si han oído lo que se rumorea de mí, ya sabrán que soy un egoísta mal educado.

Soltó una gran carcajada antes de proceder a llenar la cazoleta e iniciar el proceso de encendido, que Eleanor previó largo, pues su tío había sido un gran aficionado a fumar en pipa.

»¡Sí, me enamoré de ella en cuanto la vi!

Levantó la vista para mirarlos a los dos, pero ni Antoine ni Eleanor alteraron la expresión ni demostraron ningún tipo de reacción. Parecía como si los estuviera poniendo a prueba.

»Sí, sí, ya sé, ya sé —continuó, alegando consigo mismo—, yo era más joven que ella, pero uno no podía evitar caer rendido con tan solo verla. —De repente, cerró los ojos y sonrió, suspirando—. ¡Era listísima, ella! —reiteró.

—¿Dónde la conoció? —preguntó Eleanor, procurando centrar la conversación.

—En París. En el bar donde yo trabajaba, *Le Petite Café*. La habían llamado porque era una experta falsificando documentos alemanes. Sabía exactamente cómo eran y era capaz de copiar cualquiera. En realidad, se le daba muy bien falsificar cualquier tipo de documento. Si era ella quien se encargaba, uno podía quedarse tranquilo. Claro que, al trabajar en la oficina del censo, eso también ayudaba. —Volvió a soltar una carcajada.

—¿Trabajaba con el servicio de inteligencia británico?

—*Non*, ni ella ni ninguno de nosotros. Nosotros no hacíamos sabotajes contra los alemanes. Ayudábamos a escapar a la gente a través de las fronteras, pero no con los ingleses. Muchos espías británicos acababan arrestados por culpa del contraespionaje alemán o de los de su propio bando, ya sabe, por aquellos que eran apresados y torturados. A esto se sumaba la información que obtenían los alemanes a partir de las radios británicas que requisaban. No sabíamos de quién nos podíamos fiar. Bueno, eso le pasaba a todo el mundo —remató, riendo.

»Nosotros más bien allanábamos las cosas —precisó, tras meditarlo un instante—. Ofrecíamos información y falsificábamos documentación. También sabíamos dónde esconder a la gente en caso necesario. Es para mí un orgullo decir que las personas a las que escondimos… ¡no las encontraron nunca! —afirmó, como si esperara recibir aplausos.

En vista del silencio que acogió sus palabras, decidió proseguir.

»Nunca usábamos nuestros verdaderos nombres, ni siquiera entre nosotros: Rolo, Sarto, Jemin, Pelisse. —Efectuó un amplio ademán, para dar a entender que había muchísimos más—. No coincidíamos casi nunca, ni revelábamos dónde vivíamos, ni siquiera el pueblo o la ciudad de dónde éramos. Eso facilitaba las cosas… aunque también tenía su lado peligroso, porque uno podía estar tratando con un alemán y no enterarse hasta que era demasiado tarde.

Se levantó para ir a buscar más café.

»Pero sí, con Tania tuve más contacto.

—Creía que usted no la conocía como Tania —dijo Eleanor.

—Viejas costumbres —contestó con un encogimiento de hombros, a modo de explicación. Después calló un instante y respiró a fondo—. Tania, o Françoise si prefieren, trabajaba más que nada conmigo. Bueno, esa era la única manera ¿saben? Mi labor era recibir documentos y mensajes, y hacerlos llegar al destino que debían. Ella solo intervenía si se necesitaba algún documento o si tenían que transmitirme un mensaje, nada más. Si a ella la hubieran descubierto, habría sido a través de mí exclusivamente; y al revés.

—¿Y quién había por encima de ustedes?

—Nunca lo supe. Los mensajes se dejaban en un viejo libro de la librería de la calle Louis. Eso era lo único que debía saber. Siempre el mismo libro y el mismo sitio, en el fondo de la tienda, en el tercer estante, detrás de otros libros. ¿Era arriesgado? —Se rascó la barbilla, reflexionando—. Hombre, no mucho teniendo en cuenta otras opciones, pero sí, siempre había un riesgo.

Expulsó el humo del tabaco y tosió.

»Sí —continuó—. Es difícil de explicar y de entender, pero como nadie sabía gran cosa sobre los demás ni de lo que realmente se cocía, la cadena quedaba protegida y también todos nosotros.

»Uno no puede delatar lo que no sabe —concluyó, riendo.

Volvió a toser y miró la pipa, como si esta fuera la culpable.

»Verán, ella ya trabajaba en París cuando los alemanes ocuparon la ciudad, en la oficina de administración del censo. Por eso tenía toda la información necesaria para falsificar documentos. Aparte, unos años atrás, había estado casada con un soldado alemán, o un abogado o algo por el estilo. —Movió la mano como diciendo etcétera—. Y por lo visto también había trabajado en Berlín en la misma administración. Así que le dieron pista libre de inmediato en París, porque aunque nadie habría sido capaz de decir qué aspecto tenía, Françoise Aubert había trabajado muchos años en la administración, igual que Catherine DeBois. —Rio, evocando el engaño.

Eleanor lo miró con cara de asombro.

»Sí, hasta se afilió al partido nazi cuando estaba en Berlín. A nosotros nos convino que lo hubiese hecho. O sea que, cuando su familia vino a verme después de la guerra y me enteré de que era judía… *Oh, là, là!* ¡No me lo podía creer!

—¿Y qué ocurrió entonces? —preguntó Antoine.

—¿Cómo dice?

—¿Qué fue de ella?

—No lo sé. Desapareció. Nosotros seguimos facilitando documentos y ayudando a la gente a esconderse y a escapar, pero los documentos los preparaba otra persona. Tuvimos suerte porque había errores, aunque no tantos como para poner en peligro ninguna de las misiones.

—¿Se fue sin decir nada? —preguntó Eleanor.

—Ni una palabra —respondió, con la mirada fija en la taza de café, como si estuviera sopesando si iba a revelar algo más o no.

»Yo… siempre pensé que había alguien, un hombre en su vida… no sé, alguien. Al principio, creía que era viuda, una viuda de verdad, quiero decir, no un papel que representaba para despistar. Tenía la impresión de que todavía estaba en duelo, al menos por dentro ¿entienden a qué me refiero? Pero… pero después pensé que no, que realmente estaba esperando a alguien, alguien bien vivo. —Observó la pipa con aire de perplejidad—. Y después, cuando desapareció, pensé que esa persona había vuelto.

—¿Qué le hacía pensar eso? —preguntó Eleanor.

—Se comportaba siempre de una manera reservada. Nunca se soltaba y… había una especie de tristeza en sus ojos. Era como si algo no la dejara… lanzarse, como mujer, al menos no conmigo, *comprenez-vous?* Aparte, estaba muy comprometida con su trabajo, en lo que hacía para ayudar a la resistencia francesa. ¿Por qué habría desaparecido de esa forma de no haber tenido un poderoso motivo?

»Hasta el último día en que la vi —prosiguió, tras una pausa—, intercambiábamos documentos en el bar. Ella acudía cada día y se sentaba adentro, a distancia de las ventanas. Tomaba un *croissant* y un café, cada día. Si colocaba el café a la izquierda, era que había papeles o mensajes que intercambiar; a la derecha, era que no había nada. Si yo me acercaba y limpiaba la mesa de al lado de la suya, a su derecha, era porque tenía algo que darle; si no, no había nada. Si ella colocaba la taza de café delante de ella, con eso indicaba que la estaban siguiendo, y ese día no iba a los lavabos.

Calló un instante.

»Digo los lavabos porque allí era donde se llevaba a cabo el intercambio. Había una baldosa que se podía quitar y poner fácilmente.

Quedaba disimulada detrás de la llave de paso, debajo del lavabo. Ella podía poner lo que quería allí y yo después lo recogía antes de cerrar, o bien ella recogía lo que había allí antes de marcharse, si no había peligro.

Se reclinó en el sillón y dio una calada.

»A veces la seguían. Nosotros estábamos al corriente, aunque no sabíamos por qué, porque nadie había cometido ningún error. Además, habían registrado muchas veces el piso donde vivía cuando ella estaba ausente. Lo sabía porque dejaba algunos marcadores. Podría afirmarse que lo que hacía era arriesgado y al mismo tiempo estaba muy calculado, hasta la perfección, diría yo.

Volvió a aspirar el humo de la pipa.

»Un día, vino un coronel al bar, con un teniente de la Gestapo y varios soldados. Yo pensé que allí se había acabado todo, que había ocurrido algo y que nos habían descubierto.

La puerta del bar se abrió de golpe y cinco soldados irrumpieron en el interior, obedeciendo las órdenes estruendosas de un teniente de la Gestapo. Todo el mundo se quedó petrificado, mirándolos. Françoise levantó la taza de café y tomó plácidamente un sorbo. Luego un coronel, el coronel Bristz, entró por la puerta y se quedó observando el lugar desde el umbral. Cuando por fin la vio, se aproximó con calma hasta su mesa y se detuvo.

—Coronel Bristz ¿ha venido a probar los *croissants* del bar? Debería pedir uno ¿sabe? —dijo ella con desenvoltura, como si se hubiera encontrado por casualidad con un amigo.

El coronel guardó silencio, mirándola.

—Berniet, traiga por favor un cortado para el coronel, y también un *croissant* —encargó ella, apoyando la espalda en el respaldo, sin mirar a Berniet, con la vista clavada, con actitud desafiante, en el coronel.

En el bar no se oía ni el vuelo de una mosca. El teniente de la Gestapo avanzó con intención de decir algo, pero el coronel levantó una mano indicando que se detuviera. El hombre retrocedió y cerró la puerta, para que nadie pudiera salir ni entrar, y se quedó allí, esperando.

El coronel se quitó el sombrero.

—¿Me permite? —preguntó a la mujer.

—Cómo no —respondió ella.

Se sentó enfrente.

Berniet se apresuró a llevar el *croissant* mientras el joven O'Cringe servía el café.

Françoise y el coronel se miraron a los ojos. Él se pasó la mano por el pelo con ademán juvenil. No debía de tener más de treinta y cinco años, sin duda.

—Ya sabe por qué estoy aquí —dijo, toqueteando el *croissant* antes de tomar un pequeño bocado.

—En realidad, no.

Se volvió para mirar a los soldados y dedicó una sonrisa al teniente de la Gestapo. Luego centró de nuevo la atención en el coronel, que no le había quitado la vista de encima.

—Han desaparecido unos documentos de mi escritorio, de un cajón que mantengo cerrado con llave.

—Ah, pero como usted sabe, Herr Coronel, yo no tengo permiso para entrar en su oficina y, de hecho, no trabajo directamente para usted, o sea que no tengo por qué estar enterada de sus costumbres ni de los detalles de su trabajo. —Sin despegar ni un segundo la vista de los ojos del coronel, tomó un sorbo de café.

—Entonces no le importará mostrarme las manos y que inspeccionemos su bolso.

Nadie dijo nada, mientras ella mantenía su mirada clavada en el coronel. El teniente de la Gestapo rebullía junto a la puerta.

—Comprendo. —Inclinándose a un lado, desplazó la mirada hacia el individuo que había sentado en una mesa alejada de la suya, próxima a una ventana, y que quedaba detrás del coronel. Luego se enderezó y, inclinándose hacia el coronel, agregó en voz baja—: Herr Rastreador le podrá decir que he venido directamente de la oficina.

—Sí, ya lo sabemos —reconoció él.

—Herr Rastreador es muy descuidado a veces. Resulta muy evidente que me está siguiendo y, aparte, hay veces en las que tengo que esperarlo porque me pierde de vista.

Efectuó aquella declaración sonriendo, con una risita, pero no pareció que al coronel le hiciera gracia… aunque tal vez hubo un leve viso de hilaridad en sus labios.

Françoise levantó las manos, y tras quitarse los guantes, los colocó delante de él y las volvió para mostrarle el dorso.

—¿También han registrado mi piso? —preguntó.

—Me temo que sí —confesó él.

—Espero que no hayan dejado todo revuelto.

—No sabría decirle.

Con un suspiro, ella se inclinó para recoger el bolso del suelo y se lo entregó.

Él lo abrió y después, levantando la vista como si recordara las normas de educación, consultó:

—¿Me permite?

—No me queda más remedio ¿no? —replicó ella, sonriendo.

—No, lo siento —se disculpó él, con patente sinceridad.

A continuación, empezó a sacar, uno a uno, los objetos del interior del bolso. Luego lo volcó, despacio, y el resto salió de golpe: pañuelo; peine; pintalabios; un libro pequeño, que abrió para inspeccionarlo; llaves, que también examinó con detalle; un panecillo envuelto en papel, que desmigó para examinarlo; un bolígrafo; un monedero de señora; su documentación… Una vez concluido el registro, se volvió hacia el teniente de la Gestapo y sacudió la cabeza.

—¿Me permite? —preguntó ella. Ante el gesto afirmativo del coronel, volvió a introducir todo en el bolso, con excepción del panecillo destrozado—. Lamento decepcionarles —dijo cuando hubo acabado.

—¡Señor! ¡Quiero llevármela para interrogarla! —reclamó con exasperación el teniente, aproximándose a la mesa—. ¡Tenemos procedimientos para llegar al fondo! Vamos a aclararlo todo.

—¡No tiene los papeles! ¡Ni tampoco la llave!

—¡Pero señor!

—¡No los lleva encima! ¡Le recuerdo que ella es uno de los nuestros y viene muy recomendada desde Berlín!

—Pero Herr…

—¡No! —lo atajó con vehemencia el coronel—. ¡Quiero al verdadero culpable y no a una persona a quien vayan a arrancar por la fuerza una confesión!

El coronel y el teniente se encararon un momento, en medio de un absoluto silencio, que solo se vio alterado por el ruido de la silla de Herr Rastreador, que se levantó y se fue del bar.

—Pueden marcharse también —dijo el coronel, girando su rostro.

—Herr...

—¡He dicho que se marchen!

Esa vez, el coronel se puso en pie, abrumando con su altura al teniente.

El teniente se cuadró con rigidez e indicó a los soldados que salieran.

El coronel se volvió a sentar.

—Lo siento, pero no he sido yo —dijo ella.

—No lo creía, pero debía asegurarme.

El militar terminó el café y el *croissant* en silencio mientras ella lo miraba.

—Alguien está copiando nuestros certificados, los salvoconductos y documentos de identificación. Acabamos de introducir cambios, y alguien ha robado los documentos que contenían la información sobre dichos cambios.

—Lo lamento, pero ¿por qué me lo está contando? Evidentemente, no soy persona de fiar —dijo, con un leve asomo de impaciencia y sarcasmo en la voz—. Solo tienen que volver a introducir nuevos cambios.

—Berlín tiene que dar el visto bueno. Nos lo dieron y... ahora tenemos que volverlo a solicitar y... —Levantó la vista, antes de añadir lentamente, con absoluta sinceridad—: Yo sí me fío de usted.

Ambos guardaron silencio unos segundos.

—¿Y yo, puedo fiarme de usted? —preguntó ella con frialdad.

El coronel no respondió. No comprendía el motivo de la pregunta. Siguieron mirándose, callados, durante un momento.

—Me tengo que ir —anunció ella por fin—. Seguramente tendré que ordenar mi piso después del registro.

Se puso en pie. No le estaba pidiendo permiso, sino informándole.

Él se levantó a su vez de la silla.

—¿Berniet? —llamó ella, sin mirar al dueño del bar, mientras se ponía los guantes.

—No se preocupe. Corre a cuenta de la casa —anunció el hombre, mirando con repulsión al coronel alemán.

—Gracias, Berniet.

Se dirigió con paso lento a la puerta y una vez allí, se volvió para mirar al coronel.

—¿Sabe una cosa, Herr Coronel? —dijo—. La autoridad que se basa en el miedo nunca puede preciarse de ser aceptada, deseada, ni suscitar la confianza de nadie, porque, ¿quién quiere vivir con miedo?

La campanilla de la puerta resonó en medio del silencio que se asentó tras ella.

—¡Era *merveilleuse*! —elogió O'Cringe—. ¡Una mujer como hay pocas, atrevida y valiente!

Después se quedó callado.

—¿Siguió trabajando con ellos?

—Sí. Mientras estuviera bajo el mando del coronel, estaba a recaudo del teniente.

—¿Y había sido ella? —preguntó Eleanor.

O'Cringe puso cara de desconcierto.

—¿Fue ella la que robó la información? —clarificó Eleanor.

—*Non*, no, pero nadie supo quién fue. No parecía que hubiera nadie de la Resistencia en el mismo lugar. O sea que nunca lo supimos. Quizá fueron solo sospechas sin fundamento.

»Después, un día, no volvió más. Nunca la volví a ver en París tampoco. Nunca volvió. Ellos, los alemanes, la estuvieron buscando, pero nunca la encontraron, por lo que sé.

—¿Y esa fue la última vez que la vio? —preguntó Eleanor.

—*Non* —respondió con pesar—. Yo estaba de viaje por un pueblo, un poco más al sur de Dijon, con Rolo. Habíamos conseguido ayudar a una familia polaca. Acabábamos de dejarlos con el siguiente contacto y decidimos regresar a París. Los habíamos llevado nosotros personalmente hasta allí, así que paramos para comer algo, y entonces fue cuando la vi. Iba caminando por la calle con un niño pequeño, de un año o poco más, en brazos. El niño era muy rubio, rubio platino, y tenía la piel muy blanca. Entonces se confirmaron mis sospechas: había alguien, y había vuelto.

—¿Cree que era su hijo? Podría haber sido el de una vecina, una amiga o algún conocido —apuntó Eleanor.

—*Oui, ça se pourrait! Mais…* Era la manera como lo llevaba. No sé, pero había algo especial, como un contacto entre madre e hijo, *comprenez-vous*?

Se encogió de hombros, viendo la expresión de Eleanor.

»*Peut-être* —prosiguió— lo tuvo sin querer. Tal como he dicho, era una persona extraordinaria. Quizá en un momento determinado sintió que necesitaba ir más allá de lo necesario en lo que hacía y… le quedó un souvenir. El coronel, por ejemplo, venía a menudo al bar, según yo deduzco para tratar de encontrarse con ella o averiguar dónde estaba, sin pasar por canales oficiales. Estaba prendado de ella.

—¿Cree que se enamoró de ella, y ella de él?

O'Cringe se encogió de hombros.

—¿Supo ella que la había visto en ese pueblo donde la vio? —preguntó Eleanor.

—*Solou*, el pueblo se llamaba *Solou*, en la estación de tren. No, seguro que no. De hecho, me marché de inmediato para no tener ningún tipo de contacto, por si acaso estaba trabajando en una misión. Ni siquiera se lo dije a Rolo.

—¿Sabía que tenía una hija? —preguntó Eleanor.

—No. Debió de esconderla en algún sitio, porque nunca supe de su existencia ni la conocí.

—¿Por qué no le contó nada de esto a su familia después de la guerra? —planteó Eleanor—. ¿Cuando vinieron a verlo? —precisó, advirtiendo que comprendía.

—¡Ja! —replicó con sarcasmo—. ¿Y qué les iba a decir? No sabía dónde estaba, que era lo que ellos querían saber. También puede que porque, en mi opinión, tardaron demasiado en preguntar por ella, o puede que estuviera de mal humor, o que recordara que Philippe estuvo a punto de costarme la vida y, por ende, la de ella, y entonces pensara que ¿qué más daba si ellos no sabían dónde estaba? Lo bueno del pasado es que es pasado y ha dejado de existir.

—La familia pensaba que usted conocía su verdadera identidad debido al parecido con su hermana, a quien usted ayudó a llegar a Suiza.

—Sí, es posible que hubiera un parecido y también que yo sospechara algo. Lo único que pensé es que tuvo suerte de que su familia escapara, si es que era su familia. A la mía la ejecutaron.

—O sea que sabía que era judía —destacó Antoine.

O'Cringe entornó los ojos y después se levantó para ir a la cocina, murmurando.

—*Vieilles habitudes…* ¡Viejas costumbres, amigos míos!

Lo oyeron revolver y trajinar, hasta que volvió con una bandeja en la mano que contenía queso, tostadas, copas y una botella de vino.

Eleanor intercambió una mirada con Antoine. ¿Iba O'Cringe a confiarles algo más?

El hombre cortó queso, lo puso encima de una tostada y le dio un mordisco con expresión de puro placer. Después de indicarles que se sirvieran, siguió hablando.

—Solo hubo una ocasión en que se expuso a un peligro evidente. Tuvo suerte. Los dos la tuvimos.

Volvió a señalar con insistencia el queso y las tostadas, mientras vertía el vino en las copas. Previamente, había escanciado un poco en su copa y tras olerlo y agitarlo, había sonreído satisfecho. Eleanor y Antoine se decidieron a imitarlo.

—En su edificio vivía una familia judía con dos niños, no recuerdo los nombres. Ella seguramente se acordaría. Cuando se enteró de que a los judíos los iban a recoger para concentrarlos en el Velódromo, avisó a la familia y se pusieron de acuerdo para sacar al menos a los dos niños de París.

»El padre no estaba muy convencido, pero era comprensible. ¿Quién podía de verdad creer lo que estaban haciendo los alemanes? Y sobre todo

¿quién podía creer que los franceses les consintieran hacerlo? —Exhaló un suspiro—. Todo eran rumores, pero ellos creyeron a Françoise, así que esa mañana, cuando llegaron los alemanes, mientras bajaban las escaleras para ir a colocarse en fila en la calle, los padres hicieron entrar a los niños en su piso. Cuando les preguntaron por ellos, porque tenían una lista, ¿saben? los padres dijeron que habían ido a visitar a una tía a Lyon. Incluso dieron una dirección.

»La única manera de llevarlos a un sitio seguro era mientras hacían la redada. Aunque parecía más peligroso, en realidad era menos arriesgado, porque al final los alemanes seguirían yendo de casa en casa en busca de las estrellas amarillas. Ella había indicado a los padres que los vistieran con algo sin estrella, adecuado para ir a jugar al parque, porque con el ajetreo, los guardias se fijarían en las prendas marcadas y en las personas que llevaban ropa como para ir de viaje, y no en los niños vestidos como para ir al parque, y menos aún en bicicleta y con una pelota.

»Todo estaba bien planeado, pero había un inconveniente: la vecina del segundo piso, una vieja horrible que se llamaba… ah… no me acuerdo. Bueno, era una vieja que iba a disfrutar mucho con todo aquello, porque odiaba a los judíos.

Miró a los dos niños. Parecían asustados, pero dispuestos a hacer caso a la persona que sus padres les habían dicho que debían obedecer. Habían estado observando la foto de Hitler colgada de la pared y les costaba despegar la vista de ella.

—No le prestéis atención. Cuanto más crean que estáis de su lado, más posibilidades hay de actuar contra ellos.

Los chiquillos se volvieron y asintieron.

—Marcus, Josh ¡hoy no os llamáis ni Marcus ni Josh!

Los niños la miraron, desconcertados.

»Marcus, tú serás Christophe, y Josh, tú serás Francis.

Los dos volvieron asintieron con la cabeza.

»¡Repetidlo! —exigió ella.

Los pequeños así lo hicieron.

»¿Adónde vamos a ir? —preguntó para ponerlos a prueba.

—Al parque, a jugar a la pelota —respondió Josh, que entonces era Francis.

—Y yo voy a ir con la bicicleta —dijo Marcus, que entonces era Christophe.

—¡Muy bien! Si alguien nos para o nos pregunta algo, yo contestaré. Vosotros seguiréis charlando, como si hablarais de algo de la escuela, de una niña, o de lo que sea que soléis hablar, pero no paréis de hablar. Tenéis que continuar como si lo que veáis u oláis a vuestro alrededor no estuviera ocurriendo. Si me paran, me esperáis, y no os separéis de mí, pero seguid charlando como si no pasara nada fuera de lo habitual.

—Sí —acataron al unísono.

—No debéis, bajo ningún concepto, buscar con la mirada a vuestros padres, y si un amigo os llama, haced como que no lo habéis oído y seguid hablando. ¿Entendido?

Los dos asintieron.

Oyó el ruido que hacían los guardias que efectuaban la última inspección. Cogió los documentos de los niños, donde constaban como Christophe y Francis Risseux.

Les hizo repetir los nombres.

—De acuerdo. Francis, la pelota; Christophe, la bicicleta.

Abrió la puerta justo cuando un guardia estaba a punto de llamar.

—*Bonjour* —saludó, tendiéndole los papeles.

Él optó por mirar primero cómo iban vestidos y después dio un paso atrás para comprobar el número de la puerta. De repente, oyeron un grito proveniente de arriba, y el hombre le indicó que saliera, antes de precipitarse escaleras arriba, empuñando una pistola.

Ella alentó a los niños a empezar a bajar. Todavía había gente que bajaba, con la estrella prendida de la ropa. Pidió a Josh que llevara la pelota abrazada frente a sí, sobre la barriga, de tal forma que, si alguien lo empujara o lo rozara, no llamara la atención dejándola caer. Ella se situó delante y ellos siguieron detrás.

Al llegar al segundo piso, vio que madame Perit había reconocido a los dos niños. Françoise se plantó delante de ella y se inclinó para murmurarle algo al oído.

—Creo que la familia del quinto se ha tirado por la ventana del patio.

Madame Perit abandonó inmediatamente su punto de observación y entró en su casa para ir a mirar por la ventana de la cocina, que daba al patio interior.

Una vez afuera, siguieron caminando. Los pararon dos veces, pero los niños distrajeron a los guardias comentando las razones por las que la Luftwaffe tenía mejores aviones que los ingleses. Uno de ellos incluso les sonrió y le alborotó el cabello.

Logró llevarlos hasta el final de la calle, pero al torcer hacia la otra, donde estaba el bar, toparon con otro punto de control con menos personas, cuyos responsables estaban por consiguiente menos ocupados. Volvió a sacar los papeles y, de repente, unas cinco personas llegaron corriendo por detrás, gritando y chillando, cargados con maletas.

Como debían controlar a los fugitivos, viendo que tenía la documentación en la mano y que no llevaban estrellas ni maletas, los guardias le indicaron que pasara.

Creía que había logrado superar la prueba cuando oyó unos pasos a cierta distancia a su espalda, y en el escaparate de una tienda vio el reflejo de uno de los guardias del punto de control anterior, que no acababa de decidir si pararlos o no. Puesto que se limitaba a seguirlos sin decir nada, Françoise siguió adelante.

De improviso, vio a Jacques al final de la acera del otro lado de la calle. Haciéndose cargo de la situación, este empezó a cruzar la calle, solitaria en ese momento, en dirección a ella, con la mirada pendiente solo de ella.

El guardia la ordenó pararse en alemán.

Ella continuó caminando con los dos niños, que seguían conversando. Entonces oyó el clic de la pistola.

Jacques estaba a tan solo cinco pasos.

—*Haltz!* —gritó el guardia.

Jacques había interrumpido la narración.

—¿Qué pasó? —preguntaron Eleanor y Antoine al mismo tiempo.

—Lo que pasó fue lo mejor que podía pasar, aparte de no recibir un tiro. ¡Solo había una manera de arreglarlo! —declaró con una gran sonrisa.

Después marcó una pausa.

—¡La besé! —dijo, cerrando los ojos para saborear el momento, como si lo descrito acabara de ocurrir.

—¿La besó? —preguntó, asombrada, Eleanor.

—¡Apasionadamente! Como si nuestras vidas dependieran de ello… ¡tal como era el caso!

—¿Y de qué manera arregló eso la situación? —quiso saber Eleanor.

—Bueno, yo me fijé en que el guardia no debía de tener más de diecisiete años, más o menos, y que probablemente era francés. No me equivoqué. El pobre chico se quedó mirándonos y hasta esperó. Los niños, que era muy listos, la verdad, se pusieron a sonreír y a hacer muecas de asco, incluyendo en su jocoso asombro al joven, que no sabía qué hacer. Después Françoise se disculpó y le mostró su documentación y la de los niños. El guardia, colorado por la vergüenza, dijo que lo lamentaba y se marchó.

Tras un breve lapso de silencio, se oyó el suspiro de O'Cringe, que había cerrado los ojos y permanecía reclinado en el sillón con expresión de embeleso, como si reviviera el beso.

—*Superbe!* Ese fue el mejor beso de mi vida —afirmó, todavía con los ojos cerrados.

—¿Y qué ocurrió después? —preguntó Antoine con impaciencia.

—Los niños estuvieron dos días escondidos en el bar. Después, con su enlace, se fueron hacia la frontera de España y de allí continuaron hasta Portugal, donde tenían unos primos lejanos.

Se quedó mirándose las manos, pensativo.

»No se despidió de ellos, ¿saben? —comentó con un encogimiento de hombros—. La noche en que se iban a ir, yo le pregunté si quería decirles adiós. ¿Saben qué me respondió? Dijo, *Lotiuse...* Ese era mi nombre, porque después de que mataran a mi familia, tuve que renunciar al de O'Cringe. "*Lotiuse,* todos los días nos estamos despidiendo, tanto si somos conscientes de ello como si no. Nunca sabemos si nos vamos a volver a ver. Lo extraño, lo extraordinario, es volver a saludar a alguien.

Yo ya me he despedido… siempre lo hago, cada día." A mí me pareció muy frío, aunque no le faltaba razón —reconoció, meditabundo.

—¿Y consiguieron llegar a Portugal los dos niños? —preguntó Eleanor.

—¡Por supuesto! —contestó, sorprendido por la pregunta—. ¡Todo el mundo a quien ayudé conseguía ponerse a salvo, siempre!

Para dar peso a su afirmación, golpeó con los nudillos la mesa. Luego posó la mirada en el queso y la copa de vino y, tras rascarse despacio la barbilla sin afeitar, prosiguió.

»Ahora no sé dónde están. ¡Lo que sí sé seguro es que llegaron sanos y salvos!

Tosió.

»De modo que ustedes me preguntan dónde está Françoise ahora. La verdad es que no lo sé, pero espero que esté bien. Se merecía disfrutar de una buena vida. Los que han arriesgado la vida por los demás se merecen al menos eso.

»De todas formas —matizó, torciendo el gesto—, si su hija, su tía, no ha dicho nada en todos estos años, yo diría que posiblemente no lo consiguió, y murió.

Al final, acabaron hablando un poco de todo. O'Cringe les enseñó su huerto y les explicó la labor de mantenimiento que ejercía en la zona. Era una especie de guardabosques; vigilaba para que los cazadores acudieran solo en la temporada reglamentaria e inspeccionaba las licencias de armas. Su empeño en impedir los excesos en la caza le había granjeado más de un enemigo en el pueblo. Observando lo orgulloso que estaba con sus funciones de control, Eleanor pensó que no era el tipo de persona con la que convenía estar enfrentado.

Puesto que no parecía que tuviera más que añadir o que estuviera dispuesto a revelar algo más, se despidieron de él y emprendieron, pensativos, el camino de regreso al pueblo.

De repente, Antoine se paró en seco y desanduvo a paso vivo el corto trecho que habían recorrido. Eleanor creyó advertir que dijo algo que no fue del agrado de O'Cringe. Los dos hombres se quedaron un minuto frente a frente, en silencio. Luego O'Cringe dijo algo y tras efectuar un brusco ademán, entró en la casa.

—¿Para qué has vuelto? —preguntó Eleanor, mientras reanudaban camino.

—Le he preguntado si conocía el verdadero nombre de Rolo, o de alguno de los otros que ha mencionado —repuso Antoine, sonriendo.

Eleanor se detuvo, interrogándolo con la mirada.

—¡Sébastien Petite! —anunció con aire triunfal—. ¡Rolo es Sébastien Petite!

Capítulo 8

Eleanor cuenta su historia

Estaban sentados en un rústico restaurante del pueblo, donde habían decidido comer algo antes de regresar a París.

Antoine se alejó para volver a llamar a Luc. Después de darle el nombre en clave de O'Cringe y el nombre auténtico de Rolo, escuchó pacientemente la respuesta de su amigo. Este se lamentaba de lo difícil, tal vez imposible, que iba a ser averiguar lo que le pedía, o transmitírselo en caso de que descubriera algo sin los permisos necesarios.

—Ah, sí, bueno, llegado el caso tendremos que resignarnos… *merci quand même* —contestó Antoine.

—Me da la impresión de que esa tal Eleanor te tiene un poco robado el corazón ¿no?

—¡No digas bobadas! Es solo una amiga a la que intento ayudar.

—Una buena amiga.

—Pues sí.

—Una amiga que conociste hace poco y con la que solo has estado dos días.

—¡Cuatro, contando ayer y hoy! Y más si se tiene en cuenta el tiempo en que estuvimos sin vernos —precisó con tranquilidad.

—¿O sea que es solo una amiga?

—Sí. ¿Qué pasa? —preguntó, reparando en la insistencia de Luc.

—No es nada propio de ti.

—¿Qué no es propio de mí? Ella está en un apuro y si puedo ayudarla, la ayudo —expuso con sencillez.

—*Voilà*, eso es lo que te dices a ti mismo, *mon ami*, pero a mí no me engañas.

Después de colgar, Antoine se quedó mirando el auricular. Luego sacudió la cabeza y fue a reunirse con Eleanor.

Mientras se acercaba a la mesa, se fijó en la forma como estaba sentada, de cara al jardín, con una mano apoyada sobre la otra, totalmente relajada, esperando. Era como si aquella postura, o actitud, fuera un reflejo de su carácter. Esperaba… estaba esperando. Aunque le constaba que era una persona enérgica y tenaz, al verla en ese momento, intuyó que estaba esperando, y no solo a que acudiera a sentarse con ella. Dejaba que las cosas siguieran su curso sin intervenir… todas las cosas, seguramente. Esa debía de ser su actitud frente a la vida: dejar que las cosas acudieran a ella. Tal vez había algo en su pasado que le había hecho desarrollar aquella disposición, porque, en cierta manera, era como si aguardara a que diera inicio la vida.

—No hay novedades por parte de Luc —explicó, instalándose frente a ella—, pero hará indagaciones.

Eleanor levantó la vista y se quedó dudando un momento.

—¿Crees que está muerta? —preguntó de repente.

—¿Catherine? Lamento tener que responder que sí. Creo que O'Cringe tiene razón. Aunque también pudo haber tenido algún desencuentro con su hija que el tiempo no remedió.

—¿Hasta ahora? —objetó Eleanor.

—*Bien sûr*, aunque es poco probable, diría yo.

—Sí, no sé si la tía Clara guardaría rencor a alguien durante tantos años. Sí sé que se parece a su madre, en el sentido de que es capaz de cerrar la puerta de golpe y pasar a otra cosa. Ella… considera que no hay que obcecarse con nada.

»Lo raro es que ahora parece como si hubiera cambiado de rumbo, y yo no creo que haya perdido la cabeza. Me parece que está en estado de *shock*, o quizá deprimida… O puede que necesite pasar una temporada dejándonos al margen a todos… pero ninguna de esas reacciones es propia de ella. ¿Y para qué iba a escribir una carta a su madre si sabía que estaba muerta? ¿O acaso no se acuerda o no lo sabe? Lo curioso es que la persona con la que quiere ponerse en contacto, la persona por la que pregunta, es ella misma, Marguerite… ¡porque ella es Marguerite! Todo es muy confuso.

Una muchacha vestida con vaqueros y un delantal rojo muy largo se acercó a la mesa. Pidieron ensalada, carne asada y una copa de vino para cada uno.

—La tía Clara entró en mi vida cuando tenía diez años. Mi tío, que pasó unos años en la India, regresó para instalarse en Inglaterra nada más casarse con mi nueva tía. Todos estaban a la expectativa, porque él era un solterón empedernido.

»El día en que la conocí, me pareció la mujer más guapa que había visto nunca. Todavía lo es, en mi opinión. Era Clara Jenkins, una mujer nacida y criada en Inglaterra, que se trasladó a la India después de la guerra.

»Sea como fuere —prosiguió— ¡nos cayó bien de inmediato! Mi madre contaba que nunca había visto tan feliz a mi tío. Yo no lo conocía hasta que volvió, así que no sabría decir, pero mi madre estaba que no cabía en sí de alegría de verlo tan contento y acompañado por fin.

»Ella lo quería, se notaba. Lo apoyaba en todas sus iniciativas y le toleraba todas sus rarezas de solterón que mi madre decía que nadie le iba a aguantar nunca. —Soltó una carcajada—. Aparte, también ayudó muchísimo el hecho de que a ella no le importara que él no pudiera tener hijos.

La joven camarera llegó con la comida y sirvió el vino después de que Antoine diera su visto bueno.

—El caso es que a ella no le gustaban realmente los niños. Tenía con nosotros los detalles formales que se espera de una tía para con sus sobrinos, pero nada más. No le gustaba jugar con nosotras, ni pasar tiempo con nosotras, por lo menos no al principio. Más adelante, yo me convertí en la excepción, aunque no sé cuál fue el motivo. Me hacía compañía, me leía, me enseñó a dibujar, a leer, a escribir… y debo reconocer que fue un elemento muy positivo en mi vida.

Hizo una pausa.

»Somos tres hermanas. Stella es la mayor, después viene Martha y luego yo. Stella es guapísima, pero Martha es francamente deslumbrante. Yo siempre fui el patito feo, y lo peor de todo es —dijo, sin dejarlo intervenir— ¡que era muy tonta! No me mires así. ¡Es increíble lo tonta que era!

—¡Eso sí que no me lo puedo creer!

—¡Tenía diez años y no sabía leer! Tenía que usar el dedo e iba tan lenta que me podía pasar cuatro horas para acabar la página de un libro. Yo era la chiquilla alta y desgarbada con pies y manos grandes y, tal como destacaban siempre mis hermanas, lo único que tenía que mereciera la pena envidiar eran los ojos verdes de mi padre.

Ella se rio; él parecía gratamente entretenido.

»Mamá ya no sabía qué hacer conmigo. En la escuela se burlaban de mí y hasta mis hermanas a veces eran crueles conmigo.

Calló un instante.

»Entonces, un día, llamaron a la puerta y era la tía Clara, que se presentó con tres libros en las manos, preguntando por mí. Nunca me olvidaré, porque era un sábado e íbamos a ir a comer al campo. A mí me mandaron quedarme con la tía Clara y los demás se fueron. Me hizo sentarme a su lado y, antes de abrir ninguno de los libros, me preguntó a bocajarro si me consideraba capaz de conseguirlo.

—¿De conseguir qué? —preguntó Antoine.

—Si me consideraba capaz de llegar a leer como cualquiera.

Eleanor fijó la vista en el plato, rememorando la escena.

—Tía Clara ¿no ves que yo no soy normal? No sé leer y nunca voy a ser capaz de leer como leen Stella y Martha.

—Ahí está, mi querida Eli, una buena parte del problema. El noventa por ciento del problema está en que piensas que no eres inteligente, que no eres capaz de conseguirlo.

—¡Pero si lo intento y no puedo!

—Sí, lo intentas, pero no crees que puedas conseguirlo, y mientras pienses eso, así va a ser. Intentas ser como Stella y Martha. Tú nunca vas a ser como Stella ni como Martha ¡y menos mal! Sí, no me mires así. Os he estado observando. ¿Cuántos años tienes ahora, diez? Eli, tú eres más inteligente que tus hermanas y más hermosa de lo que van a ser ellas nunca. ¡Sí, te he dicho que no me mires así! La belleza no es lo que se ve en el espejo, sino lo que se refleja en el corazón hacia los demás.

—Pero si Stella y Martha son buenas…

—Sí, pero no hermosas. Tú sí eres hermosa. No permitas que nadie te quite esa belleza.

Se quedaron calladas un momento, mirándose.

—Ahora te voy a enseñar a leer. Vamos a empezar desde el principio. Vas a aprender las letras.

—¿Otra vez?

—Sí, y yo intentaré enseñarte algunos trucos, pero solo si confías en mí cuando digo que eres capaz de conseguirlo y, sobre todo, si confías y crees en ti misma. Eli, esa es la clave de la vida. Con eso, puedes lograr cualquier cosa que te propongas.

—¡Y salió bien! Aprendí a leer, a escribir, y de repente, destaqué en todo en la escuela. Bueno, tardé unos dos años, pero llegué a ser la primera de la clase. Terminé la secundaria y ¡hasta fui a Cambridge a estudiar literatura!

De improviso, se le veló la expresión.

»Allí conocí a Mark. Mark Cavensham. Empezamos a salir en tercero, y después él continuó haciendo un posgrado y yo empecé a escribir. Venía conmigo en verano y pasaba unos días con nosotros. A mamá le gustaba que nuestros novios vinieran a casa. Yo nunca había tenido ninguno; él fue el primero. Stella y Martha tenían muchos pretendientes, que llegaban y después no volvían. Yo solo tuve a Mark. Bueno, creo que la relación se creó porque habíamos hecho muchos trabajos juntos en Cambridge. Los dos éramos buenos estudiantes. Él llegó a conocerme muy bien y yo a él... o eso era lo que creía.

»Me pidió matrimonio en noviembre —explicó, muy seria—, y nos íbamos a casar en el mes de mayo del año siguiente. Vino a casa por las vacaciones de Pascua, que ese año caían a mediados de abril. Stella se había ido de viaje con unos amigos, así que solo estábamos mamá, Martha, Mark y yo. La tía Clara y el tío James también venían a menudo. Estábamos en Brighton, en la casa que tenía allí nuestra familia. Era muy bonita.

»¡No sé cómo pasó! —exclamó de pronto—. Yo no sospechaba nada —confesó, con la cabeza gacha, jugando con los dedos—. ¡Se enamoró de Martha!

»Él dijo, y Martha lo confirmó una y otra vez —prosiguió, con un encogimiento de hombros—, que no sabían cómo ocurrió, que sin darse cuenta, se fueron enamorando poco a poco el uno del otro. Por lo visto, la cosa había empezado hacía meses y se habían estado viendo sin saberlo yo, porque querían estar seguros. Decidieron esperar a las vacaciones para revelar la situación, porque así yo estaría acompañada por la familia.

Respiró hondo.

»O sea que rompimos el compromiso, claro, tres semanas antes de la boda.

Con la mirada fija en el mantel, se puso a retirar las migas desperdigadas en él.

»Mantuvieron la fecha de la boda, la iglesia y el restaurante. Se casaron el 5 de mayo de 1982.

—Lo siento —dijo Antoine, con cara de asombro.

»¿No podrían haber cambiado al menos la fecha y el restaurante?

—Es que a él acababa de salirle un empleo en Dublín y tenía que estar allí antes de junio, así que era lo más conveniente para ellos. Aparte, mamá quería dejar atrás cuanto antes aquella situación.

Levantó la cabeza, sonriendo, y se encogió de hombros una vez más. Después, continuó, con un suspiro.

»La tía Clara volvió a socorrerme. Me llevó a Italia; a Roma, Florencia, Venecia, Verona y Nápoles. Todo era muy bonito, la verdad. Ninguna de las dos asistimos a la boda.

Calló, haciendo memoria.

»Cuando me enteré, me marché a Londres inmediatamente, sola, ya te puedes imaginar en qué estado. Mamá estaba furiosa y no sabía qué decir ni qué hacer. Stella abofeteó a Martha cuando volvió a casa y se lo contaron —declaró, con una risita.

»Todos se quedaron en Brighton.

Volvió a permanecer en silencio un momento.

»Y entonces la tía Clara se presentó en nuestra casa de Londres.

La criada, que había oído los insistentes timbrazos, abrió la puerta y faltó poco para que la señora Jenkins no la arrollara.

—¿Está en casa mi sobrina? —preguntó con tono de autoridad, quitándose los guantes y la chaqueta.

—Está…

—¿En su cuarto? —la interrumpió la señora Jenkins.

—Sí, señora…

Sin más dilación, se fue escaleras arriba y sin molestarse en llamar, abrió con ímpetu la puerta de la habitación de Eleanor.

Eleanor tenía los ojos hinchados y rojos, y estaba muy pálida. Encima de una mesa había una bandeja de comida que no había ni tocado siquiera.

Sobrina y tía se miraron a los ojos.

—¡Te vas a ir de viaje! —anunció la tía Clara.

—¿De viaje?

—Sí. —Se volvió hacia la criada, que había acudido tras ella—. Necesitará como mínimo dos maletas de ropa; va a estar afuera por lo menos tres meses. Ahora déjenos solas, por favor.

La doncella inclinó la cabeza y salió del cuarto, sin atreverse a mirar a Eleanor.

La tía Clara se acercó a su sobrina, que se había incorporado en la cama.

—Te has pasado tres días llorando.

—Sí.

—Bueno, es suficiente por un hombre como ese. ¡No se merece más! —afirmó.

—Pero…

—Eleanor, ya sé que crees que tu vida ha quedado devastada, pero no es así. En realidad, tu vida ha mejorado. Mark te habría hecho tarde o temprano esa jugarreta. Hay hombres que son incapaces de ser fieles, que nunca van a ser leales, porque siempre necesitan ir de flor en flor.

—Él no es así…

—Sí lo es, lo veas ahora o no.

—Se enamoró de Martha.

—Porque ella se presentó como un desafío, y cuando llegue otra mujer que le presente un reto o le eche el anzuelo, volverá a picar.

—A ti nunca te gustó Mark…

—Estoy contentísima de que mostrara su verdadera naturaleza antes de casarse contigo. Tu hermana, por su parte, se merece un hombre así. Ella se avino al juego y ahora va a ver qué es lo que se siente cuando él siga jugando, porque no es el tipo de hombre que vaya a parar. Llegará el día en que lo veas, te lo aseguro.

—¡Tía Clara, de verdad, no es así! Él se enamoró de Martha, y también es lógico. Ella es más guapa, desenvuelta, elegante. No es tímida y cohibida como yo.

—Sí, eso último ha quedado más que demostrado.

—¿Crees que es culpa de ella?

—¡Creo que es culpa de los dos! Y los dos lo van a pasar mal, porque ni él ni ella tienen una tendencia a la fidelidad. ¡Ellos se lo pierden y tú sales ganando!

Eleanor se disponía a replicar, pero la tía la contuvo levantando la mano.

—Eleanor, puedes seguir así y arruinar tu vida o bien puedes recoger los pedazos rotos y seguir adelante como si fueran tan solo un trampolín que te impulse hacia donde quieras llegar. ¡Nadie, absolutamente nadie, te puede privar de lo que eres, de quién eres y de lo mucho que tienes para ofrecerte a ti misma y a los demás! Eleanor, tú tienes muchas capacidades y cualidades. ¡Te aconsejo que empieces a usarlas en tu propio beneficio y que no cierres las puertas a la vida! ¡Aunque no sepas qué es lo que te va a traer, tanto si es bueno como malo, debes emprender el camino, paso a paso! Ahora yo me voy a ir a Roma y tú vas a ir conmigo.

—El tío James…

—Nos vendrá a ver de vez en cuando en donde estemos, pero mientras tanto, vamos a expandir tus horizontes. El mundo es muy grande, Eli. ¡Nunca pierdas eso de vista, nunca! Dios no lo creó pequeño; lo creó grande y lleno de maravillas. ¡Somos nosotros los que lo volvemos pequeño!

—Ahora me doy cuenta de la suerte que tuve al contar con la tía Clara a mi lado y de que ella me alejara de aquella situación, de la gente que se extrañaría, que haría preguntas incómodas, de las posibles burlas o de la falsa compasión, o incluso de las sinceras muestras de empatía… Ella me evitó todo eso.

»Así que fuimos a Roma y después a otras ciudades de Italia… Florencia, Venecia, Verona y Nápoles. Más adelante, me inscribió en una academia de dibujo y pintura de Roma. Fue una experiencia que me sirvió de mucho más adelante, para el diseño de mis tarjetas.

»Conocí a muchas personas de todas las edades —recordó, con una sonrisa inmersa en paz—, y eso también me ha ayudado con mis libros.

—¿Y respecto al amor? —preguntó Antoine.

—La verdad es que nunca he vuelto a transitar por esa ruta, y debo confesar que llevo una vida algo retirada, compartimentada entre mi trabajo, que es esencialmente un ámbito de fantasía, y las necesidades de mi familia. Me siento muy cómoda y segura en esa situación. Stella dice que todavía vivo apartada del mundo y que debería cambiar. Probablemente tiene razón. Me consta que la tía Clara piensa lo mismo. Una vez me dijo, dos años después del viaje: "No es malo esperar a que algo ocurra, siempre y cuando contribuyamos a que eso se produzca."

Permanecieron en silencio un momento.

—¿Todavía estás enamorada de él?

—No, no lo creo. Si acaso, lo estaría más de la idea que me había formado de él que de él mismo.

—¿Y has hecho las paces con tu hermana?

—No —reconoció, bajando la vista—. No la he vuelto a ver ni he hablado más con ella. Stella la mantiene informada de los pormenores de la familia, y nunca jamás hemos vuelto a coincidir en ningún sitio.

—¿Aún siguen casados?

—Sí… No querría que pensaras que no los he perdonado o algo por el estilo, es solo que la traición fue enorme. Su romance empezó poco después de nuestro compromiso. Él había caído rendido mucho antes que ella. Lo peor fue que muchas personas de fuera del círculo de la familia lo sabían, porque los habían visto juntos. Incluso, alguien se lo había comentado a Stella una vez. Ella no dio crédito a la advertencia, porque pensó que estaba inspirada por la envidia. —Sonrió con expresión resignada—. En casa, nos referimos a todo aquello llamándolo "el incidente".

—Aunque no tengo hermanos, me parece que una traición así debe de ser muy difícil de perdonar o de olvidar. Solamente tú puedes saber hasta qué punto lo has logrado —admitió, con tono compasivo, Antoine.

De nuevo, guardaron silencio.

—Creo que los hombres somos a veces muy necios —prosiguió Antoine, tratando de avivar la conversación.

Eleanor respondió solo con una sonrisa.

»¡Ah, sí! ¡*Oui, oui*, es verdad! No hay más que fijarse en mí, por ejemplo. Yo también tengo una historia que contar.

Llamó con un gesto a la camarera y pidió: *Mademoiselle, deux mousses au chocolat pour le dessert, s'il vous plaît, et deux cafés avec de la crème à côte, merci!*

—Sí —continuó, una vez se hubo alejado la muchacha—. Yo me enamoré de una mujer muy guapa. Lo único que vi de ella fue su belleza física. Estaba tan deslumbrado que no me paré a pensar en lo que podía costarme esa belleza, en un plano emocional, me refiero. No indagué para valorar si el atractivo de afuera se correspondía con una belleza interior.

Hizo una pausa.

»Era joven, muy joven, pero eso no sirve de excusa. Al principio todo iba bien. Ella era modelo y a veces tenía que viajar. Yo había acabado los estudios en la universidad y acababa de conseguir un empleo en el ministerio.

»No presté demasiada atención a su carrera hasta… hasta que ya fue demasiado tarde. La tenía absorbida de tal forma que acabó obsesionada con su aspecto, con su peso y con su edad. Siempre le preocupaba que hubiera una persona más guapa que ella, más joven que ella o más delgada que ella. Acudía a todas las fiestas, eventos o espectáculos para salir, para dejarse ver. Tenía contratos importantes con Chanel y con otras marcas de lujo, pero nada le parecía bastante. Por más alabanzas que recibiera, nunca eran suficientes.

»Después se quedó embarazada, y eso también supuso un problema. No deseaba tener un hijo y quería abortar. Decía que un embarazo en ese momento le deformaría el tipo, que acabaría con su carrera y que no tenía tiempo para eso. Yo pasé mucho miedo, porque sí deseaba, y mucho, ser padre. ¡Yo estaba contento, entusiasmado! Además, creo de veras que la palabra "aborto" es un sinónimo de "asesinato".

Calló un momento, mientras la camarera les servía el postre y el café.

—Por eso llamé a Philippe Veroux, un amigo que tenía una pequeña empresa de costura, de hecho, donde ella había empezado a trabajar. Juntos elaboramos un plan, que consistía en diseñar ropa para mujeres embarazadas, abarcando el periodo completo de nueve meses. La idea era que mi esposa, Véronique, fuera nuestra modelo exclusiva, junto con otras dos modelos, que estaban encinta también. ¡Véronique tenía que ser la principal, desde luego! Aunque era un plan ambicioso y novedoso, muchas mujeres lo apreciaron, y hasta otros diseñadores quisieron participar también.

»Al principio, ella no quería implicarse —admitió, con un suspiro—, pero Philippe consiguió convencerla y aceptó. ¡La iniciativa tuvo un éxito tremendo!

»Después, al cabo de nueve meses, nació mi hija. ¡Era un milagro, una preciosidad! Yo me ocupaba de ella día y noche, y así Véronique pudo retomar su carrera. No había aumentado casi de peso. Quizá por eso, Andrea nació tan pequeñita, pero se recuperó enseguida.

»Cada vez estaba más obsesionada con su cuerpo y con su fama. No quería quedarse en casa. Siempre tenía que ir a una fiesta, a una inauguración, o cualquier otro evento. Lo importante era no estar en casa. Por lo visto, no quería estar en casa, ni con la niña ni conmigo, como si eso la aburriera.

Calló un momento, clavando la vista en el postre, que no había tocado.

»Al principio, discutíamos mucho porque yo trataba de salvar nuestro matrimonio, pero después decidimos mantener solo las apariencias, conscientes de que no había ya nada que nos uniera, ni siquiera la pequeña Andrea.

»Nunca le importó de verdad la niña. Se sentía incómoda «jugando a ser madre», tal como decía ella, y su actitud distante se hacía cada vez más evidente a medida que pasaba el tiempo. Era como si Andrea se hubiera convertido en su rival y, cualquier dosis de atención que recibiera Andrea, por más mínima que fuera, despertaba la ira y el resentimiento de Véronique.

Agitó el vino en la copa y luego enarcó las cejas.

»¡Ah, pero tuve suerte! —admitió—. Tenía a mi madre que me ayudaba. Yo solo tenía veinticuatro años cuando nació la niña ¿entiendes?

»Al final —agregó tras una pausa—, murió en un accidente al volver una noche de una fiesta.

Eleanor iba a decir algo, pero él se le adelantó y siguió hablando.

»Había estado en una inauguración en Chantilly y prefirió no quedarse a pasar la noche allí. Había bebido demasiado vino y seguramente champagne también, y tuvo una discusión con su amante del momento. Por eso decidió volver a París. Murió conduciendo en la carretera. La encontraron al cabo de dos días.

—Lo siento —dijo Eleanor.

—Ya. Yo nunca la habría dejado irse de la fiesta en esas condiciones. Es asombroso que entre tantas personas que la rodeaban, la admiraban, la aplaudían y la envidiaban, nadie se preocupara realmente por ella, o no lo bastante. Nunca entendí por qué no le impidieron que cogiera el coche.

Se produjo un lapso de silencio.

—¿Y Andrea? —preguntó Eleanor.

—Ella tenía solo seis años entonces, y como apenas había tenido contacto con su madre, digamos que para ella fue más fácil superar su muerte, lo que también tuvo su parte positiva.

»En esa época yo ya no trabajaba para la administración, sino en mi propia empresa, de modo que podía fijar mis horarios.

»¡Y esa es mi historia! —concluyó, mirando sonriente a Eleanor.

Permanecieron callados un momento.

—¿Y ahora qué te propones hacer? —preguntó Antoine.

—Bueno, creo que llamaré a Dotty cuando vuelva al hotel, y si todo sigue igual, me parece que voy a ir al pueblo donde dijo O'Cringe que vio por última vez a Catherine. ¿Queda muy lejos? ¿Querrías acompañarme si tienes tiempo?

—Para eso tendríamos que quedarnos a dormir en los alrededores, porque no creo que se pueda ir y volver el mismo día. Me gustaría mucho acompañarte —aceptó, sonriendo.

Capítulo 9

Rolo o Sébastien Petite

El teléfono de la mesita de noche sonó hacia las ocho de la mañana. Eleanor, que ya había preparado la maleta y desayunado, se disponía a bajar a la planta baja en ese preciso momento.

—¿Diga?

Era Antoine.

—Eleanor, no dejes la habitación del hotel, porque seguramente te tendrás que volver a quedar esta noche. Luc ha localizado a Rolo —anunció—. Está a unas dos horas y media de aquí. Te puedo pasar a recoger a las nueve. ¿Qué te parece?

—¡Perfecto! Te esperaré en el vestíbulo.

Tuvo que reconocer que disfrutó esperándolo y observándolo cuando llegó; se bajó del coche, lo rodeó y le abrió la puerta con tal dinamismo que el portero no tuvo tiempo de adelantársele. Le encantó la sensación que tuvo al sentarse adentro y percibir el olor de su colonia, que impregnaba todo el vehículo a esa hora de la mañana.

—Está en Bélgica, no lejos de la frontera, ya lo verás, en un pueblecito cercano a Mons —le informó Antoine, tras arrancar el coche.

»¿Sabes? Ese color burdeos te sienta de maravilla —comentó.

—Es una chaqueta vieja —explicó Eleanor, mirando sonriente las mangas—. A decir verdad, no la he llevado mucho ¡así que decidí lucirla en Francia!

Luego consultó el mapa que tenía en el regazo para hacerse una idea de adónde se dirigían.

—¿Cómo lo localizó Luc?

—¡Ah, eso no se sabe! —contestó él, riendo con ganas—. ¡Es un hombre muy misterioso!

—¡Pues sí!

Durante el trayecto, se detuvieron solo una vez a tomar un café. Antoine habló de su juventud y de sus aventuras de la época en que hizo el servicio militar. Eleanor también habló de su niñez, de las costumbres que tenían en Navidad y de las anécdotas que les había contaba su madre a propósito de su padre, que siempre se había considerado en su fuero interno un poeta frustrado, esclavizado en un trabajo de contable; también compartió que había fallecido siendo ella muy pequeña.

El señor Sébastien Petite tenía un *Atelier de réparation automobile*, un taller mecánico donde reparaban, al parecer, toda clase de coches.

Tras aparcar cerca del garaje, se abrieron paso entre los clientes, trabajadores y los diferentes coches que abarrotaban de forma un tanto caótica el interior.

—*Monsieur Petite?* —preguntó Antoine a un joven, que se disponía a entrar en uno de los vehículos para sacarlo del taller.

El mecánico señaló hacia el fondo, donde vislumbraron un recinto de vidrio con puerta del mismo material. Ya más cerca, vieron dos mesas y una muchacha que escribía a máquina frente a una de ellas. Un poco más allá, había un espacio más pequeño con una puerta de madera, que estaba abierta. A través del hueco, advirtieron otra zona de oficina y a un hombre que aparentaba unos setenta años, aunque debía de tener como mínimo ochenta en caso de ser, efectivamente, Rolo. Hablaba por teléfono y parecía estar negociando un trato.

—*Bonjour!* —saludó con voz cantarina la joven, que debía de tener unos veintitrés años.

—*Pourrions-nous parler à monsieur Petite, s'il vous plaît?* —pidió Antoine.

En ese momento, el hombre colgó el teléfono y al verlos, se dirigió de inmediato a ellos.

—*Alors ! C'était rapide! Il ne vous a pas fallu beaucoup de temps pour me retrouver!* ¡Usted debe de ser la sobrina de Marguerite! —Saludó a Eleanor con un beso en la mejilla, siguiendo la costumbre del país.

—Sí, soy Eleanor Timboult, y él es Antoine LeSart.

—Sí, usted es el marido, *n'est-ce pas?* —dijo, estrechando la mano de Antoine.

Notando que se ruborizaba, Eleanor estuvo a punto de aclarar el malentendido, pero al ver la expresión pícara de Antoine y el guiño que este le dirigió, como si fueran dos niños que acababan de cometer una travesura, evitó intervenir.

—¡Violette! Ahora tengo un asunto importante que atender, así que no me interrumpa nadie, por favor —indicó el señor Petite, haciendo pasar a Eleanor y a Antoine a su oficina.

—¡De acuerdo, papá! —contestó la chica.

En la oficina, más grande de lo que parecía, había una estantería llena de manuales, catálogos y archivadores. La mesa, con dos sillas enfrente, estaba también cubierta de manuales, recibos y facturas; detrás de la mesa había una gran silla giratoria en la cual se instaló monsieur Petite.

Era un hombre alto, de pelo cano, que se veía, a diferencia de O'Cringe, increíblemente saludable y vigoroso.

—Siéntense, por favor —los animó—. ¿Quieren tomar algo? ¿Agua? ¿Té? ¿Un café?

—No, gracias —declinaron al unísono.

—¡Así que usted es la sobrina de Marguerite! —dijo, mirándola.

—Sí. Bueno, se casó con mi tío —especificó Eleanor.

—Entiendo. Una tía política, como dicen ¿no?

—No se encuentra muy bien y ha estado preguntando por su madre —explicó Eleanor.

—Entiendo. Hacía mucho que no oía mencionar su nombre, ni el de su madre.

—Yo no sabía que mi tía Clara era Marguerite Eintberg. Yo siempre la conocí como la tía Clara. Nos dio una carta dirigida a Catherine DeBois, y entonces, al intentar entregar esa carta, me enteré de que Catherine es la madre de mi tía, también conocida como Sarah Jacobs Levi, Françoise Aubert y Tania.

—¿Tania? No, ella no era Tania. Marguerite era Tania —precisó Sébastien Petite.

—¿Marguerite era Tania? —volvieron a preguntar ambos a la vez.

—Pues sí, ¿no lo sabían?

—No. En realidad, O'Cringe nos dio a entender… ¿Acaso O'Cringe no lo sabía? —preguntó Antoine.

—Tampoco tenía necesidad de saberlo. No, no creo. Su *liaison* era con Catherine, que él conocía con el nombre de Françoise Aubert. Eso era lo único que debía saber. Si pensaba que también era Tania, bueno, que así sea.

—Pero… —Eleanor quiso aducir algo, pero no logró definir el qué.

—¡O'Cringe! ¡Qué arisco se ha vuelto! Durante la guerra, fue uno de los mejores agentes de *la Résistance*. Era el mejor contacto para sacar a la gente del país. Todo aquel que entraba bajo su protección conseguía salvarse.

»Quedó muy afectado por el asesinato de su familia —comentó, tras una pausa—. Él no podía hacer nada, porque aunque se hubiera entregado, habrían actuado igual esos nazis. Eran muchas las vidas que dependían de él en ese momento… *enfin!*

Eleanor intentó sacar a colación el elemento que no acababa de entender.

—Pero ¿cómo es posible que Marguerite sea Tania? Cuando estuvo en París, al mismo tiempo que su madre, vivía con la madre de monsieur LeSart, no con la suya, no con Catherine, Françoise, me refiero…

—¿Así que no son marido y mujer? —preguntó, advirtiendo que Eleanor daba el tratamiento de *Monsieur* a Antoine.

—No —confirmó Antoine, mirando con una sonrisa a Eleanor.

—Curioso —dijo, con aire pensativo, Sébastien—. Disculpen el error. Por lo visto, mi amigo O'Cringe está perdiendo uno de sus muchos talentos. Sí, sí, él me llamó también, al igual que su amigo Luc, ¡el fantástico Luc!

Se levantó de la silla y tras acercarse a la ventana para observar la calle, volvió a sentarse y repitió lo que había dicho Eleanor.

—Que vivía con la madre de monsieur LeSart. —Luego elevó de repente la cabeza y, clavando la mirada en Antoine, preguntó—: ¿Es usted pariente de Guillaume Cotard?

—Era el tío de mi madre, que murió durante la guerra. Yo no lo llegué a conocer.

—Sí, murió. Yo estaba allí. ¡Era mi mejor amigo, desde que íbamos al colegio! Hicimos muchas cosas juntos y nunca perdimos el contacto. Cuando empezó la guerra, bueno, antes incluso de que estallara, ya sabíamos la función que íbamos a cumplir. Por aquel entonces, Catherine ya era una parte importante de su vida.

Sébastien los miró a ambos con leve aire de perplejidad.

»El tío de su madre era un hombre valiente —afirmó—. Ayudó a salvar como mínimo a dos mil hombres, mujeres y niños. Era uno de los héroes que el mundo desconoce, pero que desempeñó un papel destacado en la guerra.

»Estaba locamente enamorado de Catherine desde el día en que se conocieron por casualidad en un tranvía en Berlín. Creo que él la empujó sin querer cuando bajaban del tranvía y los dos se cayeron al suelo. Dijo que lo que lo deslumbró de inmediato de ella fue que se echó a reír y que estaba más preocupada por él que por ella.

Hizo una pausa.

»Decía que era una mujer fuerte, inteligente y valiente. Aparte, le tenía un gran cariño a Marguerite y la trataba como a una hija. Al fin y al cabo, él había estado en su vida desde que tenía seis años.

»¿No estaban al corriente de eso? —preguntó al ver la expresión de desconcierto de ambos.

—Sabíamos que Catherine se iba a casar con el tío de mi madre, Guillaume, pero ignorábamos cuánto tiempo hacía que duraba la relación. En realidad, me parece que todo el mundo creía que no había sido tan larga —opinó Antoine.

—¡Pero él envió una carta, a Catherine y a su hermana! En ella explicaba todo. Lo sé porque yo estaba presente cuando la escribió.

—La carta que recibió mi abuela debió de ser muy vaga, o si no, puede que mi madre no se acuerde o nunca estuvo al tanto de los detalles.

—*Incroyable!*

Sébastien consultó el reloj y se asomó a la puerta.

—Violette —llamó con tono afectuoso.

—¿Sí? —contestó la joven.

—Voy a salir de la oficina y no volveré. Este asunto me va a llevar más tiempo de lo previsto ¿eh? —anunció, señalando a Eleanor y Antoine.

—*Bien sûr, papa!*

—Háganme el favor de acompañarme a mi casa —invitó a Eleanor y Antoine—. Tendremos que hablar un buen rato, porque veo que hay muchas cosas de las que no están enterados. Durante la comida, les contaré la historia… al menos la parte que yo conozco.

❦

De camino a su casa, que quedaba a cinco minutos del taller, Sébastien Petite se detuvo a comprar pan en la panadería. Allí les presentó a la dueña, Annette, que aparte del pan que había pedido, le dio lo que parecía ser una tarta.

—Para las visitas —aclaró ella.

—Mi mujer falleció hace cinco años y Annette siente la necesidad de cuidarme como a un niño. ¡Lo bueno es que de vez en cuando me trae unos pasteles y unas tartas fabulosos! —se felicitó, riendo—. Este pueblo es pequeño y todo el mundo se conoce, así que van a ser la comidilla de todos los vecinos… pero yo no voy a revelar nada. Solo diré que son amigos de un gran amigo mío, lo cual dista poco de la verdad. ¡Ja!

La casa era acogedora. A la izquierda del vestíbulo había una sala de estar que comunicaba con la cocina. En el otro lado había un comedor que también daba a la cocina. En el centro arrancaba la escalera que conducía al piso de arriba, donde se encontraban los dormitorios.

—Siéntense, por favor. Tardaré solo unos minutos —dijo Sébastien.

—¿Quiere que le ayudemos? —se ofreció Eleanor.

—No, no gracias. Será solo un momento.

Y así fue, pues no pasaron más de diez minutos antes de que acudiera con una fuente redonda, repleta de estofado de ternera con patatas y verduras.

A continuación, sacó tres juegos de platos, cubiertos, vasos y copas. Al oír el ruido, Eleanor y Antoine se desplazaron al comedor y ayudaron a poner la mesa. Sébastien fue a buscar una botella de vino tinto, una jarra de agua y el pan, cortado ya en rebanadas. Después cogió varios platos de postre y los dejó en la mesa.

—¡Sí, tienen que probar la *Tarte Tatin* de pera de Annette! ¡Mmm! ¡Está deliciosa!

Una vez sentados, sirvió el estofado y, una vez que hubieron tomado unos bocados, les pidió su opinión.

—¡Está muy bueno! —alabó Eleanor.

—Está hecho con chocolate y también con cerveza —explicó con orgullo—. Es una receta que aprendí durante la guerra aquí en Bélgica, donde estaba destinado.

Se quedó callado, mirando el estofado.

»A ver, ¿por dónde empezamos? —se planteó—. Quizá en lo que para mí es el principio, ¿no?

Los dos invitados asintieron con la cabeza.

»Guillaume y yo nos criamos en París, pero Guillaume, después de terminar los estudios, iba y venía desde Berlín, donde trabajaba como periodista. Eso le permitía estar a veces en sitios adonde no tenían acceso los demás y obtener información de la que nadie estaba al corriente todavía.

»En uno de esos viajes conoció a Sarah, en un tranvía. Sarah ya no era Sarah. Se había cambiado ya en el nombre por el de Catherine DeBois. Por lo que ella le contó, adoptó ese nombre inspirándose en una tumba del cementerio de un pueblo, aunque en esa lápida el apellido era *DuBois*.

»Por lo visto, Sarah, que provenía de una familia judía muy estricta, se había enamorado de un estudiante de derecho alemán. Él era cinco años mayor que ella, pero, *enfin*, según se dieron las cosas, ella se quedó embarazada. Como su familia ya la había repudiado hacía tiempo, se marchó a vivir a un pueblo situado cerca de la frontera con Alemania, cuyo nombre desconozco. Allí encontró un empleo como aprendiz de secretaria, en el ayuntamiento. Se encargaba de clasificar y archivar los documentos o algo por el estilo. Ese puesto de trabajo le permitió hacer un nuevo certificado de nacimiento para ella, con su nuevo nombre, y un certificado de matrimonio donde constaba el nombre del estudiante o el abogado alemán que la había dejado embarazada y, por supuesto, su nuevo nombre. Después preparó un certificado de defunción con su nombre auténtico, Sarah Jacobs Levi. Se quedó allí hasta que tuvo a la niña, a la que puso por nombre Marguerite seguido del apellido del estudiante alemán, su padre.

Hizo una pausa.

»También creó otro documento de identidad, en previsión de que pudiera necesitarlo algún día: Françoise Aubert. Eso fue una suerte para nosotros, porque nos resultó enormemente útil más adelante. Ella se aseguró de que se enviaran copias de todos esos documentos a las correspondientes oficinas administrativas de Alemania y Francia. Luego, cuando Marguerite tenía cuatro años, se trasladó a Alemania y allí conoció a Guillaume, cuando la niña tenía unos seis años.

—¿Por qué se fue a vivir a Alemania? —preguntó Eleanor.

—Al parecer, se enteró de que ese estudiante de derecho había muerto en un accidente de coche y que era el único pariente vivo de una familia bastante rica. Armada de valor, reclamó la herencia y la obtuvo. Según creyó comprender Guillaume, había muchas deudas, pero aun así, consiguió una bonita suma de dinero.

»Guillaume y Catherine entablaron amistad enseguida y se veían a menudo, pero cuando él le pidió matrimonio, ella dijo que no. No quería casarse con nadie. Quería trabajar, criar a su hija y vivir en paz. Al tener un pelo de tono caoba oscuro y unos ojos de color verde avellana, no tenía problemas para pasar inadvertida entre los alemanes, sobre todo con su nueva identidad. Trabajaba en las oficinas de un ministerio y hasta se afilió al partido, con el fin de obtener más información. Lo curioso es que la información principal se la proporcionaba su vecina.

»En el edificio donde vivía, había una pareja joven que trabajaba para la administración y que tenía una hija de la edad de Marguerite. En realidad, Marguerite y la hija de esa pareja pasaban mucho tiempo juntas después de salir de la escuela. —Calló y con la frente arrugada, se quedó mirando pensativo un cuadro que había colgado en la pared—. Creo que incluso iban a la misma escuela.

»Gracias a esa pareja, Catherine fue consiguiendo, poco a poco, la información sobre lo que se estaba gestando. A la señora le gustaba hablar y, por lo que se ve, hablaba mucho. Su marido era mucho más discreto, pero no estaba casi nunca en casa. Catherine también fue testigo del incremento generalizado del antisemitismo. A veces, su vecina se traía trabajo a la casa y ella podía acceder directamente a la información a partir de los documentos. Como decía, el marido casi nunca estaba, y su mujer, que también era aficionada a la bebida, a veces se quedaba dormida dejándolo todo a la vista de Catherine. De esta forma, cualquier dato que no le contara, lo obtenía leyéndolo por sí sola.

»Guillaume, al ser periodista, también podía averiguar ciertas cosas que luego me transmitía junto con la información que le había dado Catherine. Sin embargo, a medida que se acentuaba la radicalización, Catherine consideró que no podía seguir en Berlín y decidió volver a Francia. Eso fue poco antes de que Hitler invadiera Bélgica, en 1940.

»Lo primero que hizo fue sacar a su familia de Francia. No todos los miembros se marcharon, lo cual fue una tragedia, pero los demás sobrevivieron. Yo le pedí el favor de sacarlos de Francia a O'Cringe, sin precisar quiénes eran. Creo que al percatarse del parecido que había entre Catherine, bueno Sarah, y su hermana, se dio cuenta de a quien estaba ayudando, pero nunca hizo ningún comentario ni dijo nada al respecto.

—¿O sea que O'Cringe ya sabía quién era Catherine? —planteó Eleanor.

—No, él sabía quién era Françoise Aubert. No tenía por qué conocer el nombre de Catherine DeBois.

Se tomó un momento para llenar la copa de vino antes de continuar.

»Entre el momento de la muerte de Guillaume y el periodo en que los alemanes empezaron a invadir otros países de Europa, tuvimos cierto margen de tiempo para organizarnos.

—¿Dónde murió? —preguntó Antoine—. Me parece que nadie de la familia lo sabe concretamente.

—Sí, creo que eso es cierto, porque en esa época habría supuesto un peligro para nuestra organización, que justo comenzaba a funcionar, y después de la guerra, por desgracia, muchos héroes quedaron relegados al olvido, un olvido imperdonable, la verdad sea dicha.

»Guillaume y yo habíamos ido a Polonia para ayudar a la gente del lugar a huir hacia Suecia. Las ejecuciones y los asesinatos de judíos, que se producían en todos los pueblos, eran horribles.

»En una de aquellas misiones, caímos en una trampa y a duras penas pudimos escapar. Guillaume cayó malherido. Fue entonces cuando escribió las cartas. Fue una pena, porque por lo visto, antes de que él se fuera, Catherine había por fin aceptado casarse con él —explicó, sus ojos se humedecieron ligeramente—. Bueno, al menos murió sabiéndolo.

»En 1940, Sarah, bajo la identidad de Catherine DeBois, dejó a Marguerite en casa de la hermana de Guillaume, su abuela, Antoine. Entonces se convirtió en Françoise Aubert, colaboradora de la *Résistance*.

»Ella y Marguerite tenían un sistema de comunicación. Coincidían al menos un par de veces por semana en un puesto del mercado. De vez en cuando, se veían también en una librería y en una pastelería.

—¡Pero ella debía de tener solamente dieciséis años! —lo interrumpió Eleanor.

—Sí, pero tenía una inteligencia extraordinaria. No sé cómo no se ha dado cuenta, pero así es Marguerite, discreta y excepcional. No es que Catherine no lo fuera… pero Marguerite… era un caso único.

Paró para ir a buscar la tarta de pera. Después de cortar tres porciones, las sirvió y se volvió a sentar.

—Desde que era muy niña, cuando ya había aprendido a leer, Catherine advirtió que tenía memoria fotográfica. Era capaz de leer cualquier cosa y aprenderlo de memoria, palabra por palabra. También era capaz de memorizar imágenes y tenía una gran destreza para escribir y dibujar. Marguerite era la que falsificaba todos los salvoconductos, documentos de identidad, etc.

—Pero la comunicación de los mensajes se llevaba a cabo entre Catherine, Françoise quiero decir, y O'Cringe.

—Sí, la información y los pedidos circulaban entre ellos, pero era Marguerite la que hacía las copias, los salvoconductos, los documentos, las falsificaciones o lo que fuera necesario. Lo único importante era tener acceso a los posibles cambios que pudieran producirse en los documentos, estar al día, en otras palabras, y para eso estaba su madre.

»Por esa razón, aunque registraran el piso de Catherine, tal como nos consta que hicieron muchas veces, nunca encontraron nada, ni tinta, ni papel ni nada. Si se quitaba los guantes, nunca tenía manchas de tinta en las manos, y nadie habría podido sospechar que la muchachita aria con quien coincidía de vez en cuando fuera su hija, porque no tenían el más mínimo parecido.

—Por eso tenía siempre las manos manchadas —comentó de repente Eleanor a Antoine—. ¡Se ocupaba de hacer las falsificaciones mientras vivía en casa de tu abuela! Tu madre creía que era por los dibujos, y sí, seguramente usaba tinta para dibujar y justificar las manchas, pero ¡su ocupación principal era falsificar documentos para la Resistencia!

—¡Ah, claro! —convino Antoine, recordando el comentario de su madre.

Sébastien se inclinó hacia atrás en la silla y se acarició la barriga, antes de continuar.

—Nadie sospechó nada, porque todos creían que Marguerite era la hija de Catherine DeBois, que se había ido a trabajar a un pueblo de Francia.

»No me malinterpreten, fue Catherine quien enseñó a su hija a falsificar documentos, y también era capaz de hacerlo ella misma, pero no con la perfección de su hija, que tenía el grado de precisión necesaria para reproducir los documentos exactamente tal como tenían que ser.

»Aparte de eso, Marguerite sabía hablar alemán, francés e inglés. Aprendió el inglés en una escuela de Berlín. Era capaz de imitar cualquier acento que quisiera. Desde el principio fue una niña especial.

»Después, ocurrió algo. No sé con exactitud qué fue. Siempre sospeché que el coronel de las oficinas donde trabajaba Catherine se había enamorado de ella, y quizá ella no pudiera seguir manteniendo la situación bajo control. Una noche, me envió un mensaje. Por aquel entonces, yo estaba destinado en Brujas. En el mensaje en código decía que iba a visitar al "tío Ralph", lo cual significaba que quería irse y que nadie debía buscarlas.

—¿Y? —lo instó a continuar Eleanor, ante su repentino silencio.

—Y eso fue lo que hizo. Recogió a Marguerite y, de un día para otro, desaparecieron sin dejar rastro. Françoise Aubert y Catherine DeBois dejaron de existir.

Eleanor y Antoine se quedaron mirándolo, perplejos.

—Aunque parezca complicado, fue así de sencillo.

—¿Y O'Cringe nunca supo toda la verdad? —preguntó Antoine.

—No, tal como he dicho antes, no era necesario.

—Nos dijo que sospechaba que Françoise se había enamorado o que estaba esperando el regreso de alguien —apuntó Eleanor.

—O'Cringe sabía que Françoise era un eslabón de la misma cadena que él, y que era mejor que cada cual supiera lo menos posible de los demás, de modo que sabía solo lo necesario.

—¿Alguna vez oyó hablar de un bebé? ¿Que Catherine hubiera tenido un hijo, un hermano de Marguerite? —preguntó Eleanor.

—Oí rumores y la vi una vez, la última, en el pueblo de Solou, cerca de Dijon y *St. Gervais,* con un niño en los brazos. No sé por qué, pero no creo que fuera hijo suyo.

—O'Cringe se inclina a pensar que ese niño podría haber sido hijo del coronel de la oficina donde ella trabajaba —indicó Antoine.

—Sí, es una posibilidad, pero no creo que fuera así. Solo espero que no se hubiera encontrado en una posición que hubiera dado como consecuencia un hijo.

Los tres se quedaron pensativos un momento.

—¿Y sabe si Catherine sigue viva todavía? —planteó Antoine.

—Es difícil de decir. Según algunos miembros de la Resistencia, tanto Marguerite como Catherine sobrevivieron a la guerra, pero no puedo decirles más porque no tengo ninguna información. Debía de tener mi edad, o sea que es posible. ¡Fíjense en mí! Me casé tarde, enviudé siendo joven… ¡Me ha dado tiempo para todo! —se congratuló, riendo.

»Me temo que no puedo ayudarla más —añadió con emotividad, mirando a Eleanor.

—Quizá debería ir a Solou para ver si alguien sabe algo ¿no? ¿Y consultar quizá los archivos? —planteó Eleanor.

—Sí, en caso de que vivieran allí, es posible que alguien sepa algo. De todas formas, debe saber que el sitio donde la vimos, de regreso de nuestra misión, quedaba cerca de la estación de tren. Esa estación de tren, en las proximidades de St. Gervais y Dijon, conecta todas las líneas del sur y el noreste de Francia. También cabe la posibilidad de que viviera en algún pueblo de los alrededores.

Guardó silencio un instante.

»Aun así, yo diría que debe de haber algún tipo de oficina que llevara el registro de la población de la zona en esa época. Los nazis eran muy eficientes en ese sentido ¿saben? —comentó, meditabundo.

En ese preciso momento, todos se acordaron de Catherine DeBois y se echaron a reír.

—¡Bueno, algo eficientes por lo menos! —corrigió el señor Petite.

Después del postre y el café, la conversación derivó hacia los coches y las motos, el tema predilecto de Sébastian Petite.

Cuando se despidieron, Sébastian Petite retuvo un momento la mano de Eleanor.

—Eleanor, cuando vuelva a su casa, dígale a su tía que le agradecemos inmensamente todo lo que hizo y las vidas que salvó. El recuerdo de ella y su madre permanece vivo en nuestro corazón, se lo aseguro.

—¡Gracias! —contestó, emocionada.

Capítulo 10

En punto muerto

El trayecto de regreso a París transcurrió casi en silencio. Antoine miraba de vez en cuando a Eleanor. Aunque parecía absorta observando el paisaje, él sospechaba que tenía la mente en otra parte.

—¿Podría saber qué estás cavilando? —se decidió a preguntarle al final.

—Perdona —se disculpó ella, volviéndose—, pero es que me da la impresión de que cuanto más parece que nos acercamos y más averiguamos, es como si cada vez nos alejáramos más.

Antoine enarcó las cejas, animándola a explicarle más.

»¿Cómo se convirtió la muchacha que falsificaba documentos para la Resistencia a los diecisiete años en la dama con la que se casó mi tío y que nosotros conocemos ahora? ¡Es como si vinieran de otro planeta! —constató con extrañeza Eleanor.

—Ya entiendo.

—¿Sí? —preguntó ella, ansiosa por conocer su opinión.

—No, lo que quería decir es que ya entiendo por qué estás tan pensativa.

—Ah.

Volvió a tender, decepcionada, la mirada al frente. Había llovido un poco y los limpiaparabrisas producían un ruido de chapoteo al frotar contra el cristal.

—Creo que solo hemos descubierto la mitad —reconoció él al cabo de un momento.

Eleanor asintió mudamente.

»¿Sabes lo que vamos a hacer? Le pediré a Luc que centre las pesquisas en las proximidades de Dijon y Solou. Así será más fácil averiguar… algo. Mi madre dijo que se fueron en plena noche. Teniendo en cuenta que había un toque de queda, alguien debió de haberlas ayudado, en mi opinión. Es posible que alguien las escondiera durante unas horas. Creo que todavía hay mucha información por sacar a la luz.

—Seguramente se cambiaron otra vez de nombre —dedujo Eleanor.

—Sí, es probable. —Marcó una pausa—. De todas maneras, adonde quiera que fuesen, la administración debió de tomar nota o alguien debió de percatarse de su llegada. Lamento tener que admitir que no todo el mundo estaba en contra de los nazis. Había muchos colaboradores franceses, sobre todo entre el funcionariado. Una mujer embarazada con su hija… bueno, seguro que hay alguna partida de nacimiento o algo así.

Eleanor asintió.

»Aparte, quizá también tú podrías buscar para ver si tu tía todavía conserva su cuaderno rojo en algún sitio. Recuerda que mi madre destacó que lo llevaba consigo a todas partes.

—¡Sí! —exclamó Eleanor, enderezando la postura—. Puedo mirar en las bibliotecas. Mi tío tenía una; era el sitio donde trabajaba. Y mi tía tiene una gran pared con estanterías repletas de libros hasta el techo en su habitación. De pequeñas, con mi hermana, la llamábamos la biblioteca número dos.

—¿Ves? ¡No hay que desanimarse tan pronto!

Lo miró, sonriendo, y notó que se ruborizaba.

—Entonces volveré a casa mañana para ver cómo sigue todo, mantenerme al día en mi trabajo y buscar el cuaderno —resolvió—. Aunque no me siento muy cómoda teniendo que revolver las cosas de mi tía sin su permiso —objetó, frunciendo el entrecejo.

—Igual está por ahí a plena vista —comentó con optimismo Antoine—. A veces esa es la mejor manera de esconder algo.

—Efectivamente —concedió, mirándolo a los ojos.

Una vez más, notó que se le enrojecía la cara.

—Asunto zanjado, y si hay alguna novedad por mi parte, te llamaré. Pero todo esto es un proyecto para mañana y los días siguientes. ¡Ahora, esta noche, vas a salir a cenar conmigo!

—No creo que sea….

—Ah, sí —la interrumpió—. ¡Insisto! Hay un restaurante familiar cerca de Notre-Dame ¡que es *merveilleux*! ¡Te va a gustar mucho! ¡Yo invito! *S'il te plaît!*

—*Bon!* —aceptó Eleanor, riendo—. *Montre-moi le chemin!*

࿓

El restaurante era diminuto, semejante a una cueva. Después del escalón de la entrada, había una barra junto a la pared, que presidía una sala con solo siete mesas, levemente iluminada.

Tal como había dicho Antoine, era un establecimiento familiar, y la carta era puramente informativa, pues solo había dos opciones entre las que elegir para cada uno de los platos. La carta de vinos, en cambio, era extensa.

Se sentaron en una mesa del rincón. Enseguida les llevaron pan casero, mantequilla con un espléndido color amarillo, agua, el vino elegido por Antoine y un aperitivo ofrecido por la casa.

—¿Así que naciste en París? —preguntó Eleanor.

—Sí, y he vivido aquí toda la vida. Era hijo único. Hasta que murió mi padre, cuando yo tenía quince años, se podría decir que era muy hogareño y centrado en mis estudios. Después, al poder disponer del dinero de la herencia, digamos que me descarrié un poco.

—¿Y qué te hizo volver al buen camino?

—Un tremendo puñetazo que me dio Luc. Creo que me ayudó a poner en su sitio las neuronas y también, claro, las palabras que me hizo escuchar mientras me sacudía en el suelo. Eso me metió en vereda, como mínimo en lo referente a los estudios.

Sonrió con aire evocador.

»Me había vuelto arrogante y creía que podía comprarlo todo, incluidas las personas. Empecé a tratar a la gente como objetos, en especial a las mujeres, lo reconozco. Lamento admitir que incluso mi madre tuvo que soportar en parte mi comportamiento tan insolente. Pero después volví por buen camino y terminé los estudios de empresariales y económicas.

—¿Al mismo tiempo?

—Bueno, con unos meses de diferencia. —Calló un instante—. Entre tanto, me enamoré y me casé. La verdad es que era bastante inmaduro, porque si no, no me habría casado con Véronique, y menos siendo tan joven. Digamos que aún estaba demasiado centrado en el lado superficial de las cosas, en su brillo.

—¿Tú crees que cada cual tiene reservada una sola y única persona? ¿Crees que es así de verdad, en la vida real? —planteó Eleanor de improviso.

—¿De verdad, en la vida real? —repitió él, sonriendo.

—Perdona —contestó Eleanor, riendo—. Es una expresión de cuando era niña. Con mis hermanas, cuando queríamos dar un tono especial de seriedad a algo, solíamos empezar las frases con esas palabras.

Guardó silencio un momento, recordando con una sonrisa a Stella, que fue quien inventó el juego.

»¿Tú crees que cada cual tiene una sola oportunidad en la vida para encontrar a su alma gemela y que si la pierde, ya no va a aparecer nadie más? —preguntó.

—¡No, no, no! Yo nunca lo he visto de esa forma. Lo que sí pienso es que uno cree a veces que ha encontrado su alma gemela, pero que no ha reparado en las cosas que indican que esa no es la persona adecuada; en otras palabras, que no ha elegido correctamente, como lo que me pasó a mí. Yo siempre he considerado que lo más importante es elegir bien. ¿Y tú?

Eleanor reflexionó un instante antes de responder.

—En el momento del 'incidente', habría dicho que solo hay una persona para cada uno, y solo esa persona, y si alguien perdió su oportunidad o alguien se la quitó, bueno, eso es todo; ya no hay otra.

Hizo una ligera pausa.

»Cuando Mark me dejó por mi hermana, sentí que mi vida nunca volvería a ser como antes. Lo añoraba todo el tiempo. Recordaba los pequeños detalles de nuestra relación, lo que nos hacía reír, sus rarezas, sus gustos con la comida… todo. No podía aceptar lo que había pasado. Era como si estuviera esperando a que me dijera que todo había sido un error, que no iba a casarse con mi hermana, que había perdido el juicio. Lo curioso es que, una vez se hubieron casado, yo seguía esperando. Esperaba literalmente que volviera, que llamara.

»A veces me quedaba mirando el teléfono. Eso duró dos años, o quizá más. Durante ese tiempo, me convencí a mí misma de que lo había superado, pero… pero no era así. Día tras día, soñaba, esperaba, anhelaba verlo aparecer en mi puerta reconociendo el gran error que había cometido. Ansiaba oírle decir lo estúpido que había sido dejándome por alguien que nunca lo complementaría y lo comprendería como yo.

Levantó la vista y se topó con la mirada de él.

»Era absolutamente ridículo, ¿no? —concluyó.

—A mí me parece que, en los periodos de ruptura, todos pensamos y deseamos lo mismo. Me consta que yo lo hice… y durante mucho tiempo, incluso después de su muerte —admitió—. Pero dime algo ¿lo habrías vuelto a acoger?

—¿Qué si lo habría vuelto a acoger?

—Sí ¿crees que habrías vuelto a reanudar la relación con él? —precisó.

—Es posible que la Eleanor de antes…

Dejó en suspenso la frase, antes de proseguir.

»Luego, un día, la tía Clara dijo algo que se me quedó grabado en la memoria: "Eli, no se trata de que vuelva, sino de que te des cuenta de que nunca estuvo realmente presente. Ese tiempo que pasó contigo fue una mentira, no fue real. Él no estaba contigo, no te veía de verdad, porque si no, jamás te habría dejado. Lo que echas de menos es la noción de la relación que creías tener, no la que realmente tenías.

—¿Sabes una cosa? ¡Cada vez me parece más simpática tu tía! —alabó Antoine, sonriendo.

Eleanor recibió el elogio con una carcajada.

—El caso es que eso me hizo abrir los ojos de una vez, aunque ya hubieran pasado tres años. Después, según transcurría el tiempo, empecé a creer que ya era demasiado vieja para ese tipo de cosas y que, si no se había presentado nada, así iba a ser.

—¿Demasiado vieja? Me da la impresión de que los ingleses sois un poco rígidos. ¡Nadie es demasiado viejo para el amor! Cualquiera puede encontrar el amor hasta el día de su muerte. *Oui! Oui! C'est vrai!* Pero —puntualizó, mirándola a los ojos— la clave está en reconocer el amor cuando llega y no tener miedo a abrirse y estar dispuesto a recibirlo. Ese es el secreto del amor; no hay otro.

—En mis libros de relatos románticos, todo, por más complicaciones y tragedias que haya habido que afrontar, todo, absolutamente todo, acaba solucionándose o incluso mejorando. Siempre termino con un final feliz. —Soltó una carcajada—. Yo creo, y mi editor también, que mi éxito se debe en parte a eso. Él dice que presento un desenlace positivo para aquellos que quizá no lo logran y que los motivo a soñar lo imposible. Bueno, esa es la razón por la que empecé a escribir —reconoció, bajando la vista—, porque en mi mundo de fantasía, puedo cambiar, perfilar y proyectar los acontecimientos a mi antojo, a diferencia de lo que ocurre en mi vida.

—Proporcionas sueños mágicos y esperanza, se podría decir. Ese es un hermoso don. Pero… —Dejó en vilo la frase hasta que ella lo miró a la cara—. Tú eres también la autora de tu vida y todo cambio que desees introducir en ella, debes iniciarlo tú, al margen de que luego se produzca o no.

Permanecieron así un momento, mirándose.

»¡Y ahora dejémonos de tanta seriedad! Estamos aquí para celebrar lo que hemos conseguido juntos hasta ahora, que no es poca cosa según se mire. ¡Brindemos por lo que nos queda por esclarecer! —propuso Antoine con entusiasmo.

Capítulo 11

Recuerdos

Sentada en el viejo sillón de deslucido terciopelo rojo de la biblioteca, junto a la ventana, Stella observaba a su hermana que, subida a un taburete, iba sacando, uno por uno, todos los libros de la estantería.

—Te veo diferente —destacó.

Eleanor no contestó nada.

»Llevas una camisa floreada, de colores vivos.

—¿Y qué tiene eso de raro?

—Tú nunca llevas colores vivos. Siempre vistes con tonos apagados.

Eleanor se volvió para mirar a su hermana con un suspiro.

—No, no me mires así, que no estoy diciendo tonterías. Aquí pasa algo y yo ya adivino qué es. ¿Cómo has dicho que se llamaba?

—¡Antoine! Y solo somos amigos.

—¡Ya… solo amigos! —repitió Stella, imitando el tono de su hermana.

—Me parece que no está aquí, en la casa me refiero —declaró Eleanor.

—¿Tiene alguna caja fuerte en un banco? —preguntó Stella.

—Ninguna, según su abogado.

Eleanor se quedó de brazos cruzados, mirando el último estante que tenía enfrente. Había sacado todos y cada uno de los libros de la biblioteca de su tío y, por lo que veía, el cuaderno rojo tampoco iba a aparecer en el rincón que le quedaba por revisar.

El abogado de la tía Clara, el señor Henry Drosman, había acudido el día anterior. Habían necesitado dinero para hacer frente a los distintos gastos, como médicos, medicamentos y comida, y Eleanor no tenía ni idea de dónde tenía el dinero la tía Clara.

Pese a estar al corriente de la enfermedad de la tía Clara, el señor Henry Drosman se había mantenido a una prudente distancia hasta que consideró que había llegado el momento de intervenir. Se había presentado el día anterior, tras dar cita a Eleanor en casa de su tía.

Allí, en la misma biblioteca donde se encontraban, había informado a Eleanor de que no solo era la heredera de la mayor parte de los bienes de la tía, sino también de que la habían nombrado administradora fiduciaria en el supuesto de que la tía Clara se encontrara incapacitada por problemas de salud y su marido hubiera fallecido.

El señor Henry Drosman también la puso al corriente de las diferentes obras de caridad en las que más volcada estaba su tía y deseaba que siguiera apoyando ella. El abogado especificó asimismo las previsiones tomadas por su tía para lo que habría que hacer en caso de que le sobreviniera un estado de enfermedad como el que padecía entonces.

—Perdone —lo atajó Eleanor—. Lo único que necesito es pagar unas cuantas facturas, en su mayoría por atenciones médicas. No es preciso hacer nada más. Mi deseo es que todo continúe igual. Creo que la tía Clara va a… despertar de su estupor y reanudar su vida de antes.

Viendo la firmeza con que defendió sus convicciones, el señor Drosman se marchó, asegurando que se haría cargo de las facturas.

—¿Qué? —preguntó en ese momento Stella a su hermana—. ¿Qué era lo que quería decirte el tal señor Drosman?

—Pensaba que debería declarar, o hacer que declararan incapacitada a la tía Clara.

—¿Ah, sí?

—Creo que para eso siempre hay tiempo. Aunque me parece que el asunto tenía que ver con los deseos que dejó expresados ella, por si acaso llegaba a encontrarse en un estado parecido al que sufre ahora.

—¿Y cuáles eran esos deseos?

—No lo sé. Me enfadé y no lo dejé acabar. Me niego a creer que no se vaya a recuperar.

Stella se levantó y tras ayudar a su hermana a bajar del taburete, le tomó la cara entre las manos.

—Todos queremos que se recupere, Eli, pero está cada vez peor.

—Bueno, quizá tenga que empeorar para llegar a mejorar. ¡No lo sé! En todo caso, aún no voy a cambiar nada, no por ahora. Todavía pienso que se va a recuperar.

—De acuerdo —acató Stella, que no quería presionarla—. Al menos háblame un poco más de ese tal Antoine —le pidió riendo.

Dotty, que acudió con el té, interrogó con la mirada a Eleanor. Esta sacudió la cabeza.

—Bueno, señorita, si quiere, puedo sacar a la señora Jenkins en la silla de ruedas. Como ve, instalaron la silla que usted encargó, que sirve para bajarla por las escaleras; llevarla al parque le sentará muy bien.

Se produjo un lapso de silencio, durante el cual Dotty y Stella concentraron la mirada en Eleanor.

—No es como si estuvieras fisgando en sus cosas, Eleanor. Estás intentando resolver un enigma para devolverle la salud, si fuera posible, y si ese cuaderno puede ser útil, no lo dudes, hazlo —la alentó Stella.

—¡Ay, sí, señorita! Nadie interpretaría mal sus intenciones. Todos queremos que se ponga bien y estamos dispuestos a hacer lo que sea —insistió Dotty.

Eleanor se sentó junto a la mesa donde esta había dejado la bandeja del té.

—Bien, de acuerdo —cedió, con un suspiro—. Está decidido. ¿Empezamos… digamos… en una hora?

—¡En una hora, señorita! —convino Dotty con entusiasmo, con la sensación de estar haciendo algo extremadamente importante y misterioso.

En realidad, así era. En cuanto la tía Clara hubo salido de casa, Eleanor y Stella se trasladaron a su dormitorio. Stella se concentró en la biblioteca, que contaba con una pequeña escalera corrediza con railes, mientras Eleanor fue a buscar en el vestidor.

El vestidor era muy alto, ancho y profundo. Tenía una cómoda con cajones y una estantería que llegaba hasta el techo. Eleanor iba a necesitar una escalera, como mínimo.

Alguien llamó a la puerta. Las dos hermanas palidecieron y se miraron. Eleanor se asomó a la ventana y Stella fue a abrir la puerta. Era James.

—Perdón, señorita, pero mi Dotty pensaba que iban a necesitar una escalera para cambiar esas bombillas del vestidor. Yo puedo encargarme si quieren, pero mi Dotty ya me ha dicho que a la señorita Eleanor le gusta hacer las cosas ella misma, así que aquí les traigo la escalera y las bombillas que van a necesitar.

—Sí, sí, perfecto, y yo la voy a ayudar. Sí, por eso estoy aquí —aseguró Stella.

—¡Ay, qué magnífica idea! —aprobó Eleanor—. ¿Podrías… poner la escalera dentro del vestidor?

—Desde luego, señorita.

Después de dejar la escalera, les dio las bombillas y salió de la habitación.

—Esa Dotty vale su peso en oro —ponderó Stella, dirigiendo un guiño a su hermana.

Ambas se echaron a reír y luego Stella reanudó la búsqueda en la biblioteca.

En la parte de arriba del vestidor había muchas cajas. Eleanor las abrió, sin omitir ni una. Nada. Aparte, dedujo que, si ella necesitaba una escalera, la tía Clara también habría necesitado una para sacar la foto que había introducido en la carta, en el supuesto de que hubiera guardado alguna foto o el diario allá arriba donde estaba buscando.

A continuación, echó un vistazo en la cómoda y en otras cajas que había allí, e incluso registró los bolsos. Nada.

Cuando salió, Stella bajaba de la escalera de la biblioteca. Nada.

Consultó el reloj. Habían transcurrido dos horas. Dotty iba a llegar de un momento a otro. Dejó las bombillas en uno de los cajones y, con ayuda de Stella, sacó la escalera larga del cuarto de la tía Clara.

—¿Y la habitación de invitados? —sugirió Stella.

—Yo he estado durmiendo allí, recuerda. No hay absolutamente nada, aparte de fotos de cuando éramos niñas.

—¿Y el cuarto del tío?

Las dos miraron la puerta que había delante del dormitorio de la tía Clara.

Entraron.

Las cortinas estaban corridas. Las abrieron para dejar entrar la luz.

La habitación era más pequeña que la de la tía Clara. Había una gran cama en el centro, con ventanas a la izquierda. El vestidor quedaba a la derecha. Entraron en él.

No había gran cosa: algunos trajes viejos, zapatos usados y una gran caja identificada con la etiqueta "Recuerdos"

—Supongo que dentro debe de haber las cosas que trajeron de sus viajes —dedujo Stella, trasladándolo hasta la cama.

Miraron en los cajones de las mesitas de noche, pero estaban vacíos.

Se sentaron en la cama.

—¿Qué? —consultó Stella, observando la caja.

—Tampoco cuesta mucho mirar —dijo Eleanor—. La devolveremos enseguida a su sitio.

Abrieron la caja. Todo parecía estar catalogado: "Viaje a Italia", "Viaje a Portugal", "India", "Boda." Abrieron una cajita que contenía unos sobres y encontraron una colección de fotos de sus tíos. En el que había escrito "India", había fotos de su tío del periodo en que estaba soltero y posteriores a su encuentro con Clara Jenkins. Había incluso fotos suyas de la época de adolescencia.

—Eso es lo más extraño de la tía Clara —comentó Eleanor—. No hay fotos de ella, de su pasado, de su infancia, su madre, amigos… nada, solo una.

—Igual lo perdió todo durante la guerra. Aunque, por lo que me has contado de la vida que llevaban ella y su madre por entonces, seguramente les aconsejaron que nunca conservaran ninguna foto.

Sacaron el último sobre de la caja. No había escrito nada afuera. Lo abrieron y descubrieron tres fotos. Una era una panorámica de un pueblo, tomada desde lejos, en la que se distinguían algunos edificios, un campanario, un tren en la distancia, un río y terrenos de cultivo en los alrededores. En el dorso, había tan solo escritas las iniciales "SG".

La segunda foto era de un edificio, un edificio banal. También tenía escrito "SG" en el dorso. La tercera era la foto de un niño rubio, de unos tres años. Tenía unos grandes ojos azules, que tendían al gris claro en la imagen en blanco y negro. Reía, con algo en la mano que pretendía enseñar, aunque no se distinguía qué era. Eleanor se apresuró a mirar la parte de atrás de la foto y leyó en voz alta: "El niño." Después volvió a observar las iniciales que constaban en la foto del pueblo, SG, y exclamó, sonriendo:

—¡St. Gervais!

❧

Eleanor le explicaba con entusiasmo a Antoine lo que había averiguado. Advirtiendo a través del teléfono el tono enérgico, la ilusión y la motivación que impregnaban sus palabras, Antoine sonrió para sí; Eleanor estaba volviendo a la vida.

De improviso, Eleanor entreoyó una voz de mujer, que no era la de Andrea.

—Discúlpame un minuto, Eleanor —pidió Antoine.

Debió de haber tapado el auricular con la mano, porque solo alcanzó a percibir una voz amortiguada. Después, Antoine se volvió a poner al aparato.

—Si estás ocupado, puedo llamar más tarde —propuso ella, con una inexplicable desazón.

—En absoluto. Estoy esperando a que me digas cuándo puedo ir a recogerte al aeropuerto o a la estación.

—Bueno, en principio he concertado una cita con el editor francés para el jueves por la mañana. Me han dicho que me recogerían. Después de la reunión, puedo ir al hotel y esperar.

—No, ven a mi casa y luego nos iremos de inmediato. Voy a reservar el hotel donde nos alojaremos en St. Gervais.

—Pero ¿por dónde vamos a empezar?

—Empezaremos por los indicios que aportan las fotografías que has encontrado. Quizá podríamos tratar de identificar ese edificio que aparece.

—¿Ha averiguado algo Luc?

—No, por ahora no hay nada.

—¡Bueno, hasta el jueves entonces! —exclamó, con voz algo forzada, todavía extrañada por la voz femenina que había oído.

Se produjo un lapso de silencio.

—¿Eleanor? —dijo Antoine.

—¿Sí?

— Llegaremos hasta el final del asunto. Te lo prometo.

—Gracias —respondió, dubitativa.

—¡Hasta el jueves! —se despidió él con tono animado.

—Sí.

Después de colgar, Eleanor se quedó mirando por la ventana del cuarto, con el auricular todavía en la mano.

«¡Ay! —pensó—. ¿Quién será esa mujer?»

La voz no le sonaba de nada. Lo que de verdad la inquietaba de ella era su tono, suave, delicado. No podía tratarse de una hermana, porque él no tenía ninguna, y definitivamente no era su hija, ni tampoco su madre.

Podía ser cualquiera. Podía ser una amiga… ¿Una amiga? ¿Qué clase de amiga? ¿Y por qué no la había mencionado nunca? Y por otra parte ¿por qué esa mujer le causaba ese desasosiego?

Se fue hasta el vestidor y abrió la puerta.

Una vez más, observó con decepción su ropa. ¿Cuándo había comenzado a volverse tan aburrida, tan anticuada, tan seria y apagada? Con excepción de las últimas adquisiciones, todo era anodino, insulso e inexpresivo. No era de extrañar que siempre la tomaran tan en serio en su trabajo. Solo con su manera de vestir, estaba colocando un parapeto de formalidad. Tal vez se estaba comportando con excesiva seriedad para su edad, puesto que, al fin y al cabo, todavía era joven. A los treinta y cinco años, todavía era joven, ¿o no?

Se miró el cabello en el espejo. Luego, con un suspiro, cerró la puerta del vestidor y volvió a colocar el teléfono, con su largo cordón, en la mesita de noche.

Permaneció de pie, mirando el borrador que había cogido y que había estado leyendo antes de la llamada.

Había otorgado a todos sus personajes unas aptitudes y actitudes que había descuidado en sí misma: el espíritu de aventura, la valentía, el aplomo, la confianza, la sensualidad, el romanticismo, el deseo… Ellos tenían brío. ¡Estaban vivos, tanto los buenos como los malos!

Ella, en cambio, parecía estar esperando a que las cosas ocurrieran, a que la vida le presentara un cambio. Simplemente existía, viviendo la vida solo en los momentos en que insuflaba vida a sus personajes. Disfrutaba viviendo en la fantasía, el mundo que creaba y que podía perfilar, mientras que, en la vida real, aguardaba a que se produjeran las cosas por sí solas. La tía Clara se lo había dicho un sinfín de veces, de muy distintas maneras, y ahora tras atisbar tan solo una parte de la existencia que había llevado esta, advertía que había dado prueba de gran valentía.

—¡Bien! ¡A ponerse en marcha! —declaró en voz alta—. ¡Lo primero va a ser ir de compras otra vez! Después, un ligero retoque en el pelo, para cambiarlo un poco. Sí, sí, eso es.

Volvió a centrar la vista en el borrador.

»Y ahora, Eleanor, vas a empezar por fin a vivir, sin dejar que las circunstancias moldeen, describan y condicionen tu futuro. ¡Sé la autora de tu propia vida, por el amor de Dios!

»¡Bueno, como mínimo la coautora! —matizó, mirando la cruz que tenía colgada sobre la cama.

Capítulo 12

Buscando a Catherine

Eleanor se bajó del taxi y se llenó los pulmones con la brisa de la mañana. Había llevado una maleta mayor que la otra vez. No obstante, según el punto de vista común de la gente, esta se podía considerar también pequeña.

—¿Cómo haces para que te quepa algo ahí adentro? —le había preguntado Stella cuando la dejó en el aeropuerto.

En ese momento, había posado la vista en su maleta azul.

—Pues es bastante sencillo, la verdad —había respondido.

La casa de Antoine presentaba el mismo aspecto que el primer día que la vio, con la diferencia de que comenzaban a despuntar las flores.

Subió los escalones y llamó al timbre.

La puerta se abrió rápidamente y en el marco apareció la mujer más guapa que Eleanor había visto nunca.

Era alta y delgada, con grandes ojos castaños, una reluciente melena negra terminada en bucles, una tez muy blanca y unos labios rojos, bien definidos. Era despampanante, sin duda alguna.

—*Bonjour?* —le dijo.

Eleanor abrió la boca, sin llegar a articular nada. ¿Sería la mujer cuya voz había oído cuando habló por teléfono con Antoine?

—*Êtes-vous Eleanor?* —preguntó la desconocida.

—*Oui, je suis Eleanor* —confirmó ella, como una autómata.

La mujer observó a Eleanor de pies a cabeza. Después, con una sonrisa que parecía de aprobación, la animó a entrar.

—*Je suis Valentina* —se presentó, cerrando la puerta.

Eleanor dejó la maleta en la entrada, escuchando cohibida un murmullo de voces y risas.

Después Valentina la animó a pasar a la sala de estar, pero se quedó parada en el umbral. Vio a Andrea, que miraba una revista al lado de la ventana con un joven rubio de su edad, a una niña de unos diez años sentada en el suelo con un gato, a un hombre alto y rubio de ojos azules, más o menos de la misma edad que la mujer que le había abierto la puerta, y a dos muchachas más, que en ese momento se levantaron para ir a escuchar lo que decía el joven que acompañaba a Andrea.

—*Entrez, s'il vous plaît*—la invitó la mujer.

Andrea reparó en Eleanor y le dirigió un guiño de complicidad. Después la examinó de arriba abajo, incluyendo el pelo y los zapatos y, con una gran sonrisa, le dio el visto bueno con una inclinación de cabeza.

Eleanor se adentró en la sala.

Entonces Antoine apareció de improviso con una bolsa en las manos. Al ver a Eleanor, se paró en seco y la bolsa se le cayó al suelo. Primero la miró a los ojos, luego se fijó en el pelo y con expresión chispeante, le dirigió un guiño de aprobación. Eleanor notó un repentino calor en las mejillas y dedujo que se había puesto roja.

—¡Ah! ¡Eleanor! ¡Bienvenida de nuevo a mi casa! —exclamó él, recogiendo la bolsa—. Andrea ¿has presentado a Eleanor?

Todo el mundo se quedó en silencio, centrando la mirada en Eleanor.

—Eleanor —dijo Andrea—, ella es mi tía Valentina, hermana de mi madre, y él mi tío Gjord, su marido. —Volvió a guiñarle un ojo con aire de complicidad—. Su hijo, Britt, mi primo —prosiguió, empujando al chico que tenía al lado, antes de volverse hacia las dos muchachas—. Mis amigas Angélique y Astride, y finalmente la hermana de Britt, Fabiola, y su gato Misú.

—*Bonjour* —saludó Eleanor.

—*Bonjour* —le contestaron todos a coro.

Para sus adentros, Eleanor experimentó una sensación de alivio. Las palabras "cuñada" y "casada" eran magníficas y poderosas.

Al volverse hacia Antoine, advirtió que todavía la miraba con una sonrisa pícara. ¿Habría sospechado su aprensión? se preguntó, ruborizándose de nuevo.

—Mi cuñada y su marido viven en Suecia y estaban de visita. Están a punto de marcharse y les había preparado unos croissants que he cocinado para el viaje. Aunque no los he puesto todos —puntualizó con una sonrisa—. Nosotros también nos llevaremos unos cuantos —añadió con un guiño.

Se trasladaron todos al vestíbulo. La despedida fue emotiva, con besos y abrazos, y después los jóvenes miembros de la familia bajaron las maletas, con ayuda de las amigas de Andrea.

Eleanor se sentía muy incómoda. Con la sensación de haberse inmiscuido en una escena muy íntima, se fue hasta el otro extremo de la habitación y se quedó de pie junto a la chimenea. Todavía llevaba la chaqueta puesta y no sabía si quitársela o no.

Escuchando las risas y la animación de las voces, constató que en su familia ya no disfrutaban de esos momentos entrañables. Desde la muerte de su madre, solo había tenido contacto con Stella y su marido, y sus hijos, y con la tía Clara. La tía Clara no era, sin embargo, una persona alegre; Eleanor, al menos, no la habría definido de ese modo. Sí era una persona lógica, dotada de sentido común, muy observadora e inteligente, pero definitivamente no era la viva expresión de la alegría. Seguramente había quedado demasiado marcada por lo que vivió durante la guerra.

Antoine asomó la cabeza por la puerta; se estaba poniendo el abrigo.

—Eleanor, voy a buscar el coche al taller, que no queda lejos. Quería asegurarme de que estuviera a punto para el viaje y por eso lo he mandado revisar. Tardaré solo un momento.

Ella iba a decir algo, pero no le dio tiempo porque él se fue de inmediato.

Andrea acudió a la sala de estar. Indicó a sus amigas que se fueran arriba y empezaran sin ella. Las dos se alejaron entre risitas, repitiendo varias veces el nombre de "Britt".

—Es que teníamos que estudiar para un examen —explicó sonriente, al tiempo que se acercaba—. Siéntese, por favor. Papá no va a tardar nada en volver. —Se dejó caer, riendo, al lado de donde se sentó Eleanor—. ¿Sabe una cosa? Hacía mucho que no lo veía tan contento y entusiasmado. Sí, sí, se estaba volviendo demasiado serio, la verdad.

Tenía una sonrisa amplia y sincera, y los ojos le chispeaban, igual que los de su padre.

»¿Cree que la van a encontrar? A Catherine, me refiero.

—Bueno, creo que todos nos hemos resignado a la idea de que no sobrevivió a la guerra, o que probablemente haya muerto ya. Tendría casi ochenta y cinco años y…. no creo que la tía Clara, Marguerite, se hubiera ido a la India si ella hubiera estado aún con vida.

—¿Cree que estaban muy unidas? —preguntó Andrea.

—Bueno, vivieron muchos acontecimientos juntas. Sí, yo creo que sí. Aparte está, claro, la cuestión de su hermano.

—Ah, sí, ¿cree que él también murió?

—Sí —confirmó con tristeza Eleanor.

De repente, Eleanor cayó en la cuenta de que estaba a punto de irse de viaje en coche con el padre de aquella muchacha. «¿Qué pensaría?» se preguntó. Aquello no era muy correcto. ¿Acaso Andrea creía que también tenían un romance? ¿Qué opinaría de aquello?

—*Andrea, tu vas nous faire faire tout le travail? Espèce de paresseuse!* —interpelaron desde arriba las voces, quejándose de que debían hacer todo el trabajo.

Ella se echó a reír, sin hacerles caso.

—Voy a preparar un poco de té ¿o mejor café? Yo tomo siempre café cuando estudio. No es una buena costumbre, pero… —Levantó los brazos, dando a entender que no lo podía evitar.

—¡Un café sería estupendo! —aceptó Eleanor.

El café y Antoine llegaron al mismo tiempo. Andrea, que también había preparado para ella y sus amigas, se despidió de Eleanor y su padre para ir al piso de arriba.

—Nada de fiestas, ni de chicos, ni de…

—*Oui! Oui! Au revoir, papa!* —contestó riendo, mirando a Eleanor con cara de fingida exasperación, mientras subía las escaleras con la bandeja en la mano.

—¿Quieres ver en el mapa adónde vamos a ir? —propuso Antoine.

—Sí, me encantaría.

Antoine se fue arriba y enseguida regresó con una maleta en la mano y un gran mapa en la otra. Luego se sentó junto a Eleanor y lo abrió. Le enseñó el punto de destino y también el pueblo donde iban a parar esa noche antes de ir a la localidad de St. Gervais.

—Luc me dijo que nos quedáramos en ese hostal. Conoce a los dueños; una pareja joven originaria de Brest que trabajó para él durante varios años. Dice que ella cocina de maravilla y que él es un *pâtissier* fabuloso.

»Aparte, hay un empleado de mantenimiento del hostal que participó en la *Résistance* y que a lo mejor dispone de algo de información. Luc no pudo hablar directamente con él, pero sabe que trabaja allí. Es un poco excéntrico y reservado, como O'Cringe, pero quizá pueda ayudarnos si sabe algo. Hace tiempo, ayudó a reunir familias que habían quedado separadas. ¿Has acabado el café? ¿Nos vamos pues?

Y sin más preámbulos, se fueron.

※

El viaje fue perfecto. No había mucho tráfico y si bien algunas carreteras eran bastante estrechas, el campo se veía hermoso, con el incipiente colorido de la primavera. Muchas plantas mostraban sus yemas turgentes, impacientes por estallar en una sinfonía de pétalos. Algunas, más atrevidas que otras, habían empezado ya a mostrar la tendencia de color que aportaban a la estación.

Pararon a tomar café, que acompañaron con los croissants que llevaban. Eleanor quedó asombrada de su consistencia esponjosa y su textura crujiente.

—¿Dónde aprendiste a hacerlos?

—Con Luc. Estuve ayudándolo una temporada en el restaurante y me enseñó.

—¡Luc es un hombre de mil talentos!

—Pues sí, así es —confirmó, riendo, Antoine.

Al atardecer, llegaron al hostal donde pensaban pasar la noche. Antoine aparcó el coche, bajó las maletas y se ocupó de hacer el registro de las dos habitaciones. Acordaron con la joven que les atendió que bajarían a cenar a las ocho en punto.

Cuando se volvieron a encontrar en la sala de estar, la misma joven acudió para acompañarlos al comedor. Aun siendo pequeño, daba cabida a una gran mesa, con capacidad para doce personas como mínimo, y varias mesas más, para dos, tres o cuatro comensales. Había asimismo un patio con mesas que seguramente utilizaban cuando hacía más calor.

Sentados cerca de la ventana, consultaron la carta. No había opciones entre las que escoger; era solo una presentación de lo que iban a comer. Al final, había una indicación en letra pequeña que advertía de que se atenderían las peticiones de las personas con alergias alimentarias.

Antoine, como de costumbre, eligió el vino. La cena, compuesta por los tres platos ligeros recomendados, más la *Tarte Tatin* y la bandeja de quesos de rigor, fue excelente.

Monsieur y madame Beret salieron a saludar a sus huéspedes, llevándoles de paso el café que habían pedido acompañado de unas trufas de chocolate que se deshacían en la boca, soltando un cremoso chocolate licuado.

Antoine se levantó cuando madame Beret se acercó a la mesa y tras felicitarla por la comida, alabó la deliciosa Tarte Tatin de mandarina, que había preparado su marido.

El matrimonio acercó unas sillas para sentarse con ellos.

—Luc nos dijo que iban a venir. ¿Cómo está? —preguntó monsieur Beret.

—Bien. ¡En el restaurante vuelve loco a todo el mundo, como de costumbre! —bromeó Antoine—. Pero por lo demás, está contento y le va bien.

—Sí, ya me acuerdo de cómo era ¡y hasta lo echo de menos! Aquí todo está demasiado tranquilo —admitió Monsieur Beret.

—He oído que su hija va a abrir un local por cuenta propia —comentó madame Beret.

—Sí, una panadería. ¡Claro, como aprendió con la flor y nata de la profesión…! —exclamó con una carcajada, mirando a monsieur Beret.

—Le he pedido a Jonas que venga mañana a las nueve. ¿Les viene bien? —consultó madame Beret—. Luc nos dijo que quizá pudiera ayudarlos en sus averiguaciones, y aceptó pasarse por aquí para responder a sus preguntas, si puede.

—Es que este pueblo fue para mucha gente un lugar de acogida de la persecución o del régimen nazi —explicó madame Beret—. Bueno, no fue tanto el pueblo como las casas de campo de los alrededores. Ponían la bandera nazi y fingían adulación, cuando en realidad eran totalmente opuestos a los fascistas. Eso fue lo que ayudó a evacuar a las personas en aprietos. En el pueblo al que van a ir, St. Gervais, pasó lo mismo, y también en *St. Somoine*.

»En caso de que no averigüe lo que busca —añadió, dirigiéndose a Eleanor—, espero que por lo menos aclare algo.

—Gracias —respondió Eleanor, emocionada por sus generosas intenciones.

Siguiendo las recomendaciones de sus anfitriones, Antoine y Eleanor pasaron a la sala de estar para tomar una copa antes de dormir.

A Eleanor le sirvieron un licor de manzana sin alcohol, que era extraordinario. Se quedó mirando, pensativa, la chimenea, donde las brasas iba perdiendo paulatinamente el fulgor.

—¿Y? —preguntó Antoine.

—Pensaba lo agradecida que estoy contigo, con Luc y con todas las personas que me ayudan, aun sin tener ninguna obligación —respondió, sonriendo, Eleanor.

—¡Hombre! Así es como deben ser las cosas, *n'est-ce pas*? —Hizo una pausa, observándola con curiosidad—. Hay algo más, ¿verdad? —añadió con ternura.

—Pues sí. Verás, no sé qué debe de estar pensando tu hija sobre el hecho de que tú y yo estemos prácticamente recorriendo el país, juntos, siendo yo una mujer a la que no conocíais antes y, bueno, ya sabes… —concluyó, ruborizándose.

—Sí, pero en principio eso no es asunto de mi hija.

—Yo en su lugar, sí me preocuparía. ¡Y tu madre! ¿Qué debe de pensar?

—Ya no somos unos niños, Eleanor —replicó él, riendo—. Mi madre me conoce y también mi hija, y ambas te han visto y saben qué clase de mujer eres. Así que, por favor, no te inquietes por eso.

Sintiendo el peso de su penetrante mirada, Eleanor bajó la vista hacia el vasito de licor y lo levantó para beber.

»Claro que sí creo que te debo poner al corriente de que he decidido cortejarte —anunció Antoine.

Eleanor se atragantó y se puso a toser, roja como una amapola. Él le entregó su pañuelo con gesto afectuoso.

»Sí, verás, Eleanor, creo que te estoy tomando mucho aprecio, mucho, y si ese sentimiento va creciendo aquí —se señaló el corazón—, tal como sospecho que va a suceder, querría seguirte viendo después de que concluya esta aventura, y estoy sumamente agradecido a todos aquellos que no supieron percatarse de lo magnífica que eres, porque si no, quizá no estarías ahora aquí conmigo.

—Pero si no me conoces…

—Por supuesto que sí. Eres extremadamente atenta con tu familia, sensata, generosa, inteligentísima, valiente, aunque algo cerrada e indecisa seguramente a causa de tu pasado, pero con entusiasmo y energía suficientes para superarlo, observadora y capaz de escuchar. Tienes algo de niña, pero no eres pueril, y encuentro entrañable que te preocupes por lo que pueda pensar mi familia de que estemos viajando por el país juntos. Has visto cómo la vida se desplegaba para los demás delante de ti, pero ahora te toca a ti, Eleanor. Has esperado ya demasiado. Aunque no te guste ser el centro de atención, es hora de que te quedes por lo menos donde estás: en el centro de mi visión.

Fue como si un silencio mágico inundara la salita.

Eleanor se disponía a contestar algo. Abrió solo la boca, sin saber qué decir, pero Antoine se le adelantó.

—No me respondas ahora, por favor, ni tampoco mañana, porque también sé que no hay que darte prisa, ni tampoco es esa mi intención. Tan solo te estoy avisando que voy a cortejarte, desde ya.

»Y ahora —agregó, después de aclararse la garganta—, creo que lo mejor será ir a dormir, porque ¡mañana nos espera un largo día!

Se levantó y le ofreció la mano. Ella la tomó y así caminaron hasta la puerta de su habitación.

—¡Hasta mañana! —se despidió Antoine—. *Bonne nuit!*

Después le dio un beso en la mejilla y se fue.

⁂

A la mañana siguiente, Eleanor no sabía con qué se iba a encontrar, pero cuando se reunió con Antoine para desayunar, vio que todo seguía como antes. Se sentía cómoda estando con él. Viéndolos, nadie habría sospechado el tipo de conversación que habían mantenido la noche anterior.

A las nueve en punto, Jonas acudió al comedor y después de saludarlos, se sentó a su mesa. Le pidieron un café.

Era como mínimo diez años más joven que la tía Clara, con lo cual debía de haber sido un niño en la época de la guerra. Con su cara atezada y expresión ceñuda, les sonrió no obstante con afabilidad y aceptó el café.

Le pusieron al corriente de sus pesquisas sin más dilación y luego el hombre los mantuvo en vilo un buen momento, aguardando. Eleanor llegó a pensar que quizá lo habían agobiado.

—¿Son amigos de Luc? —preguntó de repente, entornando los ojos.

—Sí, yo soy amigo suyo de la infancia —respondió Antoine.

—No me gusta hablar del pasado, pero lo voy a hacer porque Luc me pidió que los ayudara si puedo.

Volvió a guardar silencio, fijando la mirada en la taza de café.

»No puedo asegurar que no conociera a esas personas cuyos nombres mencionaron, porque es posible que utilizaran otros nombres, tal como ocurría a veces.

»Oí que había una persona que sabía falsificar a la perfección todos los documentos que usaban los alemanes. La llamaban *Rosset*, aunque tampoco es seguro que fuera una mujer, porque podía también ser un hombre.

—¿Dónde? —preguntó Eleanor.

—En el sitio a donde van, cerca de St. Gervais. Yo solo tenía ocho años cuando los alemanes invadieron el país. Vi cómo deportaban a mucha gente y ejecutaban a otra tanta sin motivo. Por aquella época, yo no vivía allí, no, sino en un pueblo más cerca de París. Yo ayudaba en las entregas de personas. Nunca me pillaron. Nadie sospechaba de un niño. En eso tuve suerte. De todas formas, no me suena ninguno de los nombres que han mencionado. En realidad, en la medida de lo posible, no solíamos dar nombres. Usábamos palabras del tipo "el falsificador", "el copista", "el mensajero"… o bien nombres codificados que no sabíamos a quiénes pertenecían. Siempre funcionábamos así.

—Entiendo —dijo Antoine.

—Lo siento —se disculpó Jonas, sacudiendo la cabeza—. Me gustaría poder serles de más ayuda.

Se levantó para marcharse.

—¿Saben qué? —añadió de repente—. Yo de ustedes iría a mirar en los archivos del cementerio. Después de la guerra, los pusieron al día casi todos. En algunos, reservaron un sitio para los que murieron durante la guerra, aunque no estuvieran enterrados allí. Yo iría a echar un vistazo. Es un buen sitio para empezar.

—Sí que lo es —aprobó Eleanor, pensando que un lugar que simbolizaba el final podría en realidad representar un comienzo para ellos.

—Díganle a Luc que aquí lo echamos de menos. ¡Díganle que nos venga a ver! —les pidió Jonas, antes de alejarse con el mismo paso cansino con que llegó.

❧

Llegaron a St. Gervais a mediodía y dejaron el equipaje en el hostal. Casualmente, se encontraba justo al lado de la iglesia, que en ese momento estaba cerrada.

Dieron un paseo y, buscaron un sitio donde comer. El pueblo era bastante pequeño. Conservaba un carácter muy rural y probablemente apenas había crecido desde los años cuarenta.

En la plaza, situada prácticamente en el centro, había pequeños restaurantes, bares, dos bancos, una panadería, un colmado y otras tiendas. El edificio de la fotografía quedaba cerca, a escasas manzanas de allí. Ahora era un restaurante. Antes había sido un hospital.

Después de tomar una comida rápida, volvieron hacia la iglesia. Allí los recibió un párroco bajito y muy viejo, vestido completamente de negro, que subía con ayuda de un religioso más joven las escaleras del atrio. Una vez los hubo saludado, Antoine les explicó que buscaban información sobre una persona que ignoraban si había fallecido durante o después de la guerra.

—¡Ah! Entonces les conviene hablar con madame Corneil —les aconsejó el sacerdote más joven. Pero tienen que darse prisa, porque seguramente se irá a las cuatro. —Consultó el reloj—. ¡Ah, aún tienen tiempo!

—Comprendo —repuso Antoine—. Nos han dicho que aquí hay un cementerio reservado a los que combatieron en la guerra.

—Oh, sí. Den la vuelta por detrás y verán una verja de hierro —indicó el viejo párroco—. Entren por allí y a la izquierda encontrarán el registro. El cementerio de los caídos en la guerra empieza justo ahí. Aunque está al lado de la iglesia, en realidad pertenece tanto al pueblo de St. Gervais como a la iglesia, puesto que está gestionado conjuntamente por nosotros y por la comunidad judía.

—¡Muchas gracias! —dijeron al unísono.

Siguiendo las instrucciones, llegaron a la verja de hierro, donde había inscrito "1939-1945". Una vez en el recinto, constataron que no había ninguna disposición predefinida. Las tumbas estaban colocadas de manera desordenada, y algunas no contaban con ningún espacio tangible donde pudieran haber enterrado a nadie.

—Ten en cuenta que han dicho que algunas de las lápidas eran para servir de recordatorio de aquellos que no volvieron nunca —destacó Antoine.

—Sí, es verdad.

Caminaron entre las diferentes tumbas, leyendo los nombres y las fechas de las lápidas. Había familias enteras, compuestas de padres, maridos y esposas, hijos, adolescentes y niños, todos muertos entre el inicio y el final de la guerra.

Algunas tenían flores; otras parecían completamente abandonadas. Algunas se veían muy limpias y cuidadas; otras no. Había cruces y estrellas de David.

—Ahora entiendo por qué es propiedad del pueblo —comentó Eleanor—. Aquí están juntos todos los que, de alguna manera u otra, lucharon por sus ideales o murieron a manos del enemigo.

—Tal como debe ser. Dios no pone barreras.

Regresaron a la oficina del registro. Madame Corneil estaba allí. Debía de haber salido un momento, porque estaba abriendo la puerta.

—¿En qué puedo ayudarles? —preguntó en francés.

Era una mujer menuda, que probablemente aparentaba más edad de la que tenía.

Antoine sujetó la puerta para cederle el paso a Eleanor. Una vez dentro, explicó concisamente que buscaban a una persona llamada Catherine DeBois, Marguerite Eintberg o Françoise Aubert.

La mujer se dirigió a un armario que había a la derecha y lo abrió con una llave.

—Todo está por orden alfabético de apellidos —les informó—. Pueden mirar ustedes mismos para ver si encuentran algo. ¿Les apetece un café? ¿O un té?

—*Non, merci* —declinó Antoine, sacando el primer libro.

Luego se instaló en la mesa que había junto al armario. Eleanor, por su parte, sacó el libro donde constaba la J de Jacobs. Nunca se sabía; quizá le habían dado sepultura con su verdadero nombre.

La búsqueda fue breve, pero infructuosa. Eleanor se inclinó para mirar por la ventana. Ya había previsto encontrarse con un desenlace como aquel. Todavía podían revisar el resto de las lápidas, aunque sería extraño que el nombre puesto en la lápida no apareciera en el registro. Posó la vista en una pequeña colina que había a la izquierda de la verja. Podían ir por ese lado y dar una vuelta. Después, al día siguiente, podrían mirar en el censo y si eso no daba ningún resultado, quizá podría preguntar a las personas del pueblo que habían vivido el periodo de la guerra, por si podían aportar algún tipo de información.

Dieron las gracias a madame Corneil, que parecía lista para volver a salir, y fueron a revisar de nuevo las lápidas. Se sentaron en un banco de piedra que ofrecía una panorámica del cementerio y del valle que se desplegaba abajo. Cerca había una tumba con muchas flores. En ella ponía "Eloïse Lavoire. Nacida en 1907 y fallecida en agosto de 1944, S. Jacobs."

Eleanor se levantó como un resorte.

—¡Mira! —exclamó.

Se arrodilló para levantar el florero que había delante de algunas de las letras y lo colocó a un lado. Antoine se inclinó para mirar. La lápida estaba limpia y el hecho de que hubiera flores frescas indicaba que alguien se ocupaba de la tumba.

—No creo que esté enterrada ahí —opinó Antoine—. El espacio es demasiado pequeño.

—Debe de ser una lápida conmemorativa, como algunas de las otras —dijo Eleanor.

—Sí.

Antoine sacó un cuaderno y apuntó el nombre. Eleanor comprobó, sonriendo, que había muchas anotaciones. Estaba llevando un diario de sus pesquisas, o cuanto menos de ciertos detalles.

Regresaron con paso enérgico a la oficina. Por fortuna, madame Corneil todavía estaba allí, hablando por teléfono.

Se dirigieron al armario y sacaron el libro donde constaban los nombres con una E inicial y otro donde figuraban los apellidos que empezaban por L.

—¡Aquí está! Eloïse Lavoire. Dejó como familia a Marie Ellen Lavoire. Volvieron a cambiar de nombre —dijo Antoine, con expresión de alegría.

—¿Hay alguna dirección o algo?

—No —contestó, pasando la página del libro.

Como madame Corneil había colgado el teléfono, Eleanor fue a hablar con ella.

—¿Sabe quién se ocupa de la tumba que hay al lado del banco de piedra, cerca de la colina, bueno, en lo alto de la colina más bien? ¿Eloïse Lavoire?

—Podrían preguntar a madame Dennel —respondió la mujer, evidenciando cierto apuro por no poder responder a la pregunta—. La verdad es que ella sabe mucho más de estas cosas que yo. Ella trabajaba aquí y ayudó a catalogarlo todo.

Eleanor se indignó consigo misma. ¿Cómo no se les había ocurrido formular la sencilla pregunta de quién lo había catalogado todo?

—Ayer mismo estuvo aquí —comentó madame Corneil.

—¿Nos puede decir dónde vive? —le pidió Eleanor.

—Sí, claro, en el mismo sitio donde siempre ha vivido, incluso durante la guerra.

Se fueron precipitadamente de la oficina, provistos con la dirección.

—Ay Dios —exclamó de improviso Eleanor, deteniéndose—. Estaba tan contenta de haber encontrado algo, un detalle que pudiera ayudarnos o aportar algún tipo de información, que se me ha pasado completamente por alto lo que significa. Significa que la madre de mi tía Clara está muerta, que Catherine DeBois, Françoise Aubert, Sarah Jacobs y Eloïse Lavoire… ¡están muertas!

—Sí, claro —concedió él en voz baja, mirándola a los ojos—. Pero eso es lo que todos temíamos ¿no?

Eleanor asintió con la cabeza.

—Pero no te olvides de que en el pueblo donde había trabajado, donde nació Marguerite, antes de que diera a luz, ya había registrada una muerte de Sarah Jacobs, y no estaba muerta —le recordó Antoine.

—Sí, es verdad —admitió Eleanor.

—De todas formas, yo creo, como tú, que aquí fue donde la enterraron, o donde pusieron la lápida conmemorativa de su muerte. Pero ahora pongámonos en marcha, que tenemos que ir a ver a madame Dennel.

Capítulo 13

Encontrando a Marguerite

Se encontraban en el camino de tierra que conducía al domicilio de madame Dennel. El atardecer estaba próximo y tal vez, guiados por su entusiasmo, se habían despreocupado de la hora, sin darse cuenta de que era un poco tarde y que posiblemente habría sido preferible presentarse a la mañana siguiente.

Madame Dennel vivía en una casa de campo. Ante ellos había una verja de la que partía un sendero empedrado flanqueado de flores.

Por el camino de tierra que habían transitado se aproximaba una mujer, más o menos de la edad de Eleanor o algo más joven. Al llegar a su lado, se paró para preguntarles si deseaban algo.

—Querríamos ver si madame Dennel podría recibirnos —dijo Eleanor, esmerándose en hablar francés—, pero quizá sea un poco tarde. Podemos volver mañana.

La mujer abrió la verja y se hizo a un lado para dejarlos pasar.

—No, está bien. ¿Puedo saber de qué se trata?

—Queríamos ver si nos puede dar alguna información sobre Eloïse Lavoire —explicó Eleanor—. Sabemos que lleva flores a su tumba y hemos pensado que quizá podría responder a unas cuantas preguntas que tenemos.

El semblante de la mujer se alteró y se volvió más sombrío.

—Ha pasado mucho tiempo —dijo, cerrando la puerta tras de sí con cierta indecisión, como si no estuviera segura de si debía dejarlos seguir adelante—. ¿Por qué? —preguntó por fin, sin moverse de la verja.

—¿Por qué? —repitió Eleanor, sin saber cómo simplificar la respuesta.

—Sí, ¿por qué? —insistió, mirando con fijación a Eleanor.

—Es que yo soy la sobrina de la hija de Eloïse, que actualmente se encuentra mal de salud, y querríamos ver si averiguando algo de lo que le ocurrió a su madre podríamos ayudarla.

—Entiendo… —contestó, mirándolos alternativamente para después volverla vista hacia la casa, mordiéndose el labio—. Vengan —los invitó al cabo de un momento en inglés—. Quizá sea lo mejor.

La siguieron hacia el edificio.

Al entrar, desembocaron de inmediato en una sala. Del fondo partía un pasillo que se bifurcaba a la derecha y la izquierda.

La mujer se alejó primero por la izquierda y, por el ruido que hizo, dedujeron que por allí estaba la cocina. Luego cruzó hacia la derecha, desde donde la oyeron golpear con los nudillos a una puerta con suavidad y llamar «*Maman?*». Después la puerta se cerró.

Eleanor y Antoine aguardaron de pie, delante de la puerta principal, sin saber si debían sentarse o no.

—Mi madre vendrá dentro de poco —anunció, de regreso, la mujer—. Perdonen; no me he presentado. Yo soy Mariette, Mariette Dennel.

—¡Ah, mucho gusto! Yo soy Eleanor Timboult, y él es mi amigo Antoine LeSart —respondió Eleanor.

—Voy a preparar té ¿o prefieren café? Siéntense, por favor.

La sala era bastante sencilla. A la izquierda, según se entraba, había una mesa con seis sillas y unas estanterías llenas de libros; a la derecha, había un sofá con dos sillones del mismo color. Dos grandes ventanales dejaban entrar la luz exterior. En el centro colgaba una gran lámpara de araña, que complementaban otras lámparas de pie situadas en las esquinas.

De pronto oyeron el ruido de pasos arrastrados que se acercaba hacia ellos desde la derecha del pasillo del fondo. Una mujer muy alta apareció, apoyada en un bastón. Debía de tener más o menos la edad de la tía Clara.

Antoine se levantó de inmediato, al igual que Eleanor. La mujer se quedó parada delante de ellos.

—¿Quieren información sobre Eloïse Lavoire? —preguntó con tono de irritación, sin más preámbulo.

—Sí… sí, verá —farfulló Eleanor—, yo soy la sobrina de la hija de Eloïse. Se casó con mi tío, en la India, y ahora…

—Un momento —la interrumpió, observándola, la mujer—. ¿Quién es su tía? —preguntó con impaciencia.

No obstante, su expresión se había suavizado un poco. Parecía como si la estuviera poniendo a prueba.

—Bueno, por lo visto usted la conocía con el nombre de Marie Ellen, la hija de Eloïse. Para mí siempre ha sido la tía Clara.

La señora examinó a Eleanor y luego sonrió, alargando una mano.

—¿Tú eres Eli?

—¡Sí, sí! —exclamó Eleanor, sorprendida de que la mujer conociera su apodo familiar.

—¡Ay, sentaos, por favor! ¿Y usted, Monsieur, es su marido? —preguntó con un asomo de entusiasmo en la voz.

—*Non, mais non* —respondió Antoine, medio ruborizado, al igual que Eleanor—. *Je suis Antoine LeSart, Madame, un ami de Eleanor, à votre service.* —Le tomó la mano y se inclinó para besarla.

—Pueden llamarme Béatrix. Pero dime —agregó, apoyando la mano en la de Eleanor— ¿cómo está tu tía Clara?

—¿Conoce su verdadero nombre?

—Sí, Marguerite y yo fuimos amigas durante muchos años, desde que ella vino a vivir aquí con su madre cuando la guerra. Es verdad que desde que se marchó solo ha escrito tres cartas en todos estos años, pero fuimos y seguimos siendo amigas, aunque mantengamos poco contacto.

Eleanor y Antoine se sentaron en el sofá, mientras madame Dennel se instalaba en uno de los sillones, colocado de tal manera que permitía ver la sala, la entrada y las ventanas.

Eleanor la puso al corriente del estado de salud de su tía y mientras tanto, Mariette llegó con el café y el té, acompañado de limón, de nata y galletas de canela. Luego se sentó junto a su madre en una silla que trajo de la zona del comedor.

—De alguna manera suponíamos que la madre de mi tía había muerto, pero a raíz de la carta que ella le dirigió, quisimos asegurarnos de que así era. ¡Ah! Y después encontré una foto de su hermano, el hermano de mi tía.

Eleanor revolvió en su bolso hasta localizar la foto del niño rubio que había encontrado en el cuarto de su tío y se la entregó a madame Dennel.

La señora observó la foto y la acarició con los dedos, sonriendo. Después sacudió la cabeza y, con un suspiro, dejó reposar ambas manos, junto con la foto, en el regazo.

—Ya veo que no estás al corriente de nada —dijo, agachando la mirada—. Tu tía Clara nunca te contó nada de su pasado, ¿verdad?

—No, debo reconocer que lo único que sabemos lo hemos averiguado siguiendo sus pasos, por así decirlo —explicó Eleanor—. Bueno, en realidad más bien los pasos de su madre.

Madame Dennel volvió a exhalar un suspiro antes de proseguir, muy despacio.

—Este niño… no es el hijo de Catherine, sino de Marguerite. Es el hijo de Marguerite.

En la sala se instaló un silencio que nadie quebró durante un buen momento. La anciana siguió con la vista clavada en la foto.

—Pero ¿cómo es posible? —preguntó Eleanor.

—Nunca os lo contó a ninguno de vosotros, ¿verdad? —repitió la mujer, suspirando.

Luego marcó otra pausa.

»Ya lo sospechaba, pero nunca se lo pude preguntar porque en sus cartas nunca había remite. Para serles franca, Marguerite y Catherine no eran unas personas muy abiertas. No era culpa suya. Todos fuimos probablemente así, sobre todo en esa época, por una cuestión de seguridad, y después de la guerra, aún sin darnos cuenta, por costumbre.

»No sé si debería ser yo quien os lo cuente —confió, tras otra pausa—. Es una cuestión muy íntima.

—Por favor —le rogó Eleanor—. No se trata de curiosidad, aunque no le voy a negar que a estas alturas siento… sentimos —corrigió, mirando a

Antoine—una gran curiosidad. Aun así, de lo que se trata es de intentar comprender por qué la tía Clara se ha aislado del mundo, de su pasado y de su familia, y ver si es posible sacarla de ese estado. Dicen que padece un comienzo de demencia, pero yo no lo creo.

Madame Dennel se encerró en su mutismo un momento, centrando la vista en la foto.

—De acuerdo —accedió por fin, mirándolos—. Pero tendrán que prepararse, porque no es una historia feliz.

Abrió otra pausa.

»Empezaré por el principio, sí por el principio de todo.

Sonrió a su hija, que le había apretado la mano para reconfortarla.

—Mi madre, Émilie Monite, y Sarah se conocieron en el mismo albergue para jóvenes solteras embarazadas. Allí trabajaban o colaboraban según sus posibilidades y después, una vez nacido el niño, solían darlo en adopción, o bien se quedaban con él e intentaban rehacer su vida, cosa que resultaba bastante difícil, aunque no imposible.

»Mi madre, que había enviudado hacía poco, y Sarah se cogieron mucho cariño. Mi madre era enfermera y no tenía intención de renunciar a mí. Sarah, en cambio, quería abandonar de inmediato a su bebé, o así preveía hacerlo.

»Yo nací antes que Marguerite, un mes antes me parece, y Sarah fue testigo no solo del vínculo que se crea de inmediato entre madre e hijo, sino de la maravilloso que puede ser tener un bebé del hombre al que se amó, sí, aunque él no corresponda a ese amor o, en el caso de mi madre, haya muerto.

»Mi madre siempre dijo que nunca olvidaría el día en que nació Marguerite. Sarah se quedó tan alegre y maravillada que no le extrañó que cambiara de idea y anunciara que se iba a quedar con la niña y que no pensaba dársela a nadie. Fue como un flechazo. Mi madre me explicó que Sarah se pasó tres días llorando por la culpa, de haber pensado siquiera en abandonar a su hija.

»Sarah había trabajado hasta el sexto mes de embarazo, hasta que ya no pudo ocultar el «bulto» tal como lo llamábamos, en una oficina del registro de Francia, en un pueblo que no quedaba muy lejos del albergue donde nació Marguerite. Fue allí donde cambió su nombre, lugar de nacimiento y esas cosas. Aunque todo el mundo la conocía con el nombre de Sarah Jacobs, había preparado el cambio de su identidad para cuando dejara de trabajar debido a la llegada de Marguerite.

»Después del nacimiento de la niña, cuando se sintió con fuerzas, encontró empleo en la oficina de otro ayuntamiento, en otro pueblo, donde nadie la conocía, y allí empezó a utilizar el nombre de Catherine DeBois.

»En esa oficina, inscribió la partida de nacimiento de Marguerite con el apellido de su padre y falsificó todas las firmas necesarias para la licencia matrimonial, el certificado de matrimonio y todo lo demás.

»Cuando Marguerite tenía cuatro años, Catherine se enteró de que el padre de la niña había fallecido en un accidente, así que se armó de valor y escribió a la familia del difunto. Les informó de la existencia de Marguerite, mandó una copia del certificado de matrimonio falso y de la partida de nacimiento y después se trasladó a Berlín, donde vivían.

—Pero ¿cómo es posible? ¿Nadie encontró raro que de repente aparecieran una esposa y una hija? —preguntó perpleja Eleanor.

—No, ellos no, porque la identidad de Catherine era real. La verdadera Catherine DuBois había muerto a la edad de nueve años junto con toda su familia. Sarah tuvo la precaución de borrar todo vestigio de la muerte de Catherine del registro oficial, y asumió su identidad, introduciendo una pequeña modificación en el apellido. Aparte, preparó dos o tres documentos más, más que nada por diversión. Para ella era algo muy fácil, una especie de juego que le resultó muy útil más adelante.

Volvió a permanecer callada un momento.

»Los padres de su marido fallecido eran muy mayores y murieron al cabo de dos años. Marguerite se convirtió en la heredera de una bonita fortuna y Catherine tuvo el acierto de dejarla invertida en Suiza. Siempre vio el régimen nazi como una gran amenaza y presintió lo que iba a ocurrir.

»Aparte, se volvió a enamorar —evocó, con expresión risueña—, de un periodista o algo así, un francés. Por desgracia, no tuvo suerte, porque por lo visto, él murió intentando salvar a unos judíos de Polonia.

»Después se fue a París, donde dejó a Marguerite, que entonces tenía dieciséis años, en casa de unos parientes de su novio, y empezó a trabajar para la *Résistance*. Marguerite también la ayudaba muchas veces, falsificando documentos, salvoconductos, cartillas de racionamiento o lo que fuera. Tenía un talento especial, una destreza todavía mayor que la de su madre. Hacía unas falsificaciones ejemplares. Jamás pillaban a nadie que llevara los papeles que ella preparaba.

Hizo una pausa.

»Lo que Catherine no sabía era hasta qué punto estaba implicada Marguerite en la *Résistance*.

—La conocían con el nombre de Tania —dijo Eleanor.

—Sí, sí, pero también como Rosset, cosa que ignoraba su madre. Rosset ayudaba a desplazar a la gente de casa en casa en París, o hasta los trenes, coches o el medio de transporte que hubiera disponible, y después hizo lo mismo también aquí.

Se quedó absorta un momento, evocando el pasado.

»La mala suerte quiso que una noche que había salido, la persona con quien tenía que encontrarse se retrasó. Como saben, había un toque de queda al atardecer, así que la descubrieron cuando volvía a casa. También sorprendieron a la niña de la familia con la que vivía; por lo visto, había visto salir a Marguerite de la casa e intentó seguirla y se perdió. La encontraron los mismos soldados que encontraron a Marguerite.

»Marguerite me contó que había explicado a los soldados que estaba buscando a la niña, que esta había salido en busca de un gato y que las dos habían perdido la noción del tiempo. Les pidió que si por favor podían ayudarlas y no denunciarlas a las autoridades.

De nuevo se produjo una pausa.

»Había tres soldados. Uno de ellos era un capitán alemán. Los otros dos eran de la milicia francesa.

Calló un instante.

»Estaban cerca de un callejón, y el capitán decidió que no las denunciaría con una condición… y ya se pueden imaginar cuál era la condición.

»Por más que le rogaron, él amenazó con entregarlas si alguna de ella no accedía a sus deseos. Le daba igual cuál fuera, ella o la niña, que entonces tenía doce años, creo.

Sacudió la cabeza, suspirando con pesar.

»O sea que Marguerite aceptó. Los otros dos soldados recibieron instrucciones de mirar y obligar a la niña a que mirara, para que así aprendiera que había que obedecer las órdenes o aceptar las consecuencias.

Uno de ellos se apiadó, no obstante, de la chiquilla y procuró que no viera nada.

Exhaló un nuevo suspiro.

»De todas formas, pensándolo bien, a los doce años no hace falta ver algo para saber o entender qué está pasando.

Eleanor y Antoine intercambiaron una mirada. Antoine le había cogido la mano y entonces Eleanor apretó la suya con fuerza.

—Eleanor, lo siento muchísimo —le dijo.

Eleanor tenía los ojos anegados de lágrimas, pero Antoine también. Ambos sabían que la niña de quien hablaba madame Dennel era su madre.

»Marguerite procuró por todos los medios que la niña no se sintiera culpable de lo ocurrido. Durante mucho tiempo, eso fue lo que le impidió venirse abajo después del incidente. Me contó que al principio no podía pensar siquiera en lo que le había pasado ni en lo que sentía. Solo pensaba en la niña.

»Marguerite se sentía culpable porque sabía que no debería haber esperado tanto tiempo a su contacto. Si se hubiera ido antes a casa, se habría topado con la niña, que la aguardaba en una esquina cerca de la casa, y no habría ocurrido nada.

»Por otra parte —agregó, tras una pausa—, la niña siempre creyó que había sido culpa suya y al final, a medida que pasaba el tiempo, Marguerite se vio emocionalmente incapaz de seguir manteniendo la entereza por las dos.

Se inclinó hacia atrás en el sillón, dejando reposar las revelaciones.

»No le dijeron ni una palabra a nadie. Marguerite se comportó como si no hubiera ocurrido nada y se aseguró de que la niña hiciese lo mismo, aunque no me explico cómo. Después Marguerite descubrió que estaba encinta. Se lo contó a su madre cuando estaba embarazada de más de cinco meses.

»Dado que Catherine siempre había mantenido el contacto con mi madre, le escribió, recogió a su hija y se vino con nosotras asumiendo una nueva identidad. Marguerite tuvo el hijo aquí.

—¿Nunca se planteó…? —sugirió Antoine.

—No, Marguerite no habría hecho eso —contestó la anciana, comprendiendo a qué se refería—. Era una firme defensora de la vida de cualquier inocente. Aunque no deseaba al niño, ni la situación, tampoco estaba dispuesta a matarlo. Ella defendía la vida de las personas que no podían defenderse a sí mismas, como es el caso de los niños que aún no han llegado al mundo. Consideraba que el bebé era igual de víctima que ella misma, que ninguno de los dos había elegido la situación. Entendía que no habría sido justo para el niño. Decía que siempre iba a ser una mitad de sí misma y que, aunque solo fuera por esa mitad, quería que viviera y tuviera una oportunidad en la vida.

»Así era ella —ponderó, mirándolos—. Así era la firmeza de sus convicciones.

—¿Y qué pasó con el niño? —preguntó Eleanor.

—Creció aquí, con nosotras. Catherine se hizo cargo de todo el peso de la crianza y mi madre a veces la ayudaba; incluso yo colaboré —puntualizó, sonriendo—. Nació en el octavo mes de embarazo y Marguerite le dio el pecho hasta que tuvo tres meses, pero hizo poco más. Cualquiera habría podido pensar que era su hermano y no su hijo.

Volvió a mirar la foto con ternura.

»No supuso ningún problema, y creció, al menos el tiempo en que estuvo aquí, con un carácter maravilloso. Siempre estaba alegre y sonriente, apreciaba a todo el mundo y reía mucho. Para él, era como si la guerra no existiera, desde luego —comentó con una sonrisa, antes de dejar vagar la mirada hacia la ventana.

»Alguna explicación teníamos que dar, claro, de cara afuera —prosiguió—, así que dijimos que Marguerite se había casado con un soldado alemán, pero que había muerto una semana después de la boda. Todo el mundo aceptó esa versión.

—¿Cómo se llamaba el niño? —preguntó Eleanor.

—Ernst, para los alemanes. Nosotros solíamos llamarlo «el niño», o incluso «niño» porque Marguerite no llegó a ponerle un nombre, al menos mientras estuvo aquí.

Madame Dennel suspiró y se volvió a recostar en el sillón.

»Sin haberlo pretendido, claro, nos dio un grado de categoría entre los alemanes. Un «puro niño ario» nacido de un invasor. El coronel de la subdivisión que había aquí invitaba a veces a «Marie Ellen» a tomar el té o a cenar y le pedía que llevara al niño. Entonces lo exhibía delante de todos y hablaba del éxito de la invasión y del nazismo. Era propaganda nazi alemana para los franceses. Mucha gente del pueblo nos tomó antipatía, pero solo hasta que se fueron enterando, poco a poco, de quién era Marie Ellen y de qué manera luchaba contra los invasores.

—¿Cómo lo pudo resistir? —preguntó, como si pensara en voz alta, Eleanor—. Quiero decir con todos esos cambios de nombre, el espionaje, las falsificaciones, la violación, el hijo…

—¿Y las personas a las que ayudaba a salir del país? —recordó madame Dennel. Sonrió, tomándose un momento antes de responder—. Así era

Marguerite, igual que Catherine. Marguerite era la persona más valiente, inteligente y atrevida que he conocido nunca. No se amedrentaba con tal de combatir a los alemanes o de ayudar a quienes necesitaban huir, en especial a los niños; le encantaba ayudarlos. Catherine también era muy valiente, pero quizá algo más precavida que su hija, sobre todo después del nacimiento del niño.

»Recuerdo la primera vez que vi a Catherine —evocó, cerrando los ojos—. Pensé que era la persona más hermosa que había visto en toda mi vida. Estando aquí, tuvo que introducir algunos cambios en su imagen. Al haber estado trabajando con los alemanes en París, no le convenía llamar la atención, así que se vestía con ropa holgada y se teñía el pelo de gris. Las dos eran unas expertas en transformar su aspecto.

Posó, de nuevo, la mirada en la foto del niño.

»Marguerite no parecía tener noción del peligro. Recuerdo que, en un determinado momento, Catherine llegó a preocuparse por el estado mental de ella. A veces la oía llorar con mi madre. Creo que sentía que Marguerite se encontraba en una fase suicida, de autodestrucción, que provocaba a los alemanes buscando que la descubrieran y la mataran.

Calló, llevando la vista hacia la ventana, como si regresara al pasado.

»Marguerite desaparecía a menudo por la noche en una de sus misiones y a veces no volvía hasta pasados varios días. No solo ayudaba en la evasión de personas, sino que también mantenía contactos con el servicio de espionaje británico.

»Su memoria fotográfica le permitía pasar información importante. Se hizo amiga de una prima mía, no muy espabilada, la verdad, aunque muy leal a Francia. Esta prima trabajaba de criada en la casa donde los alemanes establecieron su cuartel general y domicilio en las afueras del pueblo.

»Los alemanes hacían muchas fiestas, sobre todo al principio, y mi prima les ayudaba con el servicio. A Marguerite también la llamaban a veces para que echara una mano y eso le servía para poder escuchar las conversaciones, o incluso mirar documentos mientras limpiaban después de la fiesta. Verán, nadie sabía que Marguerite, o Marie Ellen para ellos, entendía el alemán y que era capaz de leerlo y escribirlo a la perfección.

»Lo malo es que se implicó tanto en las diferentes situaciones que surgieron que —con todos los riesgos que corría y de los que nosotros nos enterábamos después— acabamos todos muy preocupados, sobre todo su madre.

—¿Y el niño? ¿Murió? —preguntó Eleanor.

—No, al menos aquí no. Se lo llevó con ella cuando se marchó.

Todos guardaron silencio un momento.

—Y luego apareció Peter —añadió de repente la mujer.

—¿Peter? —dijo Eleanor.

—Sí, el que fue seguramente el amor de su vida. Oh, eso no quiere decir que no quisiera a tu tío —precisó—, pero bueno, a veces uno se encuentra con esa persona que es especial.

El sol se había puesto ya y, viendo que Mariette había encendido las luces, Eleanor pensó que tal vez habían abusado de su hospitalidad. En todo caso, madame Dennel parecía cansada.

—Se está haciendo tarde —comentó Eleanor, lamentando tener que poner fin a la conversación.

—Sí, pero todavía tengo mucho que contarles —objetó madame Dennel, contemplando a través de la ventana los últimos rayos anaranjados del atardecer.

Permaneció callada, como si se planteara si debía seguir o no.

»Eli… quizá sea mejor que lo sepas todo. Yo creo que sí, porque conociendo como se desenvolvía en el pasado, quizá se entienda la forma de actuar que tiene ahora tu tía.

—¿Entonces volvemos mañana? —preguntó Eleanor, consultando con la mirada no solo a madame Dennel y a su hija, sino también a Antoine, ya que quizás estuviera algo agobiado.

—Sí, vengan mañana, por favor, los dos —aceptó madame Dennel—. Creo que será beneficioso… para todos.

Tras despedirse de ellos, las dos mujeres se quedaron mirándolos desde la ventana.

—¿Tú que crees, *maman*? —preguntó en voz baja Mariette.

—Yo creo que lo encontró, quizá sin querer, pero sí, lo encontró; y también creo que probablemente lo mató.

Miró, con un suspiro, a su hija y luego se volvió para regresar en silencio a su habitación.

❦

—Mi madre nunca habló de aquello, al menos no conmigo —comentó con extrañeza Antoine, mientras caminaban hacia el pueblo.

—Quizá tu padre lo sabía —insinuó Eleanor, comprendiendo a qué se refería.

—No lo sé, ni tampoco sé cómo podría preguntárselo. En realidad, quizá no debería preguntarle nada, ¿no? —concluyó, dubitativo.

—No sé qué decirte. Tampoco estoy segura de que mi tío estuviera al corriente.

Antoine se paró a observarla, haciendo que ella se detuviera también.

—¿Tú lo habrías contado?

Eleanor se quedó pensativa.

»¿Se lo habrías contado a tu amante, a tu novio, a tu marido o a tus hijos? —insistió él.

—No lo sé, la verdad. Quizá dependería de lo mucho que deseara dejar atrás el pasado para que no afectara al presente.

»Si llegó al extremo de cambiar de país —arguyó, sin dejar de mirarlo a los ojos—, de nombre y hasta de origen, debió de ser porque no quería que saliera a relucir esa parte de su vida. Pero no sé si yo habría hecho lo mismo.

»No sé si lo habría enterrado o si hubiera tenido la necesidad de hacerlo aflorar, de compartirlo con la persona adecuada, y esto último tampoco sé cómo podría… gestionarlo—admitió con aire pensativo.

—Aparte, está la cuestión de que ahora surgirá en nosotros la imperiosa necesidad de querer indagar en una cuestión que ellas ignoran que sabemos—destacó él, con la misma intensidad en la mirada.

—¿Qué quieres decir?

—Sí, incluso, casi se podría comparar con una sensación de traición. ¿Por qué no nos lo dijeron? ¿Por qué no compartieron con nosotros esa información? ¿Deberíamos revelarles que lo sabemos?

—Con respecto a las dos primeras preguntas, no creo que tenga derecho a poner en entredicho la decisión de mi tía.

—Sí, tu tía, pero en mi caso, se trata de mi madre. Ella tendría que habérmelo contado. Comprendo que una tía no quiera decírselo a su sobrina, pero…

—Antoine —lo interrumpió con calidez Eleanor—. Esa fue la decisión de tu madre, y la decisión de mi tía, y tenemos que respetarla. Sí es verdad que la decepción que sentimos por no poder aportar ningún remedio ni ayudarlas a superar lo que pasó, en caso de que ellas mismas no lo hayan conseguido, es asunto nuestro. Aunque yo no sé si alguien llega a superar alguna vez algo así, la verdad.

Antoine asintió, cabizbajo, sintiéndose algo avergonzado sin saber porqué.

—Yo propongo que escuchemos la historia al completo —dijo, cogiéndole la mano, Eleanor—. Me parece que todavía nos queda mucho por oír y quizá acabemos despejando algunos interrogantes. También es posible que nos deje todavía más abatidos, pero creo que debemos continuar, los dos, para ver si lo que averiguamos pueda servir de ayuda a ambas. Quizá entonces sepamos qué conviene hacer.

—*Bon!* ¡Sí! Tienes razón y... me alegro de poder participar en todo esto.

Siguieron caminando juntos, cuando de repente él se volvió con expresión cariñosa y ella se detuvo para mirarlo.

»Deseo ser partícipe de todo lo que te interese, de todo lo que te preocupe... ¡de todo lo que tenga que ver contigo!

Se inclinó para besarla, con suavidad y ternura, atrayéndola hacia sí. Ella le correspondió, sintiendo un torrente de gozo y pasión; sus labios y brazos respondieron al abrazo con un ardor que no había experimentado desde hacía años.

Después se quedaron quietos mirándose. Era tanto el amor que irradiaba Antoine que parecía que fuera a estallar. Luego, cogidos de la cintura, reanudaron el camino.

Al cabo de un poco, al llegar al cruce, Eleanor se volvió a detener.

—¿Sabes una cosa? —comentó, mirando a su alrededor con aire nostálgico—. Se me ha ocurrido pensar en la de veces que mi tía debió de pasar por este mismo camino y contemplar la misma puesta de sol, el mismo bosque, el pueblo y este cruce. Sí, las cosas han cambiado, pero no tanto.

—Sí, es verdad —respondió Antoine, percibiendo su emoción.

De repente, como si se hubieran puesto de acuerdo, ambos respiraron profundamente, como si quisieran captar en los pulmones algún resto del pasado que pudiera quedar flotando en el aire.

Después, cogidos de la mano, siguieron andando hacia el hostal donde iban a pasar la noche.

CRISTINA DANGUILLECOURT   199

Capítulo 14

Marguerite

—Ayer mencionó a alguien llamado Peter —dijo Eleanor, sentada como la tarde anterior junto a Antoine en el sofá de cuero verde, frente a madame Dennel.

—Sí, Peter —confirmó la anciana.

Luego llevó, con un suspiro, la mirada hacia la ventana, como si se retrotrajera a otro tiempo.

El camión avanzaba despacio por la pista de tierra.

—¡Fíjate, allá adelante hay un control! —exclamó Louis, mirando a Marguerite, mientras reducía velocidad.

—¡No hagas eso! No aminores la marcha. Aún no sabemos si nos van a parar. Tú continúa como si nada. En principio, será suficiente con enseñar los papeles —dijo, golpeando la chapa que separaba la cabina del remolque del camión.

Un todoterreno, con dos soldados, de pronto interceptó el paso en el cruce. Al mismo tiempo, vieron otro todoterreno militar que se aproximaba por la carretera de la izquierda.

—Respira —aconsejó Marguerite, advirtiendo el nerviosismo de Louis, al tiempo que palpaba la pistola que llevaba oculta en el abrigo.

Uno de los soldados del todoterreno que estaba en medio del cruce levantó la mano y les pidió que se detuvieran. El otro soldado se dirigió al otro todoterreno.

—*Papiere!* —exigió en alemán el soldado que los había mandado parar, acercándose a ellos.

Louis le tendió su documentación y la de Marguerite. Observaron cómo el compañero se reía junto con los ocupantes del otro todoterreno.

—¿Adónde van? —preguntó el joven soldado, con tono brusco e indiferente, sin mirarlos a la cara.

—Vamos a *Minaire*, a la granja de Pretain —respondió Louis.

—¿Por qué?

De pronto, un capitán, joven, bajó del otro todoterreno. Se acercó al soldado que inspeccionaba los papeles y le preguntó en alemán si todo estaba en orden.

—Sí, solo revisaba los papeles —confirmó, cuadrándose, el joven—. Van a Minaire, a la granja de Pretain.

—Ya. Prosiga —indicó el capitán.

—¡Sí, Herr Capitán! ¿Por qué van a Minaire? —volvió a preguntar el soldado a Louis.

—A entregar la paja que llevamos.

El capitán examinó a Louis y a Marguerite mientras se acercaba a la ventana del conductor.

—¡Un buen camión! —elogió.

Louis se mostró de acuerdo asintiendo con la cabeza y farfullando algo en francés.

»Mi padre tenía uno en su granja en Alemania, muy parecido a este —comentó el capitán, en un francés perfecto—. ¿Han mirado atrás? —preguntó en alemán al soldado.

—¡No, todavía no, Herr Capitán!

Dirigió una señal con la cabeza a su compañero, pero antes de que este reaccionara, el capitán se le adelantó.

—Ya me ocuparé yo.

Se dirigió a la parte posterior y abrió la lona. Los fardos de paja estaban colocados con pulcro orden a ambos lados de una horca que dividía los dos lados. Entonces la vio. Entre dos fardos había una muñeca y una manita que trataba de alcanzarla. Agarró la muñeca y aguardó. Una cabecita de pelo moreno y grandes ojos oscuros asomó entre la paja.

El capitán dio un paso atrás y comprobó que los soldados seguían esperando. Volvió a avanzar y, apoyando el índice en los labios, le dio a entender a la niña que se acercara en silencio para recuperar la muñeca.

La pequeña, de unos cuatro años, obedeció con una gran sonrisa la indicación, imitando su gesto con el dedo índice.

Entonces le indicó a la niña que volviera a su sitio y de nuevo se puso el dedo índice sobre los labios.

La niña de nuevo obedeció, otra vez imitando su gesto, con una gran sonrisa.

El capitán rodeó el vehículo para situarse en el lado donde se encontraba Marguerite.

—¿Adónde ha dicho que iban? —preguntó.

—A Minaire, a la granja de Pretain —respondió el soldado.

—¡Ah! ¡Perfecto! Queda cerca de adonde voy yo. Me trasladaré con ellos.

—¿Capitán? —preguntó el soldado, con la documentación todavía en la mano.

—Necesito algo de material médico —explicó el capitán, dirigiendo un ademán hacia el todoterreno con el que había llegado para indicarles que siguieran adelante—. Iré a buscarlo al centro del pueblo. Así también me aseguraré de que descarguen, tal como han dicho, el camión en la granja, que queda muy cerca de Minaire, y después ellos tendrán la amabilidad de acercarme al pueblo. Me viene bien, porque el general necesita el todoterreno en Gervais. Devuélvales los papeles.

No dejó margen de réplica al soldado, solo la opción de obedecer. Luego abrió la puerta e indicó a Marguerite que se hiciera a un lado para instalarse junto a ella. Ya dentro, sacó su Luger y apuntando con ella el costado de Marguerite, ordenó a Louis—: ¡Arranque!

»Sé lo que hay atrás —anunció, una vez se hubieron alejado del cruce—. No pueden ir a Minaire ni a esa granja. Allí hay un control de la Gestapo, así que piensen en otro sitio donde dejar el «paquete» antes de descargar la paja.

Los dos evitaron contestar algo.

»Louis, supongo que usted y esta señorita son lo bastante listos como para darse cuenta de que con lo que acabo de hacer, me juego el cuello igual que ustedes, así que siga conduciendo y piense. ¿A *Lemiter* quizá? Sea el sitio que sea, no puede quedar lejos, y después es imprescindible que hagan lo que les han dicho a los soldados que iban a hacer.

—¿Por qué no nos ha denunciado? —preguntó Marguerite.

—Porque soy un soldado y no considero una amenaza la religión o la raza de otras personas, ¡y menos si solo tienen tres o cuatro años! —precisó con aspereza.

En el camión se asentó el silencio.

—Gérard —anunció Louis—. Iremos a casa de Gérard.

—¿Dónde queda? —preguntó el capitán.

—A dos minutos de aquí —respondió Louis.

—¡Perfecto! —aprobó el capitán.

Tras recorrer un breve trecho, Louis tomó un desvío a la derecha, que desembocó en una sinuosa carretera, y enseguida giró para adentrarse en una especie de bosquecillo. En la espesura había una casa, difícil de ser vista.

Louis paró el motor y el capitán se bajó del camión.

De la casa salió un individuo corpulento de pelo castaño sin afeitar.

El capitán, que ya había guardado la Luger, se dirigía a la parte posterior del camión cuando oyó el clic de una pistola.

Al volverse, vio que Marguerite lo apuntaba.

—¿En serio? —le dijo con tono de exasperación, acercándose.

Ella no cedió terreno, pero él tampoco. No se detuvo hasta que el arma le rozó el pecho.

Enfocó la vista en sus ojos azules y ella le sostuvo la mirada.

»Por si acaso no se ha dado cuenta, ya me estoy exponiendo a que me peguen un tiro ¡y no por parte de usted precisamente!

—Tú lo que quieres es detenernos a todos y atrapar la red entera —replicó Marguerite.

—¡A mí me tiene sin cuidado la red! ¡Si no, habría podido actuar de otra forma!

»¡No puedo perder más tiempo con esto! —exclamó irritado, ante la terquedad de ella—. ¡Ni tú tampoco!

Acto seguido, dio media vuelta y fue a reunirse con Louis, que ya abría la lona del camión. El capitán dio un suave silbido. La niña volvió a asomar la cabeza y se aproximó, abrazando la muñeca. Con una sonrisa, el capitán la levantó y la puso en el suelo al lado de él. Luego salieron un joven y una mujer, probablemente sus padres, y una anciana de más setenta años, que tal vez era la abuela.

Todos observaron con recelo al capitán. Este, sin embargo, ayudó con delicadeza a bajar a la anciana, mientras el marido tendía la mano a la mujer.

—¿Alguien más? —preguntó al joven, que abrazaba a su hija por los hombros.

—No.

El hombre corpulento había llegado ya hasta el camión. Marguerite le expuso lo ocurrido y él asintió con la cabeza, sin despegar la vista del capitán.

—¿Tienen un mapa? —pidió este.

Todos lo miraron, sin contestar nada.

»¿Tiene alguien un mapa?... ¿No?... ¿Y papel?

Louis regresó al camión y volvió con un periódico viejo y un lápiz.

»Miren, yo ignoro qué ruta quieren tomar, pero deben estar al corriente de estos cambios.

Escribió los nombres de varios pueblos y empezó a bosquejar un mapa.

—Por el este están llegando más soldados. Algunos alemanes vienen por el norte y los milicianos italianos por esta zona.

Louis, Marguerite y el individuo barbudo observaron con preocupación el mapa.

»Siempre va haber más controles en la dirección de Minaire. —Cogió el periódico y lo estampó en el pecho del barbudo—. ¡No quiero saber más que lo necesario! Louis, usted, la señorita y yo tenemos que marcharnos.

—¿Los vas a detener? —preguntó el hombre de la barba.

—No. Tienen que entregar una remesa de paja y yo tengo que comprar unos medicamentos que necesito. Antes tenemos que pasar, sin embargo, un control de la Gestapo y, a ser posible, antes de que se pregunten dónde estamos. Es fundamental que no perdamos más tiempo. ¡Yo, por lo menos, no querría acabar con un tiro en la cabeza! —agregó, mirando a Marguerite.

La joven del camión cogió de la manga al capitán.

—*Merci!* —dijo, con lágrimas en los ojos.

—¡Que Dios los proteja! —contestó el capitán.

Luego se desplazó a la parte delantera del camión y dejó escapar un poco de aire del neumático.

—Si nos atrasamos, podremos decir que hemos ido despacio para no romper la rueda —explicó, viendo la expresión de perplejidad de Louis.

Acto seguido, se subieron al camión y se dirigieron a Minaire.

El control de la Gestapo se encontraba en el punto exacto donde él había anunciado.

—Déjenme hablar a mí —dijo— ¡y sobre todo, que no vean esa pistola alemana que lleva! —añadió con cierta aspereza.

Dos soldados de la Gestapo se acercaron a ambos lados del camión, mientras otro se dirigía a la parte posterior.

El capitán alemán saludó y expuso el motivo de su presencia en el camión, el lugar adonde iba y el sitio adonde iban ellos.

—*Ja!* Ya hemos visto el todoterreno del general.

El soldado de la izquierda efectuó un comentario sobre el neumático desinflado.

—Sí, por eso hemos tenido que ir más despacio —explicó el capitán.

—Herr Doctor ¿es que no sabe nada de mecánica?

—¡Solo de la mecánica del corazón!

Ambos soldados se rieron.

Después les dejaron continuar el viaje.

—Primero déjenme en el pueblo —indicó el capitán—. Después pueden entregar la paja.

Louis obedeció.

En la entrada de la población había también un control, aunque en ese caso no era de la Gestapo.

—Yo me bajaré aquí —anunció el capitán.

El camión se detuvo. El capitán saludó a los soldados, salió del vehículo y se puso a charlar con ellos.

Unos soldados revisaron los papeles y el camión.

Mientras tanto, el capitán les dio la espalda, absorto en animada conversación con otro militar de rango como él.

Les dieron permiso para marcharse.

El capitán no se volvió en ningún momento a mirarlos.

Se pusieron pues de nuevo en camino para entregar la paja y explicar por qué la familia que debían haber traído se encontraba al cuidado de Gérard.

Eleanor y Antoine aguardaron mientras madame Dennel parecía demorarse en el pasado, hasta que volvió a posar la mirada en ellos.

—Así fue como se conocieron —concluyó.

—¿Y a partir de entonces se fiaron de él? —preguntó Eleanor.

—Bueno, cuando Marguerite volvió y nos contó lo que había ocurrido, todos teníamos nuestras dudas. Como es lógico, para un soldado alemán era más interesante hacer caer a toda una red de traidores que entregar solo a un par de disidentes. Marguerite estaba preocupada por eso, pero el tiempo iba pasando y no ocurría nada. Las indicaciones que él había dado en el mapa eran correctas; los alemanes y algunos milicianos italianos modificaron sus rutas, pero por lo demás, no hubo nada extraño.

»Después, al cabo de dos semanas, se volvieron a encontrar.

La lluvia caía a cántaros, tal como había pronosticado su madre. En todo caso, ya no podía remediarlo. Lo único que cabía esperar era que no se estropeara lo que llevaba en las cestas.

Oyendo un coche que llegaba por detrás, se arrimó al borde de la carretera, con la esperanza de que la vieran, para que no la salpicaran con el agua de los charcos, como solía ocurrir cuando uno transitaba lloviendo por los caminos de tierra.

El coche redujo la marcha.

—Señorita Marie Ellen Lavoire, ¿quiere que la acompañe a casa?

Reconoció la voz. Se detuvo un segundo tan solo, para comprobar que era Herr Doctor, el capitán, quien le hablaba.

—No, gracias —contestó, reanudando el camino—. Puedo ir a pie.

—Sí, ya sé que puede ir a pie, e incluso a paso ligero por lo que veo, pero está lloviendo.

—Sí, Herr Capitán, yo también sé que llueve —replicó, sin mirarlo, ni hacer siquiera ademán de pararse.

—Sí —prosiguió él pacientemente—, y se está empapando.

—Sí, también me he dado cuenta.

—Y eso podría ser perjudicial para su salud.

—Le agradezco su atención, pero ¡no hace falta que se preocupe!

El coche se paró, pero ella siguió andando hasta que notó que alguien la agarraba por la cintura, la levantaba del suelo y, cargada al hombro, la arrojaba en el asiento de atrás del coche negro, junto con las cestas. Después el capitán subió, obligándola a hacerle sitio, mientras indicaba al conductor que se pusiera en marcha.

—¡Ah! ¡Eso está mejor! ¿Ve? Tampoco ha sido tan difícil ¿no?

Ella levantó la mano con intención de darle una bofetada, pero él fue más rápido de reflejos y logró contenerla.

Se quedaron mirando un momento cara a cara.

—¿Y ahora, tendría la amabilidad de decirnos dónde vive?

—Hay que tomar el primer desvío a la derecha y después torcer de nuevo a la derecha, en el segundo cruce —respondió con enojo.

Después del segundo cruce llegaron directamente a una pequeña granja, con ventanas llenas de flores rojas, blancas y rosas, y un establo de tonos pardos a la derecha.

El capitán ordenó al conductor que parara delante de la puerta. Después, bajándose del coche casi al mismo tiempo que Marguerite, le pidió al conductor que esperase allí.

También insistió en cargar las cestas y la acompañó hasta la casa.

Una vez adentro, dejó las cestas en la mesa de la izquierda y de nuevo se miraron, ella con actitud de desafío y él con cierta ironía.

Marguerite se quitó el abrigo. Estaba empapada.

—¿Vive sola? —preguntó.

—¡No!

—¡Muy bien! Entonces vaya a cambiarse y yo esperaré aquí. ¿Quizá alguien pueda prepararme un té? —insinuó, quitándose la gorra. Se sentó en una de las sillas y se pasó la mano por el cabello castaño.

Marguerite abandonó la sala y, una vez en el pasillo, torció a la derecha. Al cabo de un breve momento, cruzó, ya cambiada, hacia el lado izquierdo. Él oyó ruido de ollas y, unos minutos después, ella volvió a salir con una tetera, una taza y algo que parecía una bolsa de té usada.

Colocó la bolsa en la tetera y dejó la taza delante de él.

—Siéntese, por favor —la animó él.

Se instaló, de mala gana, en la otra punta de la mesa.

—Creía que había dicho que no vivía sola.

—Es verdad, pero ahora no hay nadie.

—Podría haberlo dicho.

—No me lo ha preguntado.

—No, en efecto.

Vertió el pardo líquido en la taza y, tras olerlo, tomó un sorbo.

—Está muy rico —alabó, haciendo caso omiso a su mirada retadora.

—No tengo azúcar.

—Nunca lo tomo con azúcar —contestó él sonriendo, al tiempo que apoyaba la espalda en el respaldo de la silla con actitud relajada.

—¿Qué quiere?

—Su amistad, por ejemplo.

—Usted es alemán, el enemigo —replicó ella con una carcajada.

—Sí, lo soy.

—Es un nazi.

—No, eso no. Soy un soldado alemán del ejército alemán. Soy médico… bueno, casi médico… pero no un nazi, que es algo muy distinto.

—Su uniforme, por más que sea de un soldado o de un capitán, es del ejército que defiende la política nazi. Si no fuera un nazi, se lo quitaría y renegaría de él.

—No puedo —respondió con simpleza—. Aunque de verdad lo deseo, no puedo.

Parecía sincero.

—¿Por qué le llaman Herr Doctor si no es de verdad médico? —preguntó ella.

—No lo sé. Empezó como una broma. Soy casi médico, pero no terminé la carrera.

—¿Por qué?

—No creía que hubiera que eutanasiar a la gente porque padecieran enfermedades mentales o porque hubieran nacido con una minusvalía física o intelectual. Previendo que me iban a exigir eso al ser médico, preferí alistarme en el ejército.

Permanecieron callados un momento.

—Razón de más para quitarse el uniforme —insistió ella.

—Creo que puedo ser más útil llevándolo —argumentó, mirándola directamente a los ojos—. Creo que se lo demostré el otro día. Dígame, ¿todavía llueve?

—Sí —confirmó, mirando por la ventana.

—¡Muy bien! —apuró la bebida de un trago y se levantó para marcharse—. Gracias por el té. Hasta la próxima.

Con una inclinación de cabeza, se puso la gorra, dio media vuelta y se marchó, cerrando con decidido gesto la puerta tras él.

Catherine salió de su habitación con el niño. Había oído la conversación, al igual que Béatrix, que se encontraba en la cocina.

Marguerite seguía con la vista fija en la puerta.

—Esto va a complicar las cosas —dijo.

—¿No le crees? —preguntó Béatrix.

—Al pie de la letra —respondió Marguerite—. Por eso va a complicar las cosas. No podemos confiar en él ni implicarlo en nada. No podemos incluir lo que escapa a nuestro control —afirmó, mirando a su madre y al niño que cargaba en brazos.

»Estoy cansada —agregó, y se fue a su habitación, dejándolas de pie en la sala.

—¿Y era de fiar? —preguntó Eleanor, fascinada por la historia.

—Bueno, en todo caso siguió tratando de demostrarlo, sobre todo dos días más tarde.

Marguerite oyó el golpe. Saltó de la cama y de inmediato salió al pasillo. Su madre, que también había oído el ruido, se cercioró de que el niño seguía dormido antes de acudir también.

Aguardaron, aguzando el oído. Luego oyeron un estrépito en la cocina.

Marguerite fue la primera en llegar a la cocina y ver a la persona que yacía en el suelo, con la camisa empapada de sangre.

—¡Louis! —gritó.

Béatrix y Émilie llegaron y entraron detrás de Catherine.

—¿Qué ha pasado? —preguntó Marguerite, ayudándolo a incorporarse en el suelo.

—Tenía que verla, Ellen. Tenía que verla una vez más, antes de que se fuera —gritó con vehemencia Louis.

—¡Ay, Louis, no aprenderás nunca! —lo reprendió, rasgando la camisa.

Consultó con la mirada a Émilie, pendiente de su expresión.

—¡Es superficial! —determinó Émilie.

—Sí, eso es lo que ha dicho Herr Doctor —dijo Louis.

Todas retuvieron la respiración, mirándolo.

—Louis ¿qué has hecho? ¿Qué has dicho? —preguntó Marguerite.

—¡Nada! ¡Nada! Pero alguien lo sabía, porque estaban allí, muy cerca.

—¿Sabía qué? —preguntó Marguerite.

—¡Que se iban hoy!

—¿Y entonces? —lo urgió a proseguir Catherine.

Louis advirtió que todas aguardaban con intensa impaciencia.

—Los alemanes se han puesto a perseguirme a mí en lugar de a ellos. Como los he despistado para que me siguieran, creo que han podido escapar. He hecho ruido y me han seguido, pero —levantó la mano para acallar cualquier protesta— Herr Doctor me ha encontrado primero. Me ha mirado la herida y luego me ha dicho que viniera aquí.

—¿Por qué?

—Porque él iba a dirigirlos hacia una falsa pista y eso es lo que ha hecho. Los ha conducido hacia el este, dejando fuera de vigilancia esta parte.

—¿Con perros? —preguntó Catherine.

—No, no había perros —respondió Louis.

—Béatrix, ve a buscar mis cosas —pidió Émilie a su hija—. ¡Deberíamos matarte, por inconsciente! ¡O entregarte! —espetó a Louis.

—Pero ¿no lo entendéis? ¡No voy a volverla a ver nunca más! —se lamentó Louis.

—¡Pues claro que sí! —replicó con aspereza Catherine—. ¡Porque ahora tú también te vas a tener que ir!

—No, me tengo que quedar...

—Has quedado comprometido y posiblemente has atraído la atención hacia nosotros. ¡Nos has puesto en peligro a todos! Ha sido una imprudencia. Te vas a ir. ¡Esta misma noche! —precisó Catherine.

—¿Con esto? —preguntó, señalándose el costado.

—Es superficial, tal como ha dicho Herr Doctor —contestó, tajante, Émilie.

—Los documentos de viaje —dijo Catherine a Marguerite—. Pero creo que no debería constar el mismo sitio, por si acaso.

—¿Entonces cuál? —preguntó esta a su madre.

—¿A *Conteir*? —sugirió Béatrix.

—Sí, es un buen sitio —aprobó Catherine.

—Dame su documentación para cambiarla—dijo Marguerite.

Una vez se la hubieron entregado, se fue a preparar los nuevos papeles que iba a necesitar Louis.

—Vas a tener que ir a la granja de Gedet. Él te podrá esconder allí y después Manuel te llevará o te indicará el camino, aunque tampoco necesitas un guía. Ya sabes cómo funcionan estas cosas —declaró con severidad Catherine.

Después de vendarle la herida, le dieron comida y ropa nueva.

Béatrix cogió sus botas y después de limpiarlas un poco, se fue sin encender ninguna luz hasta el establo. Allí las metió en una caja donde guardaban el calzado de trabajo y seleccionó otro par algo más pequeño que llevó a la casa.

—Toma —dijo, entregándoselo.

—Me aprietan un poco —se quejó él.

—Es lo que tenemos. Si controlan tu rastro en el barro, a partir de ahora encontrarán unas huellas más pequeñas —explicó Béatrix.

Marguerite volvió con los documentos. Llevaba guantes.

—La tinta no está seca, procura no hacer un borrón.

—Sí, sí —reconoció Louis, gimiendo como un niño cuando se puso de pie.

Émilie le dio una repentina bofetada.

—¿A qué ha venido eso? —preguntó él, con la mejilla encendida.

—¡Eso es lo que tendría que haber hecho tu madre hace tiempo! —espetó Émilie.

Béatrix y Catherine se esforzaron por reprimir la risa.

—¡Vete! —lo instó Émilie, sacándolo de su perplejidad—. ¡Y que Dios te acompañe!

—Gracias. Voy a echar de menos nuestras salidas —dijo a Marguerite.

—Y yo tus chistes malos —replicó ella.

—Hasta que acabe la guerra —se despidió.

—¡Hasta que acabe la guerra! —respondieron todas.

Abrió la puerta por donde había entrado. Tras comprobar que tenía vía libre, salió para adentrarse en la noche.

Las cuatro mujeres se miraron en silencio.

—¿Cuándo fue la última vez que viste a Louis, Béatrix? —preguntó Émilie.

—Me topé con él en el mercado hace dos días.

—Yo fui a entregar la paja con él, tal como podrá confirmar el Herr Doctor —dijo, con una pícara sonrisa, Marguerite.

—Yo no lo he visto desde hace mucho —declaró Catherine.

—Y yo tampoco —añadió Émilie.

—Había hablado de un primo que se iba a casar esta semana en… *Boulier* —destacó Marguerite, haciendo memoria—, y ya sabemos todas, claro, por qué no iba a ir a la boda.

—¿Cuándo exactamente? —preguntó Catherine.

—La boda es dentro de dos días —concretó Marguerite.

—Muy bien. Mañana yo me dedicaré a las tareas de la casa —anunció Émilie—. Tú, Marie Ellen, irás al huerto. Béatrix, tu irás al establo, y Eloïse, tú estarás delante de la entrada, ocupándote de las plantas. Si vienen, este es el sitio donde estará cada cual.

Todas asintieron mudamente.

»Ahora quememos su ropa —propuso Catherine—. Mañana tendremos que esparcir las cenizas en el campo. Creo que, si siguen buscando esta noche, llegarán aquí hacia mediodía.

Madame Dennel exhaló un suspiro y luego posó la mirada en Eleanor.

—La verdad es que, viendo las cosas desde la perspectiva de ahora, debo reconocer que no teníamos ni idea de lo que hacíamos. Carecíamos de entrenamiento y de formación. Lo único que aplicábamos era el sentido común y el deseo de ganar la guerra, liberar Francia y a todas las personas oprimidas por los nazis, que no era poco.

—¿Y vinieron los alemanes al día siguiente? —preguntó Eleanor.

—Sí, vinieron. Los de la Gestapo llegaron con sus botas relucientes a llamar a la puerta.

Catherine fue la primera en ver los dos todoterrenos y el camión lleno de soldados. Se aproximaron a gran velocidad hacia la casa y frenaron a escasa distancia de la pared.

Un capitán de la Gestapo muy alto se bajó y empezó a impartir órdenes. Los soldados fueron a mirar en el establo, la parte posterior de la casa, los campos y el huerto. El individuo que iba en el todoterreno, al lado del capitán de la Gestapo era Herr Doctor; se quedó sentado allí, sin salir.

Catherine se levantó y se quedó de pie, esperando a que se acercara el capitán de la Gestapo.

—Estamos buscando a Louis Renard.

—Yo también le deseo buenos días, capitán —replicó en voz baja.

El hombre le asestó una mirada amenazante.

»Sé quién es, pero no trabaja aquí. Trabaja en la granja del señor Dodert —explicó, sin dejarle margen para hacer algún comentario relativo a su temeridad.

El capitán escrutó con frialdad a Catherine. Su cabello de color caoba estaba invadido por las canas; sus ojos de color verde avellana y la tez clara revelaban lo hermosa que debió de haber sido y que aún debía de ser por poco que cuidara su aspecto. La ropa holgada daba a entender que seguramente había perdido la figura.

El militar se aproximó a la puerta, la abrió y se hizo a un lado.

—¡Pase delante! —ordenó.

Catherine entró primero. Tras ellos acudió un soldado y también Herr Doctor, que había bajado del todoterreno.

En la cocina sonó un ruido. El capitán de la Gestapo indicó al soldado que fuera a indagar y este volvió agarrando del brazo a Émilie, que llevaba un biberón en la mano.

El capitán de la Gestapo le ordenó que la soltara y fuera a inspeccionar la casa.

Herr Doctor fue a situarse cerca de la estantería que había detrás de la zona del comedor. Parecía más interesado por los libros que por lo que ocurría. Incluso cogió uno y lo hojeó.

El capitán de la Gestapo le lanzó una mirada y luego, con un bufido de impaciencia, volvió a centrar la atención en las dos mujeres.

De repente, sonó un grito.

—El niño —dijo Catherine.

Consultó con la mirada al capitán, que inclinó la cabeza dándole permiso para ausentarse.

De repente, oyeron un portazo y de la cocina salió otro soldado agarrando del brazo a Marguerite, que llevaba una cesta de verdura. Catherine regresó con el niño.

Herr Doctor despegó la vista del libro para mirar al niño y después a Marguerite, que retaba con la mirada al capitán de la Gestapo.

La puerta de la sala se abrió de golpe y Béatrix entró a la fuerza.

—¿Alguien más? —preguntó con acritud el capitán de la Gestapo.

—No —repuso Émilie.

—¡Estamos buscando a Louis Renard! ¿Alguna de ustedes lo ha visto o sabe dónde está? ¡Si lo esconden, las fusilaremos! ¡Y si saben algo y no lo dicen, las fusilaremos también! ¿Está claro?

Las mujeres lo miraron en silencio.

»Vamos a ver ¿cuándo lo vieron por última vez? —preguntó con aspereza, mirando a Béatrix.

—En el mercado, hará un par de días. Había llevado unos tomates de monsieur Dodert, que casi no se puede mover por culpa de la gota.

—¿Y viene a visitarlas aquí?

—No ¿para qué iba a venir? —contestó Béatrix.

—Pues porque tiene su misma edad —expuso, sentándose, el capitán—. Es más que probable que hubieran ido a la escuela juntos.

—Se equivoca —respondió tímidamente Béatrix—. Él es del pueblo de Boulier y vino aquí hace solo un año para ayudar a monsieur Dodert porque necesitaba trabajar.

—Esas botas son muy grandes —comentó, mirando los pies de Béatrix.

—Llevamos lo que podemos —repuso ella.

—¿Y usted? —preguntó entonces a Marguerite.

Marguerite dejó la cesta en la mesa, cogió el niño de brazos de Catherine y el biberón de manos de Émilie y se sentó en una de las sillas. Después de poner la tetina en la boca del pequeño, levantó la mirada para responder.

—Creo que ya tengo bastantes complicaciones como para buscarme otras.

Herr Doctor dejó el libro en la estantería y pasó a mirar las fotos que allí había.

—¿Es suyo? —preguntó el capitán de la Gestapo.

—Es mío —confirmó Marguerite.

—¿Dónde está su marido?

—Muerto.

—¿Francés?

—Alemán.

—¡Ah! ¡Así que aquí tenemos un niño ario!

—Vamos, Herr Capitán, seguro que eso ya lo sabía antes —replicó Marguerite.

Se produjo un lapso de silencio cargado de tensión. Luego el capitán de la Gestapo descargó un puñetazo en la mesa.

—¡Más le vale mostrar más respeto! —gritó.

—No se puede respetar lo que uno teme, porque solo inspira temor —contestó, desafiante, Marguerite.

—¿Y nos teme a nosotros? —preguntó con fruición el capitán de la Gestapo, desenfundando una pistola que dejó en la mesa.

El niño gorjeó, mirando con sus ojos azules al capitán. Marguerite apartó el biberón. El niño sonrió y se rio, y tratando de imitar el gesto del capitán dio con su pequeña mano un manotazo en la mesa, sin dejar de mirarlo. Luego emitió un chillido de regocijo. Marguerite volvió a introducirle la tetina en la boca, pero mientras succionaba, seguía observando al capitán sin manifestar ningún temor.

—¿Qué edad tiene?

—Casi un año y medio —respondió Marguerite.

Catherine advirtió que Herr Doctor no despegaba la vista de Marguerite y el pequeño.

—¿Sabe? Quizá el niño estaría mejor siendo atendido por una familia totalmente alemana —dijo con firmeza el capitán de la Gestapo.

—Pero él no es del todo alemán, ¿verdad? —contestó Marguerite.

—¡Lo bastante! —Marcó una pausa antes de continuar—. Dicen que la vieron con Louis Renard yendo a entregar una paja a unos granjeros.

—Sí, y él viajó con nosotros una parte del trayecto —preciso, señalando a Herr Doctor—. Tuvimos que reparar uno de los neumáticos, pero pudimos hacer la entrega de la paja.

—¿Y hace a menudo ese tipo de labor con Louis Renard?

—No. Monsieur Dodert tiene un camión y nosotros lo necesitábamos para entregar la paja ese día. Nos lo prestó con la condición de que Louis condujera.

En ese momento, llegaron dos soldados provenientes de la cocina y otros dos de la puerta principal. Todos sacudieron la cabeza.

—¿De modo que nadie de ustedes sabe dónde está Louis Renard? —preguntó el capitán de la Gestapo elevando la voz.

Todas movieron la cabeza de lado a lado. Béatrix agachó la mirada.

Percatándose del gesto, el capitán de la Gestapo la agarró por ambos brazos y la zarandeó.

—¿Quiere acabar con un tiro en la cabeza?

La joven se puso a llorar.

—Va a haber una boda —balbució—, una boda en Boulier. ¡Su primo se va a casar!

—¿Cuándo?

—¡Esta semana, pero no sé qué día! —gimoteó.

El capitán de la Gestapo la empujó con tanta violencia que por poco la tira al suelo. Luego efectuó un gesto para anunciar a los soldados que se marchaban.

—¡Como me entere de que mienten, de que lo esconden o saben dónde está, yo mismo me encargaré de ejecutarlas a todas! —amenazó antes de salir por la puerta.

Herr Doctor se fue tras él. Antes, no obstante, miró con fijeza a Marguerite y después posó la vista en el estante donde había dejado el libro, en posición horizontal por encima de los demás. Luego miró al niño, saludó con un ademán a Catherine y cerró la puerta tras de sí.

Observaron por las ventanas cómo los alemanes se subían a los vehículos y se alejaban.

—¡Bravo! —felicitó Émilie a todas—. ¿Estás bien? —preguntó con orgullo a su hija.

—Sí —respondió esta sonriendo, mientras se secaba las lágrimas—. ¿Creéis que van a volver?

—No, a mí me parece que piensan que no sabemos nada más —opinó Émilie.

—El libro —dijo Marguerite, entregando el niño a su madre.

Se fue hasta la estantería para cogerlo. Una de las páginas tenía una esquina doblada y, en ella había, escrito con precipitación, un mensaje: «*Ils son tous saufs! Mais je pense qu'il sait quelque chose!*»

—Dice que están todos a salvo, pero que cree que el capitán de la Gestapo sabe algo —les informó Marguerite.

Madame Dennel levantó la vista para mirarlos.

—Debieron de pasar mucho miedo —comentó Eleanor.

—Vivíamos constantemente asustadas. En cierta manera, eso formaba parte del día a día. —De nuevo, tendió la vista hacia la ventana—.

Marguerite era la excepción. Siempre estaba desafiando a los nazis y llevando las cosas hasta el límite, tal como he dicho. A veces nos preocupaba que pusiera en peligro nuestra seguridad, aunque nunca nos dio motivos; nunca corría riesgos innecesarios cuando había otras personas de por medio, solo lo hacía con ella misma.

—Le plantó cara al capitán de la Gestapo —destacó Eleanor.

—Es que tenía que hacerlo, para despistarlos. Verán, necesitábamos que creyeran que no sabíamos nada y, para eso, Marguerite representaba el papel de provocadora y yo el de la inocente asustada. Lo hacíamos a menudo.

»La mejor manera de ocultar algo es presentar como importante otra cosa, pero con disimulo. Se trata de hacer que ellos lo busquen, que piensen que uno lo está escondiendo. Eso es lo que yo hice después de que Marguerite importunara al capitán. Sabíamos que eso de la boda era algo trivial, pero surtió efecto.

Eleanor y Antoine pusieron cara de perplejidad.

»Bueno, es evidente que él no iba a ir a una boda si lo estaban buscando, pero aun así, lo soltamos como si fuera un lugar donde se pudiera esconder. O sea que cada cual representó su papel: la inocente y la descarada. Yo era la que se lo tenía que decir, pero debía hacerlo como obligada, así que esperé el momento oportuno.

—¿Y su familia? —preguntó Eleanor.

—Bueno una vez que llegaron, los soldados debieron de descubrir que a Louis lo habían expulsado, porque había dejado embarazada a una chica y se había negado a casarse con ella. En su pueblo todo el mundo lo sabía.

—¿Y sabían algo, tal como escribió el médico en el libro? —preguntó Antoine, que llevaba un buen rato callado.

—¿La Gestapo?

Antoine asintió.

—Sí y no. Sabían que, a través de nuestro pueblo y de otros pueblos de al lado, la gente escapaba del país o conseguía esconderse, pero no sabían de qué manera ni quién estaba implicado.

»Después de lo de Louis, tuvimos que parar un tiempo. Temíamos que nos estuvieran vigilando. Peter, Herr Doctor, nos informaba de la situación cuando podía.

—¿Y se fiaban de él?

—No del todo. Era bastante desconcertante. Me consta que cuando Catherine lo vio en el todoterreno, se quedó aterrorizada, pero luego dijo que él se quedó sentado adentro mirando un mapa como si nada, como si no le apeteciera estar allí, y que eso la tranquilizó. ¡A mi madre, en cambio, le dieron ganas de vomitar cuando lo vio! —exclamó, riendo.

—¿Y Marguerite?

—Estaba alerta, pero no preocupada. Ella no se desestabilizaba así como así. El capitán vino varias veces a tomar el té con nosotras. Todas pensábamos que con eso pretendía que ella fuera conociéndolo. Ella, sin embargo, no daba el brazo a torcer. Hasta un día —precisó con una carcajada—. Él venía a verla y la encontró en la carretera, cuando volvía de una granja cercana. Solíamos intercambiar productos entre nosotros, como huevos a cambio de semillas de… no me acuerdo, de algún tipo de verdura, y ella regresaba cuando él paró a su lado.

—Otra vez nos volvemos a encontrar en la carretera, mademoiselle Marie Ellen.

—Pues sí —contestó Marguerite, sin molestarse en aminorar el paso.

—¿Me permite que le lleve esto? —se ofreció él, cogiendo la cesta.

Ella se lo permitió con desgana.

—Conozco un atajo.

Marguerite lo miró con cara de escepticismo.

»Acompáñeme, por favor.

Salieron de la carretera y siguieron adelante atravesando un prado. La estaba llevando a la ribera del río.

—¿Por qué no me lo dijo?

—¿Que no le dije qué?

—Que tenía un hijo y que había estado casada.

—No es asunto de su incumbencia, ni de usted ni de nadie.

—Yo sí le conté cosas de mí —dijo él en voz baja, obligándola a detenerse para mirarlo.

Marguerite guardó silencio.

Siguieron caminando.

—¿Dónde lo conoció? —preguntó él.

—En París.

—El niño no se parece al soldado de la foto. No se parece a nadie de las fotos. Supongo que esas fotos son falsas.

Marguerite se paró en seco.

»Pero sí se parece a usted, aunque por lo que se ve, tiene mucho mejor carácter.

El capitán siguió andando y ella continuó detrás, con evidente expresión de enojo.

Al llegar al extremo del prado, bajaron entre los árboles hacia el río. Él encontró un lugar medio a resguardo de la vista entre unas rocas y, dejando la cesta en el suelo, se sentó en una de ellas.

Marguerite se quedó de pie, pero él fingió no advertir su exasperación.

—Siéntese, por favor. Disfrutemos del sonido del río, los pájaros… y todo lo demás.

Se instaló a cierta distancia de él, todavía con cara de pocos amigos.

»Cuando estudiaba medicina, tuve un profesor extraordinario que me enseñó la importancia del trato que debe tener un médico de cabecera con el paciente, la importancia de comprender lo que este no puede entender o expresar. A eso lo llamaba el lenguaje corporal. Espero poder volver a reunirme con él algún día. Era judío; le cerraron la consulta y también le impidieron seguir dando clases en la universidad. Él sabía lo que iba a pasar e incluso me habló del asunto más de una vez. Yo no me lo podía creer. No lo creí, hasta que ocurrió. Me arrepiento de no haberlo escuchado. Sé que consiguió llegar a Inglaterra. Quizá algún día pueda volver a tenerlo como profesor.

Hizo una pausa.

»Sea como fuere, él tenía razón. El lenguaje corporal aporta mucha información sobre una persona.

Miró a Marguerite, que había cogido un palo y hurgaba con él la tierra.

»No sé quién es el padre, pero está claro que usted no quiere a ese niño.

Marguerite se levantó y se aproximó. Probablemente le habría dado una bofetada si él no le hubiera agarrado el brazo, que no soltó cuando ella intentó zafarse. Se puso de pie.

Los ojos de Marguerite se llenaron de lágrimas de rabia.

—¡Cómo se atreve! —gritó, tratando de abofetearlo de nuevo con el otro brazo.

Él se lo impidió cogiéndole de ese brazo también.

—¿Qué ocurrió?

—¡Cómo se atreve! —repitió.

—Se parece a usted. Es idéntico a usted, pero usted… ¡Usted demuestra un desapego enorme con él!

—¿Y usted qué sabe?

—Lo sé. Lo vi. Lo veo. Y las fotos…

—¡El capitán de la Gestapo no tuvo ningún reparo con las fotos! ¿Por qué usted sí?

—Él no es muy listo. Él solo juega con el miedo, que es con lo que disfruta. A él no le importa la gente, y solo la persona a quien le importas se fijaría en eso.

—¡Ja! ¿Y a usted sí le importo?

—Sí —confirmó, todavía agarrándole los brazos—. Sí, me importa muchísimo, y no sé qué hacer para que me crea. Cuando encontré a Louis esa noche, le pregunté si usted estaba entre las personas que huían. Cada día me pregunto: «¿En qué acto temerario estará involucrada hoy?»

—¿Por qué?

—Porque me preocupa. No me pregunte por qué. Yo mismo no puedo explicármelo, porque es sin duda la persona más desagradable que he conocido jamás, pero aun así… me importa —reiteró en voz suave.

La tensión de los brazos cedió y entonces él la soltó. Quedaron cara a cara; él era solo un poco más alto que ella. Hubo un momento en que pareció que se iban a besar… pero Marguerite retrocedió y se sentó en una piedra, cerca de donde se encontraba él.

Posó la mirada en el río. El cabello se le había alborotado y le caía desparramado sobre un hombro.

—Me violó un soldado alemán, por si lo quiere saber. No me casé con nadie, por eso lleva mi apellido. Si me preguntan, les digo que su padre lo quiso así, previendo que quizá no volvería. Es mentira. ¡Todo es mentira! ¡Sí, las fotos son falsas!

—Lo siento —dijo él, sin atreverse a acercarse, respetando el espacio que mediaba entre ambos—. ¿Sabe cómo se llamaba? —preguntó.

—¿Qué más da como se llamara? Decidí tener el niño. No es culpa suya, así que no hice nada para perderlo, ni hacerle daño, pero no, no le quiero. Yo… yo creo que no le quiero en mi vida, pero lo está, y no puedo castigarlo por lo que hizo el monstruo de su padre.

Calló un instante.

»Mi madre se ocupa de él, y también Émilie y Béatrix. Siempre ha sido así, desde el principio. —Tendió la mirada hacia la otra orilla del río—. Es muy extraño. Es un niño tan alegre… Otro, en su lugar, se habría asustado cuando el capitán golpeó la mesa, pero él se echó a reír. Es capaz de hacer lo que yo no puedo, reír y divertirse… Cuando estoy cerca de él, es como si no hubiera ninguna guerra.

—¿Y su padre, el suyo propio?

—¡Ja! —replicó con sarcasmo—. Él abandonó a mi madre. Después, la única vez que encontró a alguien que la quería de verdad y ella a él, lo mataron. Sí, lo mataron los alemanes.

—O sea que su apellido…

—Los apellidos no tienen importancia —lo interrumpió.

—Por supuesto que sí.

—¡No, no la tienen! —insistió con un asomo de enfado, girando hacia él—. Lo importante es quién eres, saber quién eres por dentro y nunca perderlo de vista. Cuando uno sabe quién es, es irrelevante cómo te llames o cómo te llamen los demás.

Guardaron silencio un momento.

Él se sentó a su lado y le cogió la mano. Ella se movió para retirarla, pero él no la soltó.

—Por favor, déjeme solamente tenerla así.

Permanecieron callados mirando el río y escuchando el murmullo del agua.

—Cuando yo era pequeño y, por un motivo u otro, me ponía a llorar de manera desconsolable —se rio—, porque por lo visto no había forma de que parase nunca—reiteró, suscitando una mirada de atención por parte de Marguerite—, mi madre me cogía la mano, solo la mano, y entonces me decía: «Dame tus problemas y deja que yo los lleve en tu lugar». Primero me cogía de la mano, entonces me pedía que cerrara los ojos y me giraba la mano para que mi palma descansara sobre la suya—, dijo enseñándole a Marguerite—. Al cabo de un poco, cerraba la mano y la ponía en el bolsillo, o incluso en su bolso, y entonces decía: «Ahora ya puedes estar contento, hijo mío, porque yo cargo con tus problemas».

Marguerite levantó la vista, con lágrimas en las mejillas.

»O sea que ahora yo te digo a ti, Marie Ellen, que aunque solo sea por un momento, me dejes cargar con tus problemas, tu dolor, tu tristeza y tus temores.

Siguieron sentados así un buen rato. Marguerite mantuvo apoyada la palma de la mano en la de él, más grande, hasta que la encogió formando un puño que introdujo en el bolsillo.

Marguerite paró de llorar.

Pasaron la tarde allí sin hablar apenas, contemplando tranquilamente la mansa corriente del río.

Al anochecer, regresaron en silencio a la carretera que los conduciría a su casa. Él la dejó delante de la puerta y luego se fue andando.

—Nunca, jamás había visto a Marguerite radiante como la vi cuando entró a casa esa noche —evocó madame Dennel, sonriendo como si Marguerite acabara de aparecer en la entrada—. Nosotras no sabíamos qué pensar. Esa noche me lo contó. Estaba… en paz. Después el capitán vino con más frecuencia a vernos, bueno, más bien a verla a ella. Hasta lo llamábamos por su nombre de pila, Peter. Su nombre completo era Peter Arthur Schmitz.

»Parece ser que su padre había estudiado o trabajado en Inglaterra y quería que su hijo tuviera un nombre inglés. Él nunca se lo explicó a los alemanes, desde luego. Decía que siempre que le preguntaban por el asunto, se limitaba a sonreír y encogerse de hombros.

Una vez más, dejó vagar la mirada por la ventana, como si se evadiera en el tiempo.

—Marguerite se transformó en una nueva persona. Su rostro relucía. Se le había suavizado la expresión de los ojos y la cara. Volvía a preocuparse por su apariencia. Reía y era menos impaciente. Los dos se solían sentar afuera o incluso aquí mismo, a leer cerca del fuego.

»Él además quería al niño, aunque nunca le imponía ese sentimiento a ella. Aceptaba su necesidad de mantener distancia con el pequeño. De todas maneras, Marguerite se implicaba más con él cuando Peter estaba aquí, aunque este nunca le dedicaba más atención al niño que a ella.

»Los alemanes habían dejado, por lo visto, un número reducido de soldados en esta zona porque estaban más centrados en la parte del oeste. Había menos misiones de resistencia y Marguerite se volvió más prudente.

»Ya no parecía que coqueteara con la muerte, es como si Peter le hubiera quitado ese afán.

Volvió a quedarse en silencio.

»Lo curioso era que ella nunca le hablaba de sus actividades, ni tampoco le dijo que hablaba con fluidez el alemán. Él nunca conoció su verdadera identidad, ni tampoco la de su madre. No era del todo franca con él. Creo que él lo sabía y se lo tomaba con paciencia.

—¿Qué haces aquí?

—Esperándote —respondió él con una sonrisa. Cogió su mano obligándola a entrar en el pajar, cerrando la pesada puerta una vez que había entrado.

Aquel era el pajar de Dodert. Como monsieur Dodert era viejo, los miembros de la Resistencia a veces lo utilizaban sin su permiso.

—Peter, yo…

—Ya sé que este es un lugar de entrega. ¿Cuántos son?

—Cinco niños y dos mujeres —respondió.

—¿Tienes los papeles?

—Sí.

—¿Puedo verlos?

Marguerite los sacó de debajo del vestido y se los mostró.

Él les echó un vistazo y dio su visto bueno.

—¿Cómo lo has sabido?

—Perdieron a una niña por el camino y ha dicho «pajar» —explicó Peter, señalando hacia el fondo del pajar, donde entre unos fardos de paja asomaba la cabecita de una niña.

—¿Qué quieres decir con eso de que «perdieron»?

—En la carretera había un control y han intentado esquivarlo. No se han debido de dar cuenta de que la niña se había quedado atrás y se ha perdido. Es la única explicación que se me ocurre.

—No te creo. Eso no ha ocurrido nunca.

—Pues ahora sí.

—¿Cómo sabías que era este pajar?

—Tal vez porque monsieur Dodert está bastante cegato —contestó, con una sonrisa pícara—. Eso lo convierte en el sitio ideal.

—¡Nos podrían haber descubierto! —exclamó ella con cara de preocupación—. Es posible que corramos peligro, porque si tú has sido capaz de deducirlo, ellos también podrían…

La acalló con un beso. Ella trató de zafarse sin conseguirlo, pues en el fondo no deseaba hacerlo.

—¿Cuándo vas a confiar en mí? —le preguntó él, abrazándola.

—Sí confío, pero es que… tú tienes que hacer lo tuyo y yo tengo que hacer lo mío. No quiero que te veas implicado en esto. Es peligroso.

—Ya estoy implicado en esto, sobre todo en lo que respecta a mi corazón —afirmó, mirándola con ternura—. Ahora, ¿cómo te puedo ayudar?

—Yo me quedaré aquí con ella y tú podrías volver y decirles a los otros que no necesitan buscarla. Seguramente se están retrasando por eso… o al menos eso espero.

Él asintió y, con expresión animada, salió del pajar para ir en busca de los demás.

No le costó mucho encontrarlos. Estaban todos sentados al borde de uno de los caminos de tierra, no lejos de donde había hallado a la niña, con las manos a la cabeza: los cuatro niños y las dos mujeres que los ayudaban a huir. Dos soldados se habían bajado de un todoterreno para examinar sus papeles y él aparcó detrás.

Al verlo, se cuadraron para saludarlo.

—¿Ocurre algo? —preguntó con firmeza a uno de ellos.

—Sí, Herr Capitán. Los hemos encontrado caminando por aquí ¡y tienen los papeles caducados!

—¿Me permite? —pidió, alargando la mano para que le dieran los documentos.

Al mirarlos, comprobó que habían caducado el día anterior. Probablemente ese era el motivo por el que iban a reunirse con Marie Ellen.

—¿Qué explicación han dado?

—Ninguna —contestó con contundencia el soldado.

—¿No? ¡Seguro que la hay! ¡Pregúntenles! —ordenó, molesto.

—No hablan alemán y nosotros no hablamos francés, Herr Capitán —alegó, algo pesaroso, el soldado—. Solo entendemos algunas palabras.

Peter asestó una mirada de enojo a los soldados y a los civiles, que parecían aterrorizados.

Después les preguntó con aspereza en francés por qué no tenían los papeles al día. Su principal propósito era que los soldados captaran la dureza de su tono, aunque no lo comprendieran todo.

Una de las mujeres, rubia y de mediana edad, explicó que no se había dado cuenta de que se le había pasado la fecha y que tenía la vista medio mal, y que por eso no se había percatado. La otra parecía demasiado asustada para responder, pero al final declaró de manera un tanto inconexa que se había olvidado de mirar la fecha.

—¿Quiénes son estos niños? —preguntó, esperando que tuvieran preparada la respuesta.

—Son los hijos de madame Lloret —respondió la señora rubia, como si todo el mundo supiera quién era madame Lloret.

—¿Los cuatro? —preguntó, levantándole la cabeza, consciente de que al no indagar sobre la identidad de madame Lloret, los soldados creerían que la conocía, en el supuesto de que comprendieran algo de lo que decía, cosa de la que nunca se podía estar del todo seguro en esas circunstancias.

—¡Sí! —confirmó la mujer, dando a entender con la expresión que no entendía por qué le parecía extraño.

—Parece que los franceses nos superan en eso —comentó a los soldados—. Fijaos lo prolíficos que son. —Exhaló un suspiro—. Yo los dejaría seguir. Los papeles están caducados, pero en regla.

Aunque no parecían muy convencidos, los soldados inclinaron la cabeza, acatando su opinión.

Entonces se volvió hacia las mujeres y con extrema severidad les advirtió en francés de que si volvían a encontrarlas con alguna irregularidad en la documentación, recibirían un disparo en la cabeza. Luego les ordenó que fueran adonde tenían que ir y que no se movieran de allí.

Había utilizado palabras con las que los soldados estaban al menos familiarizados, como «Disparo» y «documentación», por más que no comprendieran el idioma. Después, por si acaso, Peter también les apuntó con el dedo, como si los fuera a disparar.

Los niños se pusieron a llorar. Aunque lo lamentaba, Peter se consoló pensando que con ello al menos les estaba salvando la vida.

Después se quedó observando junto con los dos soldados cómo se levantaban y se alejaban a pie. Habían tomado la dirección correcta.

Se quedó a charlar de temas intrascendentes con los soldados. Luego, cuando consideró que había transcurrido suficiente tiempo, se despidió de ellos, tomando no obstante la precaución de mandarlos en el sentido contrario por donde se habían ido las dos mujeres y los cuatro niños.

—Se salvaron por poco —comentó Eleanor.

—Sí, sí. Tuvieron suerte de que interviniera él.

Volvió a mirar por la ventana.

»Tenía un gran corazón. Él era diferente, no cabe duda.

»En un momento dado —rememoró, sonriendo—, en la ciudad requisaron varios edificios para usarlos como hospital de campaña. Aunque no era oficialmente médico, los que sí lo eran lo incluyeron en las labores, porque demostraba una especie de disposición natural y había, de hecho, casi terminado la carrera. Marguerite habría preferido dejar que se murieran, desde luego, pero él no podía obrar así.

»El caso es que un día, cuando ella salía de la iglesia, un soldado le ordenó que fuera a buscar vendas en las casas de los alrededores. En un primer momento, cuando la paró, ella pensó que iban a detenerla, pero entonces se dio cuenta de que el soldado tenía órdenes de encontrar algo que no podía siquiera pedir en francés.

»Después le dieron un delantal y le dijeron que ayudara en todo lo que pudiera, porque si no, iba a pagar las consecuencias. Peter, que estaba allí, le pidió que trabajara con él.

»Al principio, Marguerite era bastante reticente, pero al ver la abnegación con que él curaba, aliviaba el dolor, alentaba y asistía a muchos jóvenes en el lecho de muerte, porque muchos eran solo eso, muchachos, ella empezó a percibir, digamos, otros aspecto de la guerra, como la 'humanidad' que algunos procuraban aportar en medio de aquella desolación. En cierta manera, eso era lo que definía a Peter, su voluntad de ir más allá de las apariencias para descubrir el corazón humano... allá, en lo más profundo.

—¡No te entiendo! —protestó ella.

—Una vida es una vida, Marie Ellen —contestó, a su lado, Peter—. Yo no estoy aquí para juzgarlos, sino para ayudarlos, como médico. Muchos de ellos son solo chiquillos asustados.

—¡Chiquillos que nos matan, que meten a hombres, mujeres y niños en campos de exterminio! ¡Y que los dejan morir de hambre! —susurró.

—Sí, es verdad, pero también son muchos los que se preguntan cómo llegaron a esa situación y por qué. En cualquier caso, como médico... o casi... los tengo que ayudar, a todos, sea cual sea el bando con el que luchen.

—¡Te odio cuando haces esto! —musitó.

—Ellen, tú no odias. Solo estás enfadada.

—¡Sí odio! ¡Sé distinguir cuándo odio y cuándo no! ¡Y a ellos los odio! ¡A todos! —afirmó, todavía en un susurro, pero con enojo y actitud de desafío.

—¿Entonces por qué le tienes cogida la mano a este soldado? —le preguntó, mirándola a los ojos con paciencia y cariño.

Marguerite posó la vista en el soldado al que sujetaba la mano. No debía de tener más de veinte años y parecía aterrado, en estado de shock. Peter intentaba salvarle la pierna y lo más probable era que no lo lograría.

—¡Te estoy ayudando! —replicó ella, aún con tono retador.

—Sí, me estás ayudando, más de lo que sería estrictamente necesario. Tú tienes un gran corazón, Marie Ellen. ¿Por qué insistes en bloquearlo y dejar que lo invada la rabia?

Marguerite volvió la cabeza, para no mirarlos, ni a él ni al soldado.

Peter, por su parte, le dijo en voz muy baja al soldado, en alemán, que debía mantenerse inmóvil, que él iba a hacer todo lo que pudiera, pero que necesitaba que no moviera en absoluto la pierna. También le recomendó que siguiera sujetando la mano de la «enfermera» y que la mirara a ella… tan solo a ella.

—¿No hay nada para el dolor? —preguntó en un susurro Marguerite a Peter.

—No, ya no. Los alemanes… no estamos recibiendo el material que necesitamos, ya sean medicinas o de otra clase —explicó.

—Entonces emborrachémoslo —propuso—. Sé dónde hay alcohol.

—¿En la bodega de la panadería? —preguntó él, poniendo su atención de nuevo en la pierna del soldado.

—Sí —confirmó ella, mirándolo.

—Se ha acabado —le informó.

A continuación, anunció al soldado que iba a proceder a la operación y así lo hizo.

Una vez que la operación concluyó, ya de madrugada, él la acompañó a casa en un todoterreno. Se quedaron sentados afuera, en los escalones de la entrada, con sus ropas manchadas de sangre que no era suya. Abrazada a él, Marguerite dejó reposar la cabeza en su pecho.

—¿Por qué tú no los odias? ¿Por qué no los odias, sabiendo lo que hacen? —le preguntó.

—Detesto sus actos, Ellen, de manera visceral. No comprendo cómo se han podido volver tan inhumanos, y son despiadados, crueles en realidad. Siendo alemán, me causa vergüenza todo lo que hacen, la manera como tratan al prójimo, su convicción de ser superiores a los demás y las consecuencias que eso acarrea. La respuesta a la pregunta que me quieres hacer, pero que no alcanzas a expresar, es que sí, probablemente los mataría en otra situación, pero en una mesa de operaciones, como médico, no puedo negarme a ayudar, Ellen. Espero que lo entiendas.

Permanecieron en silencio largo rato y después se separaron para ir a descansar durante lo poco que quedaba de noche.

Madame Dennel volvió a abrir una dilatada pausa, posando la mirada en el suelo.

—Marguerite podía ser muy difícil a veces —prosiguió—. Él tenía, sin embargo, la virtud de sacar lo mejor de ella, de calmarla. Un día, ella vio que se llevaban a interrogar a unos amigos nuestros —evocó con una carcajada—. Los convocaron por unas acusaciones ridículas de un vecino.

Eso se daba mucho, porque había hambre y algunos querían… conseguir ventajas a costa de los demás. Pues bien, cuando él entró por la puerta, Marguerite le arrojó un libro, desde un par de metros de distancia.

—¿Y ahora qué he hecho? —preguntó él, esquivando el objeto justo a tiempo.

—¡Odio ese uniforme! ¿Cómo lo puedes llevar? ¡No quiero que entres en casa con ese uniforme, nunca más!

Peter se quedó parado mirándola.

—Muy bien —dijo, dejando la gorra de capitán encima de la mesa, antes de empezar a desabotonarse la camisa.

—¿Qué haces? —le preguntó ella.

—Quitarme el uniforme.

—¿Aquí? ¿Ahora? —preguntó con incredulidad.

—Sí. Como has dicho que no me querías ver en la casa con el uniforme, me lo quito para complacerte.

—¿Aquí? ¿Delante de mi madre? ¿De Émilie y Béatrix?

—Sí, claro.

—¡Arjjj! —exclamó ella, lanzándole otro libro, antes de marcharse por la puerta de atrás.

Las tres estábamos aquí mismo sentadas, presenciando la escena. Peter nos sonrió, nos guiñó un ojo y después se fue tras ella.

—¿Me vas a querer explicar qué pasa? He estado fuera dos semanas, ¿y así me recibes? —le preguntó, con una gran sonrisa en la cara.

—Se han llevado a unos amigos nuestros…

—La familia Grenoire.

—¡Sí!

—Ya están de vuelta en casa.

—¿Cómo lo sabes?

—Porque yo los he acompañado de vuelta. Estaba muy claro que el vecino pretendía conseguir un favor del capitán del destacamento. No era difícil ver que todo era una mentira.

Marguerite suspiró, mirándolo.

—¿Y bien? —inquirió él.

—¿Y bien qué?

—¿Te vas a disculpar?

—¡No! ¡Odio este uniforme!

—Bueno. —De nuevo pasó a desabotonarse la camisa.

—¡Peter! ¡Para!

—Discúlpate.

—¡No!

—Muy bien —contestó, quitándose la camisa para después desabrocharse el cinturón.

—¡Ay! ¡Por favor! ¡Para, por favor!

—Discúlpate —reclamó él, amenazando con quitarse los pantalones.

—¡De acuerdo! ¡Perdona! No he debido tirarte esos libros. Es solo que… es por lo que ese uniforme significa —arguyó, cruzándose de brazos con firmeza.

—Pero tú sabes que no me representa a mí, lo que yo soy, lo que siento ni lo que pienso —contestó él con seriedad—. A estas alturas ya lo sabes, como también sabes que no me lo puedo quitar… todavía. —Hizo una pausa—. Corre el rumor de que los Aliados están cerca. Yo me quedaré para ayudar a los heridos que no pueden desplazarse. Después es posible que me lo pueda quitar.

—¡Te van a hacer prisionero! —exclamó ella con preocupación.

—No, no lo creo. Yo he ayudado a muchas personas del pueblo. Aparte, están los de la Resistencia, que responderán por mí. Creo que, pasado un tiempo, todo se arreglará.

En ese momento estaban situados cara a cara.

—Lo siento, de verdad —dijo ella, arrepentida.

—Lo sé.

—¿Peter? —dijo con un hilo de voz.

—¿Qué?

—Estoy asustada —confió, con lágrimas en los ojos.

—¿Por qué?

—Porque te quiero, y me da miedo quererte, me da miedo amar… —confesó, dejando correr las lágrimas por las mejillas.

—Yo también te quiero —dijo él, estrechándola contra sí—. Mi valiente leona, te quiero con todo mi corazón.

Ella lo miró, riendo, mientras él le enjugaba las mejillas.

—¿Valiente leona? —preguntó.

—¡Si! Y no quiero que cambies.

—¿No tienes frío?

—Pues la verdad es que sí, un poco, aunque ahora hay una buena temperatura aquí —comentó animadamente, sin dejar de abrazarla.

—Entremos, que te prepararé un té —ofreció ella, tomándolo de la mano al tiempo que le recogía y entregaba la camisa.

—¿Y me vas a poner azúcar?

—Sí, será con azúcar —confirmó, riendo.

Antes de irse, se detuvo.

—¿De veras te habrías quitado el uniforme en la sala, o aquí conmigo? —preguntó, con una curiosa carcajada.

—¿Te apuestas? —contestó él, enarcando una ceja.

—¡Aj! —exclamó ella, adelantándose hacia el interior.

—En cierta manera, intentaba hacerle más llevadera la guerra. Había veces, sin embargo, en que por más capitán que fuera, no podía resolverle las cosas, aun estando pendiente de los que sufrían la represión, como ese día en que encontraron a dos miembros de la Resistencia en el pueblo y los fusilaron en la plaza. Él intentó ayudarlos, pero no pudo.

»Fue un día terrible, y todos pensamos que ella se iba a distanciar de él, y sin embargo fue entonces cuando más se apegó a él. Los dos quedaron afectados, sobre todo porque a él lo hicieron intervenir para asegurarse de que los dos «traidores», como los llamaban ellos, estaban muertos.

»Marguerite estaba en la parte de atrás, en un sitio donde los que iban a fusilar pudieran verla. Nunca abandonaba a nadie, nunca. Y a él le tocó estar en primera línea, junto al capitán de la Gestapo.

»Después de que les dispararan, fue a confirmar lo que era evidente, que estaban muertos, pero el capitán de la Gestapo se acercó con él, y una vez que recibió la confirmación, siguió disparándoles.

—¿Y qué pasó? —preguntó Eleanor.

—Peter lo paró, agarrándole la pistola con la mano.

—¡Ya basta! —dijo Peter, mirando directamente a los ojos al capitán de la Gestapo mientras le cogía la pistola.

—¡Lo voy a mandar detener, en primer lugar por humillarme, Herr Doctor! —espetó—. ¡Nadie se entromete con la Gestapo, y menos aún delante de mis hombres!

—Bueno, hágalo si quiere, pero como ve, yo soy médico, y como tal, estoy obligado a decirle que ya es suficiente. Ya ha hecho su demostración de fuerza, ¡ante todos!

—¿Ante todos? ¿De verdad, Herr Doctor? ¿Incluso usted? —Calló un instante, mirándolo con curiosidad—. ¿Quiere que le diga algo? A veces me parece que está cambiando de bando. ¡Ándese con cuidado o podría ser el próximo! —amenazó, bajando la vista hacia los dos cadáveres.

Después recuperó la pistola de manos de Peter y disparó dos balas más a cada uno.

—Yo soy médico, Herr Capitán, y a veces no podemos regirnos por bandos, pero haga lo que le plazca.

Se quedaron mirándose un momento a los ojos.

—¡Tiene suerte de que lo necesito! ¡Procure serme útil! ¡Siempre! —dijo, dando media vuelta para abandonar la plaza.

Madame Dennel posó la mirada en el regazo.

—Después ocurrió lo peor —agregó.

Aunque antes sonreía, mirando por la ventana, entonces se volvió con expresión grave hacia Eleanor y Antoine.

»Los americanos estaban muy cerca y la *Résistance* había saboteado muchos camiones, puentes y convoyes alemanes. Nosotros no estábamos implicados en esas actividades, pero sí ayudamos a escapar a sus autores, o les prestábamos como mínimo refugio. Antes de que llegaran los americanos, habíamos escondido más de cincuenta, dentro y fuera del pueblo. Por lo general, nunca metíamos a nadie aquí, pero esa vez aceptamos a unos cuantos.

»Llegaron de noche, y fue Marguerite la que los escondió en un sótano que había debajo del corral de los cerdos. Debían quedarse como mínimo hasta la retirada de los alemanes del pueblo, que parecía inminente.

»Nosotras nos turnábamos para llevarles comida y ellos también se alternaban para salir de su escondite. Eran seis. Una tarde, al volver con mi madre del campo, entramos en la casa por la cocina y oímos llorar al niño.

Calló un instante y suspiró con tristeza.

»Lo que vimos nos dejó sobrecogidas. El niño lloraba en su cuarto, seguramente extrañado de que nadie acudiera a cogerlo.

Respiró hondo.

»Aquí en el suelo estaba Catherine —dijo, señalando frente a sí—. La habían disparado. Marguerite estaba aquí también; había llegado un poco antes que nosotras. Estaba sentada en el suelo, con la cabeza de su madre apoyada en el regazo, y no se percató de nuestra llegada ni de que lloraba el niño.

—¡Ellen! —gritó Émilie—. ¿Qué ha pasado?

Béatrix se arrodilló al lado de Marguerite.

—¿Quién ha sido?

Marguerite se volvió hacia Béatrix, con la mirada extraviada.

—Béatrix, tráeme la pistola. Ya sabes dónde está —añadió con voz inexpresiva.

—¿Qué vas a hacer? —preguntó Béatrix.

Émilie había ido a consolar al niño. Le dio un pedazo de pan para que lo chupara, pero lo dejó en el cuarto y volvió a la sala.

Béatrix se había quedado con Marguerite y aún seguía indecisa.

—Por favor, Béatrix —volvió a pedirle esta.

Émilie asintió con la cabeza y su hija fue a buscar el arma a la habitación de su madre.

Marguerite se levantó, se acercó al sofá, levantó un cojín y sacó varias balas de un orificio del fondo.

—Ellen… —dijo Émilie.

—Sé lo que ha pasado. —Marguerite cogió la pistola que le tendía Béatrix.

—¿Estabas aquí?

—No —respondió, dirigiéndose a la puerta.

Béatrix y Émilie fueron tras ella.

Marguerite fue hasta el granero. Allí había agazapados seis hombres.

—¡Os tenéis que marchar! —los apremió Marguerite—. Nos han denunciado. Tenéis que iros todos a la granja de Vinote. ¿Quién sabe cómo llegar allí?

—Yo —dijo un hombre bajito y delgado.

—¡Perfecto! ¡Rápido, rápido! —los alentó.

Todos los hombres echaron a correr. Cuando habían cubierto un trecho, oyeron un grito penetrante, un disparo y las palabras en alemán: *Retten Sie sich! Auf den Boden!* Todos los fugitivos se volvieron, con excepción de uno, que se había arrojado al suelo tal como exigían aquellas palabras.

—¡Es alemán! —lo acusó con frialdad Marguerite—. ¡Es un espía, y ha matado a mi madre!

Dos de los hombres lo sujetaron de inmediato cuando intentaba escapar. Luego lo tiraron al suelo, le ataron las manos a la espalda y lo amordazaron.

Marguerite lo apuntó con la pistola.

—Mi madre lo ha reconocido y le ha disparado.

—¿Ha matado a Eloïse? —preguntó uno de los hombres.

El individuo amordazado sacudió con vehemencia la cabeza, pero lo llevaron a empujones hasta el granero y todos entraron con él.

—¡Yo digo que lo liquidemos ahora mismo! —propuso uno de ellos, arrojando al alemán al suelo. Después lo ató a una columna de madera y lo registró. No llevaba documentación encima.

—No —disintió Marguerite—. Hay que averiguar lo que sabe o lo que ya ha revelado. Pero tenéis que iros todos —indicó a la totalidad del grupo—. Nosotras ya nos arreglaremos, pero por favor ¡marchaos ya! Es importante. Van a empezar a quemar casas y pajares, como en *Plétard*. Tenéis que ayudar a resguardar a la gente.

Los hombres asintieron y se fueron. Antes, sin embargo, le dejaron otra pistola.

Marguerite observó al individuo atado. Después se acercó y le quitó la mordaza de la boca.

El hombre parecía furioso.

—¿Quién eres? —le preguntó ella con calma.

—¡Ja! ¿Crees que te lo diría?

Marguerite apuntó y le disparó a una pierna.

Émilie había vuelto a la casa. Béatrix, que se había quedado, dio un respingo.

El hombre soltó un grito de dolor.

—Lo siento —se disculpó, mirándolo—, pero hoy no me siento benévola.

—No estaba espiando. Soy… ¡soy un desertor!

—¡Mientes! —espetó, volviendo apuntarlo con la pistola.

—¡No, es verdad!

—Eres un espía y mi madre te reconoció porque te había visto en París.

El hombre puso una mueca de dolor, sin contestar nada.

—¡Muy bien! —concluyó Marguerite.

Luego entregó el arma a Béatrix y, tras cerciorarse de que las cuerdas estaban bien atadas, se encaminó con ella a la puerta.

—¿Me vais a dejar así? ¿Sangrando?

—¿Hay algo que quieras decir? —le preguntó ella.

El hombre volvió a guardar silencio.

Marguerite se encogió de hombros y le dio la espalda.

El alemán se apoyó en la columna y cerró los ojos mientras Marguerite y Béatrix se marchaban, cerrando la puerta.

Una vez en la casa, Marguerite se desplomó en el suelo y se puso a llorar con desconsuelo.

—¿Se murió? —preguntó Antoine.

—No. Mi madre fue y le quitó la bala y le limpió la herida. Se desmayó varias veces, pero no se murió. Tuvo suerte de que no le perforara la arteria femoral. Creo que fue la única persona a la que disparó Marguerite en toda su vida.

—¿Era un desertor? —inquirió Antoine.

—No, entonces no. Se había disfrazado y adoptado la identidad de un francés. Se había infiltrado en la Resistencia alegando que lo perseguían los alemanes. Su intención era denunciarlos a todos. Nosotros supusimos que había recibido órdenes de algún oficial de rango y que probablemente había más personas implicadas. Dos horas después, acudió otro grupo a recogerlo y se lo llevaron para interrogarlo.

Calló un instante y, tras exhalar un suspiro, retomó el relato.

—Fue un error. Debimos haberlo matado —afirmó, agachando la cabeza.

»Los americanos ya estaban cerca —prosiguió—. Los alemanes emprendieron la retirada. Peter encontró una manera de quedarse. Como médico, nadie tenía quejas de él. Muchos franceses atestiguaron a su favor cuando llegaron los americanos, y también los miembros de la Resistencia, así que no lo detuvieron y lo dejaron continuar con su labor.

»Cuando Peter se enteró de lo de Catherine, Eloïse, acudió en cuanto le fue posible. Los alemanes ya se habían marchado, pero habían incendiado muchas granjas y casas, y matado a mucha gente. Nosotros tuvimos suerte, se podría decir.

»Peter vino y se quedó con nosotros varios días. A raíz de la muerte de su madre, Marguerite parecía haber perdido apego a la vida, como si se estuviera acabando el mundo. Con Peter, parecía recobrar un poco el ánimo, aunque no del todo.

Ella estaba en el huerto, preparando la tierra; Peter ignoraba con qué propósito. Descargaba la azada en el suelo con todas sus fuerzas. Él se acercó y se detuvo a su izquierda. Acababa de llegar y lo habían puesto al corriente de lo ocurrido. Antes había oído rumores. Esperaba que no fueran ciertos, pero sí lo eran.

—Ellen —la llamó con ternura.

Ella no dio señales de haberlo oído.

—Ellen —repitió, elevando un poco la voz.

Ella seguía aporreando la tierra con más brío.

Peter se aproximó y, cogiendo el mango de la azada, la paró.

Reaccionó mirándolo con ira y odio. Estaba tan consumida por aquellas emociones que no parecía siquiera verlo.

Peter le quitó la azada, la dejó en el suelo y la abrazó con fuerza.

Al principio se resistió, pero después, rodeada por sus brazos, cedió y dio rienda suelta al llanto.

—Desfógate, Ellen. Suéltalo. Siento mucho no haber estado aquí, pero ahora lo estoy. Debes dejar salir ese dolor.

Sostenida en el abrazo, temblando y llorando, dejó escapar todo lo que había guardado adentro y había sido incapaz de expresar.

Después, al mirarlo, advirtió que no llevaba el uniforme.

—No, se han ido, y yo me quedo. No me van a detener ni me van a llevar preso. Está decidido que voy a seguir prestando los mismos servicios que antes. Nuestros amigos salieron de inmediato a respaldarme, así que no tienes por qué preocuparte.

Se fueron a caminar. Acabaron cerca del río, en el lugar en el que se había enamorado de él.

Estuvieron hablando largo rato. A su regreso, ella parecía estar mejor, mucho mejor. Le preguntó si quería pasar la noche con ella y él aceptó. Se quedó tres días y tres noches enteros. Trabajaron en el campo, se ocuparon de los animales y él arregló una tubería y la cerca de madera del gallinero.

Por las mañanas, se sentaban en los escalones de la puerta para ver al niño jugar en el jardín y el arenero que le había preparado Catherine.

—¿Sabes? Es curiosa la manera de ser de los niños —comentó él, recogiendo el grillo que le acababa de traer el pequeño—. Ellos tienen una capacidad que nosotros parecemos haber perdido.

—¿Y cuál es? —preguntó ella, observándolo como se levantaba para ir a colocar el grillo encima del montículo de arena.

—Es como si siempre encontraran algo nuevo con lo que maravillarse. ¿Y sabes qué es lo más curioso? Puede tratarse de cosas tan simples como esto, un pequeño insecto. No necesitan más. Con esto quedan fascinados, deslumbrados, asombrados, desbordantes de alegría… e incluso de amor, por más increíble que parezca. Es un amor a la vida, a lo que es capaz de ofrecer, aun cuando no se estén dando cuenta. Y lo único que están haciendo es disfrutar de lo que les rodea. No buscan, sino que simplemente encuentran, porque están predispuestos a ello.

»Nosotros no solo no buscamos, sino que no encontramos, porque ya no somos capaces de verlo. Olvidamos que lo trivial, las pequeñas cosas cotidianas, tienen una gran influencia en la felicidad de cada uno. Olvidamos que nos pueden llenar de alegría… ayudarnos a avanzar.

»Si tuviéramos una mayor predisposición, una mayor sensibilidad, como los niños, nos serviría de motivación para vivir más en contacto con nuestro entorno. Estaríamos más contentos y probablemente más satisfechos con nuestro día a día, por más sencillas que sean nuestras vidas.

—Parece demasiado simplista.

—Pues a mí es lo que me ayuda, lo que siempre me ha ayudado, a detectar en medio de toda la fealdad que nos ha rodeado, un fondo de belleza, de amor y de alegría… un motivo para continuar, para seguir viviendo, para vivir, de hecho, por aquellos que nos han dejado, para vivir… al máximo.

»Para volver a aprender a maravillarnos con las pequeñas cosas. A decir verdad, si algo nos enseña la guerra, es que no necesitamos más. Nuestra mente nos llena de necesidades y siempre parece que quiere que estemos en la búsqueda de más, y esas necesidades a veces son difíciles de saciar. Nuestros corazones, en cambio, se contentan con mayor facilidad si estamos dispuestos a acoger el amor que nos rodea, el amor que impregna todo cuanto tenemos al alcance.

—Lo que nos rodea es dolor y desesperación —lo contradijo con despecho.

—Sí, y la única manera de superarlos es volver a ser como el niño que se cae, llora y es capaz de olvidar de inmediato el dolor cuando de pronto se distrae con la siguiente cosa maravillosa con la que se topa.

—Una teoría muy bonita —dijo ella, con la misma actitud de despecho.

—Mira, Ellen, a tu hijo. Está rebosante de alegría y de amor. Lo irradia de su persona. Y tú, con todo tu dolor, toda tu rabia y odio, nunca has tratado de arrebatarle eso, ni le has reprendido de ninguna forma por eso. Si te mantienes a distancia de él, no es solo por un recuerdo y por lo que pueda representar para ti su presencia, sino porque temes quitarle esa parte de él y transmitirle tu forma de sentir.

»Tú seguramente fuiste como él, pero te lo arrebataron, y tú no quieres quitárselo a él. Es algo que todavía está vivo en ti, aunque no lo dejes aflorar a causa de la rabia y el odio que alimentas.

—¿Que alimento?

—Sí, que lo alimentas, Ellen. Te dejas consumir por ellos. Y, aun así, dime, ¿a cuántos alemanes has matado? ¿A cuántos has colocado en una situación que le llevara a la muerte? Todo ese deseo de venganza que crees albergar no lo conviertes en actos; nunca, nunca has sido capaz de ello, ni teniendo la oportunidad para hacerlo.

Ella desvió la vista.

»Tú también, igual que él, estás llena de amor. Tú también, como él, eres capaz de sentir la magia y el embrujo de algo tan pequeño como un grillo. Ellen, tienes que soltar esa carga y reconciliarte contigo.

Calló un momento, sonriéndole.

»¿Sabes una cosa? Ese soldado al que tuve que amputar la pierna todavía se acuerda de ti. Dice que nunca sintió tanta fuerza y valor como ese día, y que notó que todo le venía de ti, que se lo transmitías tú. Me dijo que jamás olvidará mientras viva la manera como lo cuidaste, estuviste presente, motivándolo, consolándolo y a la vez incitándolo a resistir, a no darse por vencido, a pasar por ese trance con fortaleza.

Se volvió para mirar al niño y después de nuevo a ella.

»Lo vi el día en que llegaron los americanos. Me senté a charlar con él porque es uno de los pocos que parece… no sé, distinto de los demás. Me preguntó «Herr Doctor, es una manera de dar amor, ¿no cree usted? Yo soy el enemigo y, sin embargo, ella compartió conmigo la valentía de su corazón… su amor. Si la ve, dígaselo. Cuéntele que no lo olvidaré nunca.»

Peter vio las lágrimas que le rodaban por la cara.

—Siempre estoy cargada de odio y de rabia, Peter. ¡No sé cómo remediarlo! —concedió con desesperación—. Me doy cuenta, soy consciente de ello. A veces… es como si me quemara y me provocara náuseas. ¡No hay forma de que se vaya! ¡Además, en cierta manera, es algo que me ayuda a seguir adelante!

—No te ayuda a seguir adelante, Ellen. Está consumiendo y destruyendo lo que queda de ti.

—¡No sé cómo parar! Es como si creciera dentro de mí, como un niño.

—Pues a mí me parece que tu corazón sí lo sabe —respondió él, sentándose a su lado para rodearla con los brazos—. Lo único que necesita es que le des una oportunidad. Bastaría con que lo dejaras colmar con lo que tenemos nosotros, con la promesa de días y de tiempos mejores, con el amor de todos los que te rodean y te quieren, de todos los que te quisieron y estuvieron a tu lado, como tu madre. Ella no querría que te quedaras en el estado en que estás. Deja que tu corazón se empape de todo eso. Forma un tapiz con los buenos recuerdos y el amor que te ofrecieron y te ofrecen todavía, y con los buenos recuerdos y el amor que está por venir, porque todo eso vendrá hacia ti. Ábrete, por favor, a esa perspectiva.

El niño acudió y se sentó delante de ellos, observando entre risas algo nuevo que tenía en la mano. Esa vez, era una hormiga pequeñita. El insecto corría a tal velocidad por sus dedos que no logró retenerlo y lo perdió de vista. Después de mirar a su alrededor, buscándola con perplejidad, los miró a ellos y se echó a reír, ocasionando una onda vibratoria en todo su cuerpo. Sus ojos azules chispeaban con la misma alegría que transmitía.

Marguerite se volvió hacia Peter y hundió la cara en su pecho.

Se quedaron así los dos, largo rato, ella abrazada y él abrazándola, y de vez en cuando meciéndola con toda la ternura y la paz que lo embargaba.

Atrayéndola más hacia sí, si acaso era posible, le susurró algo al oído.

—Ellen ¿me dirías cuál es tu verdadero nombre, ahora que ha acabado la guerra?

Ella siguió callada un momento.

—Marguerite —respondió por fin—. Mi verdadero nombre es Marguerite.

—Un nombre precioso, y por supuesto sabes lo que significa ¿no?

—No.

—Significa, entre otras cosas, amor y nuevos comienzos. Marguerite, trata de empezar de nuevo —le rogó, estrechándola—. ¿Quieres?

—¿Contigo?

—También es necesario que te impliques tú.

—¿Me ayudarás?

—¡Claro!

Peter siguió ayudando a los aliados, como médico y con lo que fuera necesario. Como hablaba bien inglés y francés, se hallaba en condición de servirles como intérprete, cosa que ellos agradecieron sobremanera. Por eso aceptó acompañarlos tal como le habían pedido.

Madame Dennel calló uno segundos.

»Sin embargo, la mañana en que se iba a marchar, murió de un disparo, delante de Marguerite, que había ido a acompañarlo a la estación de tren.

»Fue aquel mismo alemán que se había infiltrado en la Resistencia. Había escapado, por lo visto, y estaba desertando. Se toparon con él justo antes de llegar a la estación. Los habría disparado a los dos, pero Peter se colocó delante de Marguerite y el niño en cuanto vio la pistola. Marguerite salió ilesa, pero Peter recibió de pleno la bala.

»La gente oyó el disparo y trató de atrapar al alemán, pero este desapareció, y al cabo de unos minutos… Peter había muerto.

Se produjo un profundo silencio.

»Entonces Marguerite se aisló por completo del mundo. Desde la muerte de Peter, vivía prácticamente en silencio. Lo único que hacía era trabajar. Apenas comía ni dormía y evitaba toda compañía a ser posible. No la vimos llorar. Era como si no pudiera. Parecía impasible frente a todo lo que la rodeaba.

»La guerra terminó por fin, Berlín fue liberado y en el pueblo, las cosas empezaban a recuperar poco a poco la normalidad. Todo el mundo tenía penas que curar, pero parecía como si ella no fuera a poder sanar, para nada.

»Se quedó con nosotros tres meses más, pero después tomó la decisión de irse y de llevarse al niño con ella. Dijo que tenía algo importante que hacer y que no podía postponer más.

Llamó suavemente a la puerta.

—Sí. Adelante —se oyó desde el interior.

Béatrix entró. Encima de la cama, había una pequeña maleta, casi llena, con ropa de Marguerite y del niño.

—Marguerite —dijo Béatrix con timidez.

—Dime —contestó ella, sin mirar a su amiga.

—Ya sabes que te puedes quedar. ¡Te puedes quedar para siempre!

— Esta no es mi casa —afirmó sin rodeos.

—¿Cómo puedes decir eso? —preguntó Béatrix, acercándose.

—Esta no es mi casa. Yo no tengo casa —declaró, cerrando el cajón del armario y pasando la mano por encima como si se despidiera—. Las dos lo sabemos.

Se dirigió a la ventana y miró hacia afuera.

—Aquí siempre serás bienvenida —aseguró Béatrix.

Marguerite se volvió. Béatrix se acercó a ella y se abrazaron.

—Ya lo sé —repuso en voz baja Marguerite—, pero esta es vuestra casa. Tienes que entenderlo.

Se sentaron en la cama.

—¿Dónde está tu casa, si no es aquí? —planteó Béatrix.

—No lo sé, pero me tengo que ir. Además, hay algo que debo hacer —añadió con frialdad.

Béatrix posó la vista en la maleta y entonces vio el arma. Luego oyó un sollozo.

—Marguerite ¿qué vas a hacer con la pistola?

Marguerite miraba un pañuelo que tenía en la mano.

—¿Sabes? Ni siquiera tengo una foto de él. Me da miedo olvidarme de cómo era.

Dio rienda suelta a un llanto desgarrador. Béatrix iba a decir algo, pero Marguerite se le adelantó.

—¿Sabes lo que me dijo Peter antes de morir? —dijo entre sollozos—. Me cogió la mano y dijo, «Te quiero, Marguerite, y siempre te querré. Tú eres mi corazón y sé que mi corazón vive en ti, pero ahora te pido que recuerdes, por favor, que esa rabia, odio y deseo de venganza no deben tener cabida en un corazón. Eso no te dejará amar, y tú sabes amar. Marguerite, no permitas que esos sentimientos te destruyan. El niño es tú; él ama como tú. Deja que siga siendo tú, tal como has hecho hasta ahora. Tú le diste el regalo más valioso que hay en la vida, Marguerite, y fue por una razón. Procura deshacerte de esa necesidad de venganza, del odio que sientes… ¿Querrás hacerlo por mí, por favor? No dejes que esta guerra y toda su maldad destruyan lo que eres, lo que puedes volver a ser, ni que lastimen y dejen marcado al niño de paso. ¿Querrás hacerlo por mí, por favor? Yo siempre estaré contigo, vigilando, Marguerite. Búscame siempre en tu corazón. Marguerite, no te cierres al amor, ¿querrás hacerlo por mí?»

Las dos permanecieron en silencio, mientras redoblaban los sollozos.

—Yo… soy incapaz de amar, Béatrix. ¡Solo puedo odiar y odiar! No puedo olvidar. Solo puedo recordar y recordar. ¡Quiero vengarme! ¡Quiero que sufran! ¡Que mueran, si aún no han muerto! ¡Quiero matarlos yo misma! ¡A los dos! —Mirando a su amiga a la cara, anunció—: Les voy a seguir el rastro a ambos y los mataré, al asesino de mi madre y de Peter, y al padre del niño.

—Marguerite, ¿cómo piensas hacer eso?

—Sé dónde podría estar viviendo.

—¿Quién?

—El monstruo que me violó —contestó sin más.

—¿Cómo lo vas a localizar? Es posible que esté muerto. Y el espía alemán… hay mucha gente buscándolo.

—El espía me va a costar más encontrarlo; es como un camaleón. El otro no —aseguró con aplomo.

—¿Por dónde vas a empezar?

Marguerite se levantó y sacó un pedazo de papel de un bolso que había doblado detrás de la maleta. Era un sobre que había estado plegado, arrugado, con una carta adentro, y una dirección por delante y otra por detrás, probablemente un remite.

—Esa noche, la noche del… incidente, debía de haberle agarrado el bolsillo de la camisa o algo por el estilo, porque después… después del asunto, me encontré esto aferrado en mi mano. Es una carta de su hermana, en la que habla de la granja de la familia y de sus ganas de que vuelva después de la guerra. Le dice que necesita su ayuda, que sus padres estaría orgullosos si aún siguieran allí. O sea, que si está vivo, estará allí.

—¿Y el niño?

—Estará bien, no te preocupes. Te prometo que cuidaré de él —aseguró mirándola a los ojos.

Béatrix asintió.

—¿Quieres que tu madre y Peter sigan aquí? —preguntó Béatrix—. Podríamos trasladarlos al cementerio del pueblo.

—¡No! —contestó con brusquedad—. Bueno, si a ti y a tu madre no os molesta, preferiría que se queden donde reposan, donde realmente reposan.

—Algún día pondremos alguna lápida o algo, pero descansarán aquí, no te preocupes.

Guardaron silencio un momento.

—¿Me escribirás para contarme cómo estáis tú y el niño?

—Sí, claro ¡tú eres mi amiga de verdad! —exclamó Marguerite, abrazándola.

En la sala se instaló un silencio que ninguno de ellos quiso quebrar.

—Escribió tal como había prometido, pero no me lo contó todo.

—¿Cumplió su propósito? —preguntó Antoine.

—No lo sé, y no pude preguntárselo porque nunca supe adónde enviar una contestación. De todas maneras, incluso si hubiera tenido una dirección, habría sido inútil. Cuando Marguerite no quería que se supiera algo, no había forma de sonsacárselo. A veces podía ser muy abierta, pero cuando no quería revelar algo, era impenetrable.

»En la primera carta, enviada desde la India, parecía mejor, más tranquila y desapegada de la vida que había llevado aquí y en París. Por la manera como escribía, parecía como si su vida del periodo de la guerra hubiera desaparecido de su pensamiento o que ya no la atormentara tanto. Yo siempre sospeché que yo era el último eslabón y que un día acabaría suprimiéndome a causa de su necesidad de borrar el pasado, y sin embargo no lo hizo.

«Me habló de tu tío, de cómo lo conoció, de cómo se había enamorado de ella, de que no podía tener hijos pero que a ella le daba igual, de su boda y de su vida en la India. La segunda carta la envió desde Inglaterra y en ella me contaba detalles de su vida en ese país… y de ti. Tiene un elevado concepto de ti, Eleanor —declaró con orgullo—. La tercera carta llegó cuando murió tu tío, pero desde entonces no he recibido ninguna más.

Permaneció callada un momento.

—¿Quieren ver las tumbas? —propuso.

Ambos asintieron y salieron con ella afuera. Tardaron un poco en llegar, porque Béatrix necesitaba la ayuda de su hija, pero aun así insistió en mostrárselas.

Los condujo más allá de los antiguos establos, que aún seguían en pie, y después torció a la derecha, por donde partía un sendero. Allí, cerca del sendero, había un retazo de terreno verde rodeado por una cerca de madera blanca. Adentro se encontraban dos tumbas, con las lápidas bien legibles.

Se recogieron un momento allí y después de rezar una oración, se dirigieron a la casa.

—Así que nunca volvió —dedujo Eleanor.

—No, y para ser sincera, el día en que se fue, no tenía muchas esperanzas de volver a verlos nunca más.

Antes de llegar a la casa, se detuvo de improviso.

—Su madre era la niña de doce años ¿verdad? —preguntó a Antoine.

—Sí —confirmó este, sorprendido.

—No era difícil de adivinar. Me percaté de su reacción el otro día. Quizá pueda propiciarle que cierre ese capítulo. No fue culpa suya, ni Marguerite creyó nunca que lo fuera. Quizá ahora, siendo adulta, pueda entenderlo. Tal vez ahora pueda desprenderse del peso que es probable que cargue todavía.

Antoine asintió con la cabeza.

»De todas formas, creo que deberían continuar con sus averiguaciones —dijo, mirando a Eleanor.

—¿Continuar?

—Sí, sí, creo… creo que será beneficioso. Me parece que últimamente ha ocurrido algo que la ha hecho volver al pasado y cerrarse al mundo. ¿Por qué le iba a dar, si no, la carta pidiéndole que la entregara a Marguerite? ¿Por qué iba a insistir en que «Marguerite sabría lo que había que hacer»? Eso fue, más o menos, lo que dijo ¿no?

—Sí, así es, más o menos, pero la carta iba dirigida a Catherine.

—Sí, por supuesto. Su madre.

»Creo que —añadió tras marcar una pausa—, por segunda o tercera vez en su vida, necesita que la rescaten, y que así lo está pidiendo, aunque no sea consciente de ello. Aunque también es posible… que sí lo sepa. Marguerite siempre ha sido muy misteriosa.

»Sí, creo que los dos deben seguir, tal como he dicho. —Esbozó una sonrisa pícara—. Yo tengo la dirección que había en el sobre de ese soldado, adonde se fue con el niño cuando se marchó de aquí. La anoté ese día, al volver a mi cuarto. La he guardado desde entonces. ¿Quieren que se la dé?

Capítulo 15

Lo saben

Salieron hacia París a primera hora de la mañana. La noche anterior, se fueron cada uno a su habitación, completamente absortos en sus reflexiones, abrumados por la carga de información que habían recibido.

—No sé qué pensar —dijo Eleanor de repente, apartando la mirada del paisaje que desfilaba por la ventana del Citroën.

—Ya somos dos —contestó cariñosamente Antoine, sin desviar la vista de la carretera.

El ruido del motor pareció rellenar el silencio que se produjo a continuación.

—Voy a tener que hablar con mi madre de… bueno ya sabes —comentó él, con patente preocupación.

—¿Quieres que… te acompañe?

—No sé. No estoy segura de qué será mejor. Ella se enterará de que yo lo sé, de que tú lo sabes, de que dos mujeres que viven en el sureste de Francia también lo saben… y aparte, hay algo más.

Eleanor lo interrogó con la mirada.

»El día en que estuvimos hablando con mi madre, ¿te acuerdas?

—Sí.

—Nos contó que la última vez que vio a tu tía fue en la estación de tren ¿no? Una tarde en que había ido con alguien que esperaba a unos parientes. Había visto a Marguerite en un tren con destino a Alemania. Tendría que decirnos si estaba sola o si el niño iba con ella también ¿no crees?

—Sí, si es que puede.

—Bien. Y después iremos los dos a ese sitio de Alemania que consta en la dirección que nos dio Béatrix.

✥

Antoine fue a ver a su madre al día siguiente. Había decidido ir solo, considerando que ya habría tiempo de sobra en caso de que necesitara la presencia de Eleanor.

Le relató, despacio, toda la historia desde el principio. Cuando mencionó al niño, advirtió que desviaba la vista y juntaba las manos.

—Supe que era suyo desde el momento en que lo vi. Es que… era igual que ella. Lo llevaba sentado en las rodillas. Debía de tener… unos tres años. Reía y sonreía sin parar. Ella miraba por la ventana; por eso me vio. Tenía una expresión seria y parecía observar fijamente el andén.

»Al verme, sonrió, saludó con la mano y me enseñó el niño. Hizo que el niño me mirara también. Después, antes de que pudiera darme cuenta de que debía de ser su hijo, el tren empezó a moverse de repente y los perdí de vista.

—*Maman*, no fue culpa tuya —le dijo, cogiéndole ambas manos—. Es posible que Marguerite estuviera asumiendo ya demasiados riesgos y poniéndoos a todos en peligro. ¿Y si la hubieran descubierto con alguien a quien buscaban, o con alguien a quien ayudaba a salir de la ciudad?

—Sí, sí, pero ahora que lo sé, la admiro aún más. Ni siquiera su madre estaba al corriente de su actividad. Ella creía que su hija solo falsificaba permisos y documentos de identidad. Aun así, Antoine,— dijo, ahora cogiendo sus manos y mirándolo a los ojos— si yo no hubiera salido…

—Si ella no hubiera estado afuera durante el toque de queda… Ten en cuenta, *maman*, que la encontraron a ella también. Es algo que habría ocurrido de todas formas. Es hora de que hagas las paces contigo misma, si no por ti, por ella. ¿Por qué si no te iba a sonreír desde el tren, enseñándote con tanto orgullo al niño, pese a tener el corazón roto por la muerte de su madre y del hombre al que amaba? Y al mismo tiempo, con tantas ansias de venganza que iba a tratar de encontrar al culpable y matarlo tal vez. Ella nunca deseó que tú te sintieras responsable.

Con la cara anegada de lágrimas, la señora alcanzó solo a asentir con la cabeza.

—¿Vais a intentar localizarlo ahora? —preguntó, una vez se hubo serenado un poco—. ¿Tenéis la dirección? ¿Es eso lo que pensáis hacer?

—Sí, creo que sí… Por favor, *maman*, no me mires así. Me parece que hasta que no solucionemos todo el rompecabezas, la tía de Eleanor no recuperará el sosiego. Creo que Eleanor lo sabe. Por un motivo u otro, el pasado ha vuelto a atormentar a su tía Clara, a la que tanto quiere. Yo querría ayudarla en su esfuerzo por averiguar de qué se trata.

Ella asintió con la cabeza.

—Prométeme que tendrás cuidado y que no lo matarás en caso de que esté vivo.

—*Bien sûr!* —aseguró, dándole un beso en la frente al tiempo que le estrechaba las manos.

Capítulo 16

Tras las huellas

Habían ido en tren hasta Luxemburgo, donde consiguieron un coche con el que viajaron hasta el pueblo de Graach an der Mosel, la localidad que aparecía en el remite del sobre. Como no era muy grande, lo más probable era que encontraran fácilmente la granja.

Durante todo el trayecto, habían estado haciendo cábalas sobre la manera de abordar a aquel individuo, o a lo que pudiera quedar de la familia. Lo único que sabían era que en el remite ponía GB, en referencia a la persona que había escrito la carta, una hermana. No obstante, cabía la posibilidad de que esta también hubiera fallecido durante la guerra. Habían barajado un sinfín de posibilidades. Además, Antoine le había pedido a Eleanor que planteara hasta dónde quería llegar.

—¿Hasta dónde? —repitió ella.

—Sí. Pongamos que él hubiera muerto durante la guerra. ¿Quieres que ellos sepan lo que le hizo a tu tía? Quizá cuando Marguerite vino, no les explicó nada; o, quizá sí, y en ese caso están enterados de todo; o bien es posible que el niño se quedara aquí, pero que ignoren el origen de su nacimiento.

—No sé. Igual… igual he sido demasiado impulsiva al venir aquí ¿no crees?

—No, para nada. Tenías que venir. Lo que debemos tener claro es lo que quieres conseguir, en función de la situación con la que nos encontremos.

Eleanor guardó silencio un momento.

—Bueno, si él murió en la guerra y vemos que no saben nada, no veo que tenga sentido tirar piedras sobre los muertos.

—Muy bien.

—¿Cómo vamos a enfocar la visita entonces? ¿Llamamos simplemente a la puerta y explicamos quién somos?

—Yo creo que lo mejor sería decir que un amigo de ese «individuo» le perdió la pista y quería saber si aún seguía vivo, o algo por el estilo.

Eleanor se relajó, con un sentimiento de satisfacción por tener a Antoine a su lado.

»¿Sabes una cosa? —le dijo él—. Estoy convencido de que …

—¿Sí?

—Pues estoy convencido de que deberías llevar ropa de color amarillo más a menudo. ¡Te sienta muy bien!

Eleanor notó las mejillas encendidas, consciente de haberse ruborizado.

»Solo quería recordarte que, al margen de todo esto, yo tengo mi interés particular y no tengo reparo en admitirlo.

Ella se echó a reír, con el pulso algo desbocado.

No obstante, una vez se encontró allí dentro del coche, delante de la puerta de la casita, le dieron ganas de marcharse corriendo. «¿Y qué te habías imaginado?» se decía a sí misma.

—¿Vamos? —propuso Antoine.

Asintió, tragando saliva, con la mirada fija en la puerta. Ambos respiraron a fondo al salir del automóvil.

Como no había timbre, llamaron con los nudillos y esperaron. Al cabo de un poco, volvieron a llamar.

De improviso, la puerta se abrió y en el umbral apareció un hombre. El cabello, que sin duda antaño fue negro, presentaba una gran densidad de canas. Vestido con un mono de trabajo y un jersey marrón sobre los hombros, los miraba con curiosidad con unos ojos de color azul claro. Era más viejo que la tía Clara.

—¿Sí? —preguntó—. ¿Han venido por los pollos?

—No —respondió Antoine, asumiendo la iniciativa—. ¿Habla usted inglés o francés?

—Inglés, muy poco —contestó.

—Estamos buscando a GB.

—¿GB? —repitió—. Ah, ¿Gertrude?

—Sí —respondió Eleanor esa vez—. Bueno, a su hermano. Era amigo de un amigo nuestro —se apresuró a explicar, advirtiendo cómo cambiaba la expresión del hombre.

Los observó con atención, como si no comprendiera.

—¡Ah! Muy bien, entren. La voy a llamar. Ella habla mejor inglés.

La casa era modesta, pero estaba muy ordenada. Resultaba sumamente acogedora, tanto por la decoración como por la temperatura.

—¡Gertrude! —llamó el hombre.

Una mujer, mayor que la tía Clara, salió de la cocina secándose las manos con una toalla. Llevaba el pelo rubio recogido en un moño, pero lo que llamaba primero la atención de ella eran sus cautivadores ojos azules. Llevaba un vestido con estampado de flores y un delantal azul claro, manchado de harina.

—¿Sí? —preguntó, mirándolos.

—Creo que preguntan por Rudolf.

—¿Rudolf? Después de tanto tiempo… —De repente calló, observando a Antoine—. Usted es francés —dedujo.

—Sí.

—Un amigo de la chica rubia —dijo con tristeza.

—Ella es su sobrina —indicó Antoine.

Gertrude miró a Eleanor.

—No tenemos nada —declaró con expresión grave, aunque sin enojo—. Nada de escándalo, por favor. Nadie lo sabe —rogó.

—Oh, no, no —la tranquilizó Eleanor—. Quizá yo debería explicarme primero y después ustedes decidirán si quieren que nos quedemos, pero no hemos venido a pedir nada aparte de información. Yo me llamo Eleanor Timboult y él es mi amigo Antoine LeSart.

La mujer inclinó la cabeza a modo de saludo y les dio a entender que se sentaran en el sofá. A continuación, miró a su marido, que enseguida les ofreció café y se fue a la cocina.

Eleanor habló de la enfermedad de su tía y expuso parte de lo que habían averiguado, sin entrar en detalles. Explicó que su tía había vivido en París y después se había trasladado al campo, donde había tenido un hijo, y que estaban intentando localizar a ese hijo, que entonces probablemente era un hombre, o al menos saber qué había sido de él, con la intención de poder ayudarla.

Durante un momento, todos guardaron silencio, hasta que Gertrude, posando la vista en el regazo, se decidió a hablar.

—Rudolf y yo nacimos aquí. Mi padre adoraba este sitio y vivimos aquí hasta los diez años, creo. Rudolf era muy inteligente y mis padres querían darle una mejor educación. Por eso nos fuimos a Berlín. La situación empezaba a estar tensa y mis padres estaban preocupados, pero pensaron que sería mejor para nosotros, ya que tendríamos mayor acceso a mejores escuelas.

»Mis padres detestaban vivir en Berlín y no les gustaba la dirección hacia donde se dirigía el gobierno. Mi padre no era nazi, pero Rudolf sí adoptó la ideología con increíble ardor. No paraba de hablar de cuando Alemania volvería a alzarse en su esplendor, de lo importante que iba a ser el país, de la necesidad de mantener la pureza de la raza aria y de su odio hacia los judíos y todos los que eran débiles y no se ajustaban a las normas de los nazis.

Calló un instante, juntando las manos.

»Mi hermano pasó de ser un joven alegre, bueno y generoso a una persona inflexible e intolerante, que consideraba una flaqueza cualquier tipo de emoción. Eso era lo que le enseñaban. Sus discusiones con mi padre y mi madre se volvieron insoportables a veces. Llegó incluso a amenazar con denunciarlos a las autoridades en más de una ocasión.

»Eso se debía en parte al adoctrinamiento que nos daban en las excursiones y las reuniones de las Juventudes Hitlerianas. Yo también tenía que asistir a ellas, pero tendía a escuchar más a mis padres. Después mi hermano se alistó en el ejército y no lo volvimos a ver, porque siempre estaba de servicio o entrenando. Mi madre murió de forma repentina de una enfermedad de corazón y yo volví aquí con mi padre, que murió dos años después.

»Finalmente, estalló la guerra. Como ya sabrán, había escasez de comida. Yo tuve que esforzarme para sacar adelante la granja, por lo general sola, aunque a veces contaba con la ayuda de una amiga que vivía cerca de aquí y se había quedado sin casa.

»Al principio, mi hermano apenas escribía. Mi padre murió, de hecho, sin saber dónde estaba, con el deseo de que si seguía vivo, regresara y volviera a ser el Rudolf de antes.

»Mi padre siempre me contaba historias de cuando éramos pequeños. Yo me acordaba de algunas y de otras no. Hay un río cerca de aquí, adonde solían ir a pescar papá y Rudolf los sábados. Volvían riendo, cantando y haciendo bromas sobre quién había conseguido el pescado más grande.

»Otra anécdota —añadió, sonriendo— era la del día en que el gallo le dio unos terribles picotazos a Rudolf, que había estado persiguiéndolo, y luego él repetía: «¡Lo tengo merecido!» Se levantaba temprano para ir a ayudar a Padre a ordeñar las vacas, dar de comer a las gallinas y los conejos y recolectar el heno. Padre pasó los últimos días de su vida rememorando ese tiempo y arrepintiéndose de habernos llevado a vivir a Berlín.

»Dos años después del comienzo de la guerra, empezaron a llegar cartas suyas. Iban dirigidas a mi padre, porque él no sabía que había muerto. Yo las abrí y las leí todas.

»Primero lo destinaron al este. Había sido uno de los soldados que se dedicaron a hostigar a los judíos en Polonia y en Checoslovaquia. Participó en pelotones de fusilamiento. Mataban de un tiro a la cabeza a niños, mujeres y hombres… Era como una especie de práctica de tiro. A algunos los obligaban a quitarse la ropa; a otros no. Les robaban el dinero y las joyas. Los obligaban a cavar enormes zanjas y a meterse en ellas, antes de dispararles.

El silencio se instaló en la sala.

»¡Eso fue lo que mi hermano hizo por el Reich! ¡Por su Führer! —exclamó con rabia.

»Creo que al principio se creía capaz de hacer todo eso y seguramente se convenció a sí mismo de ello, para ser el soldado alemán que el Führer esperaba de él. Pero, poco a poco, se fue carcomiendo. Yo lo percibía en sus cartas. Eran vacías, cargadas de pesar. No eran las del soldado orgulloso del Führer, dispuesto a hacer cualquier cosa por su país, sus ideales y sus dirigentes. Aunque no decía gran cosa, yo lo notaba. Supe que se estaba destruyendo.

Hizo una pausa.

—Luego lo ascendieron y lo enviaron a París—. Volvió a callar un instante—. Fue allí donde violó a su tía —precisó, incómoda.

»Después lo mandaron al frente de Rusia —se apresuró a agregar—. Debió de haber cometido algún error desde el punto de vista militar, porque muchas veces ese destino estaba considerado un castigo, según tengo entendido.

»Al final, tuvo suerte… Volvió aquí, a casa. Me costó reconocerlo cuando llegó. Parecía viejo y cansado, y estaba muy enfermo. Sufría pesadillas horribles y alucinaciones en las que revivía las matanzas en las que había participado. Veía las caras de sus víctimas y oía sus gritos y sus voces.

»Bebía mucho, trabajaba en el campo durante largas horas, incluso después de medianoche. A veces lo oía repetir: «No pienses, no recuerdes, no pienses, no recuerdes», una y otra vez. Estaba muy perturbado.

»Después, un día lo oí chillar detrás de la casa.

Marguerite se encontraba allí parada, empuñando la Luger, apuntando a la persona que le había desgarrado las entrañas y la había probablemente marcado para el resto de su vida.

Él estaba cargando heno en un carro y cuando se volvió para recoger más con la horca, la vio.

Sabía quién era. Se veía mayor, cansada, rebosante de rabia y de odio. Bueno, ahora tenían eso en común, se dijo.

—Sé quién eres —dijo en un francés impecable.

—Me alegro mucho —contestó ella con un alemán perfecto.

Depositó la horca y la miró de frente.

—Yo que tú, apretaría el gatillo.

Ella no tenía el pulso firme, porque el cañón de la pistola temblaba un poco.

Él se hincó de rodillas y en esa postura se fue aproximando a ella.

—Pero antes, déjame decirte, aun sabiendo que nada va a cambiar lo que hice, que me arrepiento. —Se puso a llorar—. ¡Estoy muy arrepentido! —añadió, gimiendo.

»¡Dispara, por favor!¡Por favor, dispara! —le imploró.

Aunque la distancia que mediaba entre ambos era considerable, Marguerite sabía que podía perforarle el corazón. Peter le había enseñado a disparar.

»He pensado en ti a menudo, en el daño que te hice y en la niña… que tuvo que ver, o escuchar. No la recuerdo, pero de ti sí me acuerdo… Tu cara está siempre presente en mi recuerdo. Tienes que creerme, por favor, lo lamento, en lo más hondo de mí. —La miró a los ojos—. Ahora, por favor, haz lo que has venido a hacer. Dispara, por favor. ¡Por el amor de Dios, dispara, por favor! —gritó—. ¡Los monstruos no deberían tener derecho a vivir!

Marguerite se quedó paralizada. Había fantaseado tantas veces con esa escena… Lo odiaba. Le había hecho daño y deseaba verlo muerto. Después, quizás, quizás podría seguir adelante, y tratar de olvidarlo todo porque él habría dejado de existir.

—¡Dispara! —gritó él con más ímpetu—. ¡Dispara! ¡A qué esperas! ¡Por favor! ¡Por favor! ¡Dispara! ¡Si no es por lo que te hice a ti, hazlo al menos por las atrocidades que cometí contra los demás!

Una puerta se abrió con brusquedad y Marguerite oyó a alguien que chillaba.

—¡No! ¡Basta! ¡Rudolf, levántate! ¡Para! ¡Por favor!

Marguerite vio a una mujer joven, más o menos de su edad, que se acercaba corriendo.

—¡Alto o disparo! —gritó en perfecto alemán, sin dejar de apuntar a Rudolf.

La joven se paró en seco.

—Por favor, mi hermano no está bien. Por favor —imploró.

La mujer empezó a llorar con desconsuelo, cayendo de rodillas.

Marguerite no dijo nada. Empuñaba el arma con más firmeza; parecía como si tuviera el pulso más estable. Volvió a apuntarle al corazón. Oía sollozar a la joven a su derecha, pero no le temblaba ya la mano.

De improviso, él apareció y se situó entre ambos. Tenía algo en las manos, que miraba, riendo con entusiasmo. Nadie lo había oído acercarse.

Levantó la vista y sonrió a Marguerite. Parecía abrigar algún tesoro en la mano izquierda, que levantó para mostrar a su madre. Después dio media vuelta y dispensó una radiante sonrisa al hombre, sin percatarse de lo que sucedía. Desplazó alegremente la mirada de uno a otro, sin saber a quién debía enseñar el trofeo que tenía en la mano, sin tener conciencia de que se encontraba en el punto de mira de un arma y delante de su padre.

Las palabras de Peter regresaron a su memoria: «El niño es tú; él ama como tú. Deja que sea siendo tú, tal como has hecho hasta ahora. Tú le diste el regalo más valioso que hay en la vida, Marguerite, y fue por una razón. Procura deshacerte de esa necesidad de venganza, del odio que sientes… ¿Querrás hacerlo por mí, por favor? No dejes que esta guerra y toda su maldad destruyan lo que eres, lo que puedes volver a ser, ni que lastimen y dejen marcado al niño de paso. ¿Querrás hacerlo por mí, por favor? Yo siempre estaré contigo, vigilando, Marguerite. Búscame siempre en tu corazón. Marguerite, no te cierres al amor, ¿querrás hacerlo por mí?»

Rudolf seguía llorando. Probablemente cayendo en cuenta de quién era ese niño, advirtió que el arma seguía encarada hacia ambos, debido a la trayectoria y la distancia.

De repente, Marguerite se hincó de rodillas en el suelo. Después de arrojar la pistola lejos de donde se encontraba, abrió los brazos y aguardó mientras el niño corría hacia ella, riendo y chillando con alborozo, con tremenda velocidad.

Lo abrazó, lo más seguro que por primera vez en su vida, y mientras lo estrechaba, lo besó con fervor. Empezó a llorar; las lágrimas eran tan abundantes que apenas veía nada.

—Peter, Peter, ¿qué has hecho? —dijo en voz alta, al tiempo que dejaba reposar la cara en el pecho del pequeño, hundiéndola en su abrazo.

Todos quedaron en silencio.

Finalmente, se levantó y se alejó con el niño todavía en brazos. No se volvió a mirar atrás ni una sola vez.

—Esa noche, mi hermano se sinceró conmigo y me confió todo lo que les he contado ahora, sobre las actividades que llevó a cabo cuando lo enviaron al este, a París y al frente ruso. Me explicó lo que le hizo a su tía. No trató de buscar excusas; asumió la culpa en todo. Se declaró culpable por no haber visto la verdad, por haberse dejado arrastrar de manera voluntaria para hacer todo lo que hizo, tal como ocurrió con el gallo cuando era niño. Consideraba que merecía el peor de los castigos.

»Tres días después —dijo, tras una pausa—, se suicidó. Dejó una carta en la que decía que se arrepentía de todas las vidas con las que había acabado y de la manera cómo lo había perpetrado, y de todo el daño y abuso que había volcado contra personas inocentes, de tal forma que, para él, aquello era una ejecución justificada y merecida.

»De todas formas, la verdad es que mi hermano ya había fallecido mucho antes, antes de que decidiera quitarse la vida. Él mismo lo sabía y debía de sentir que nunca volvería a recuperar esa parte de sí que había perdido.

»Lo peor de todo era que no me permitía ayudarle —precisó con tristeza—. Se disparó con la misma arma que usaba para las ejecuciones. La había conservado. Ya ven, en cierta manera, fue un acto muy formal.

Se alisó el vestido con las manos.

»No es que pretenda justificarlo de alguna forma ni presentarlo como una víctima, pero en el fondo creo que mi hermano, el Rudolf alegre y magnífico que conocíamos, murió cuando pasó a formar parte del engranaje nazi.

Permanecieron un momento callados. Eleanor y Antoine no se habían ni siquiera percatado de que el marido de Gertrude había llevado el café. Les había llenado incluso las tazas, dejando el azúcar y la leche a un lado.

—Lo siento —dijo Eleanor, apoyando la mano en la de Gertrude.

—Yo también —reconoció esta, con lágrimas en la cara—. Siento de veras todo el daño que causó mi hermano a su familia, en especial a su tía.

Tomaron el café en silencio.

—¿Y el niño?— preguntó Eleanor.

—Se lo llevó con ella. Nunca, hasta hoy, hemos vuelto a saber nada de ellos.

—Terminaron su café y después se pusieron en pie. Gertrude y su marido los acompañaron hasta el coche. Eleanor abrazó a Gertrude.

—Gracias por hablar con nosotros con tanta sinceridad.

—Confío en que al menos sirva de algo, que pueda aliviar un poco el dolor… de su tía.

—Sí, seguro que sí, y espero que también el suyo —dijo Eleanor, cogiéndole las manos—. No permita que esto siga siendo una carga para usted. Yo creo que mi tía encontró la manera de deshacerse de ella ese día, de veras.

—Entonces, ¿qué la aflige?

Eleanor se replanteó la pregunta interiormente, antes de responder, con aire pensativo.

—Quizá provenga de la persona que todavía no ha podido afrontar, la que mató a su madre y al hombre al que quería.

Eleanor y Antoine se subieron al coche y se fueron.

Una vez dentro, Eleanor cayó en la cuenta de la explicación que acababa de exponer. ¿Cuánto tiempo llevaba rondándole en la cabeza? En cuanto al niño… estaba claro que habían llegado a un callejón sin salida.

Capítulo 17

Callejón sin salida

Habían decidido coger un hotel en la localidad de Graach an der Mosel. Se encontraron para cenar en el patio exterior del hotel. La temperatura era perfecta para comer afuera.

Eleanor llegó primero. Pidió *Apfelschorle*, una bebida que había probado en el tren, y luego sacó un cuaderno y un bolígrafo del bolso. Sentada, con el bolígrafo en mano, lista para escribir, se distraía una y otra vez con el paso de los transeúntes, que observaba con despreocupación.

Trataba de escribir una carta a Béatrix, o cuando menos de redactar un borrador, para ponerla al corriente de todo lo que había averiguado, pero no encontraba las palabras.

—¿Me permites? —preguntó Antoine, con un brillo de picardía en los ojos, consciente de que estaba interrumpiendo sus pensamientos.

Eleanor sintió que se le aceleraba el pulso. También debía de haberse ruborizado, porque notaba un leve calor en las mejillas. Se preguntó con cierta incomodidad por qué su cuerpo reaccionaba de ese modo con tanta frecuencia.

—¡Desde luego! —respondió con gusto.

La camarera acudió de inmediato.

—Tomaré lo mismo que Mademoiselle —pidió alegremente—, y quizá unas *pommes frites*, si es tan amable, con mayonesa.

Después concentró la atención en Eleanor, que acababa de cerrar el cuaderno y se apoyaba en el respaldo de la silla.

—Voy a tener que reconocer —declaró, sonriendo— que el verde también te sienta muy bien.

Ella agachó la vista, ruborizada, aunque sonriendo.

»Hoy ha sido un día duro, *n'est-ce pas*? Es muy duro oír lo que hemos oído. ¿Cómo es posible lavarle de tal forma el cerebro a un muchacho para que acabe haciendo lo que seguro iba en contra de sus convicciones interiores, de su carácter?

—¡Pero las personas pueden rebelarse, sin duda! —replicó Eleanor.

—No es tan sencillo, y tampoco lo exime de lo que hizo, pero yo creo que eso fue lo que lo llevó al límite de la autodestrucción. Si de verdad hubiera creído que obraba de manera correcta, habría aceptado la derrota de la guerra, pero en su fuero interno habría seguido pensando que tenía razón. Lo que lo llevó hasta ese extremo fue el hecho de saber que estaba equivocado. Me parece que esa es la conclusión a la que llegó tu tía hace años y que por ese motivo renunció a vengarse de él. Vio a un hombre muerto ante ella. No había nada que pudiera arrebatarle, porque lo había perdido todo. Seguramente ignora que se suicidó. Lo dejó y le dio una oportunidad, pero yo creo que con todo lo que había visto, y sobre todo con lo que había hecho, ya era demasiado difícil que se rehiciera y encontrara la paz. Quizá algunos lo lograron, pero él no. Era incapaz de reconciliar el ser en que se había convertido con la persona que hubiera podido llegar a ser.

Eleanor asintió mudamente.

»¿Y qué planes tienes ahora? —le preguntó Antoine.

—No lo sé. Aún no lo he pensado. Me habría gustado encontrar al niño, bueno al hombre que ya sería, mayor incluso que yo. Creo que es posible que, de alguna manera, su recuerdo haya vuelto a atormentar a mi tía, no sé. O quizá —apuntó, mirándolo—, lo que la tortura sea el asesino de su madre y de Peter.

—Tampoco estamos seguros de que no lo hubieran capturado.

—No, es verdad, pero es posible que todo haya vuelto a su memoria, por un motivo u otro.

—Como la detonación de una bomba —dijo Antoine.

—Sí, es una buena metáfora.

—Béatrix no nos dijo su nombre —precisó.

—No, en efecto. Quizá no lo supiera.

—Supongo que no.

Antoine fue cambiando de tema cuando llegaron las patatas fritas. También pidieron carne al estilo *schnitzel* y, de postre, *Apfelstrudel*.

—¡Creo que contigo corro un riesgo inminente de engordar! —comentó ella al final.

Él se echó a reír, mientras la ayudaba a levantarse de la silla. Después dieron un paseo por el parquecillo que había al otro lado de la carretera, frente al hotel.

Oyeron risas infantiles y al mirar en esa dirección, vieron una zona de juegos. Había un tobogán, un balancín, tres columpios y un horrible artefacto en el que uno se subía y daba vueltas sin parar.

—No te imaginas los mareos que me daba a mí ese carrusel —comentó Eleanor—. Me gustaba más el columpio. Me encantaba subir bien alto y después saltar. Con mis hermanas hacíamos competiciones para ver quién llegaba más lejos. Yo solía ganar.

Se acercaron y se detuvieron a observar la actividad de los niños, mientras las madres y los padres estaban absortos con su vitalidad.

—Yo creo que debió de dejarlo al cuidado de alguien —dijo de repente Eleanor.

—¿En un orfanato?

—O con algún conocido.

—Hombre, si fuera una persona conocida, esta habría sido capaz de localizarla. A mí me da la impresión de que no quería que nadie la encontrara, porque cambió de nombre, de orígenes y se fue a la India —contestó Antoine.

—Sí, es verdad. Entonces debió de ser un orfanato.

—Me parece que, en caso de que sea posible, si se mejora, deberías preguntárselo a ella. Los orfanatos no dan ninguna información —destacó Antoine.

—Sí, y es posible que tampoco ella quiera dármela.

—Es posible —admitió Antoine.

—Creo que hemos llegado a un callejón sin salida —concluyó Eleanor, con un sentimiento de derrota.

—Sí… tal vez.

Después de mirar jugar a los niños un rato más, regresaron, meditabundos, al hotel.

Capítulo 18

Nuevas piezas del rompecabezas

En la sala de estar de la casa de la tía Clara, Eleanor acababa de contar los pormenores de la historia a su hermana.

—¡Increíble! —exclamó Stella, saliendo del mutismo que le había provocado la sorpresa.

—Sí, ya sé —repuso con un suspiro Eleanor, antes de tomar un sorbo de té, que se había enfriado ya en la taza.

—¿Y qué vas a hacer ahora? —preguntó Stella.

—No lo sé.

—¿Has hablado con ella de esto? ¿Has probado a ver si reacciona de alguna forma si dices «Marguerite»?

—Eso es precisamente lo que quería hacer. Durante todo el viaje por Alemania, Francia y al final por el canal de la Mancha, no paraba de pensar en eso, repasando la conversación en mi cabeza.

—¿Y entonces?

—Stella, siento que no tengo derecho a inmiscuirme así en su vida. Si ella quiso mantenerlo en secreto ¿quién soy yo para plantárselo ahora?

—¿Pero entonces por qué fuiste…?

—Porque creía que podía ayudarla. Ayudarla a volver de donde quiera que esté. Ahora, en cambio, no estoy segura. No me siento autorizada para hacerlo, por así decirlo. ¿Y si eso empeorara su estado?

—Comprendo —dijo Stella—. ¿Qué vas a hacer entonces?

—No sé. De verdad, no lo sé. —Dejó la taza vacía en la mesa y se inclinó hacia atrás, estirando las largas piernas.

—Bueno, por lo menos cuéntame algo de ese misterioso Antoine. ¿Habéis…?

—¡Stella! —la atajó, plegando las piernas e inclinándose de nuevo.

—¿A ver?

—¿A ver qué?

—Por el amor de Dios, Eli, te paseas por toda Francia y Alemania con un hombre, los dos solos sin nadie más, y…

—Y nada. Lo importante no es él, ni yo, sino la tía Clara, y él quiere ayudar.

—¡Bobadas!

—¡Stella!

—¡Eli, que ya tienes treinta y cinco años! ¡Ya va siendo hora!

—¿Hora de qué?

—De que te diviertas, de que vivas en el mundo real de una vez y no a través de esos personajes que inventas. ¡Zela Tusheva!

—¿Cómo sabías…?

—Cuando fui a tu apartamento para abrirle la puerta al fontanero que iba a arreglar la tubería y tú estabas en Cambridge dando una conferencia o algo así, había unos papeles en el suelo. No tenía intención de leerlos, pero uno me llamó la atención. Podrían ser algo más picantes, pero aun así están muy bien. —Soltó una risita—. Entonces me compré uno, *La chica del sombrero amarillo*. ¡Me gustó mucho, Zela Tusheva! —bromeó—. ¡Me encanta el pseudónimo! —Se reclinó en la silla—. No sabía si decirte que estaba enterada cuando lo viste en mi bolso.

Eleanor miró con estupor a su hermana, constatando que había recobrado su desenfado natural.

—¿Le va bien a Fred en el trabajo? Pareces más tranquila y animada.

—¡Ah, sí, gracias a Dios! Están muy contentos con él en la empresa y creo que por fin Freddy ha encontrado su sitio. A veces tiene que viajar, pero ahora me desenvuelvo bien. He conseguido que Irma venga a ayudarme, y hasta le puedo pagar. O sea que sí, parece que todo va mejor.

Permanecieron calladas un momento.

—Eli, ¿qué quieres que le diga a Martha? —preguntó, esperanzada, Stella.

—Lo menos posible. En realidad, nada. Ya sabes que la tía Clara….

—Sí, sí, ya sé que no es santo de la devoción de la tía Clara, pero quiere venir a visitarla. Quiere arreglar las cosas… contigo, Eli. Han pasado ocho años, o más ¿diez, no?

Eleanor miró a su hermana. Esperaba sentir la rabia que normalmente la asaltaba cuando hablaban de Martha o a veces solo con oír mencionar su nombre.

Aguardó un poco más.

Nada. No sentía nada: ni rabia, ni ningún amago de ira incontrolable que se gestara en su interior. De hecho, se sentía tranquila, en paz, desconectada de cualquier emoción negativa.

Entonces le vino al pensamiento el sonriente rostro de Antoine. La manera como la miraba, el brillo vivo de sus ojos, la manera como le cogía la mano, le abría la puerta para que pasara, la ayudaba a subir al coche, le llevaba la maleta, la presentaba a sus amigos, le hacía cumplidos y le daba siempre a entender que, pese a su discreción, tenía el propósito de cortejarla.

Recordó en especial el día en que se conocieron, en la parada de autobús cercana a su casa, la manera como la miró, cuando estaba sentada en el banco. En ese momento se produjo algo, algo que de haber podido contenerlo en las manos, le habría mostrado la promesa de lo que iba a llegar.

No, él no había intentado ir más allá de una amistad, una amistad profunda, y una actitud galante… pero eso era precisamente lo que ella necesitaba, tal como comprendía entonces.

—¿Eli? Eh, ¿estás ahí, Eleanor?

—Stella, ¿te importaría dejar para más adelante el asunto de Martha? ¿Solo por un tiempo, por favor?

—Sí, sí, claro.

—Perfecto. Ya te daré una respuesta.

Stella se movió en la silla. Finalmente, irguió la espalda y juntó las manos en el regazo con actitud resuelta.

—Bueno, no quería ser yo la que te lo contara, pero creo que deberías saber que ¡la tía Clara tenía razón!

—¿Razón en qué?

—Con lo de Martha y Mark —respondió con seriedad.

—Stella, no quiero…

—Se separaron, se reconciliaron, se volvieron a separar y otra vez a reconciliar. La primera vez, él la dejó; la segunda vez, se marchó ella. Todo fue por cuestiones de infidelidad.

Eleanor miró con ojos desorbitados a su hermana.

»La primera vez, él la dejó por un año, cuando aún no llevaban un año de casados, pero volvió. Estuvieron juntos otros tres años y después ella lo dejó, durante dos años. Por lo visto, se fue con un hombre cinco años más joven que ella y luego con uno cinco años mayor. Después volvieron a reconciliarse. Como puedes imaginarte, él también disfrutó de su libertad.

»Dicen que no quieren tener hijos, pero la verdad es que él no puede. —Hizo una pausa—. De manera que vuelven a estar juntos, por ahora, y llevan la misma clase de vida que llevaban a los veinte años: de fiesta en fiesta.

Eleanor enderezó la postura, clavando la vista en el suelo.

»Él necesita sentir que tiene dieciocho años y ella también, de modo que van avivando su pasión de esa forma. —Volvió a callar un instante—. Martha no es feliz, Eli. Está en un tiovivo y no sabe cómo bajarse. Está aguantando por ahora. Sabe que hay otras. Siempre las hay, y a veces, lo mismo ocurre en su caso…hay otros.

—¿Mamá lo sabía?

—No, nunca lo supo. —Miró a Eleanor, que parecía pensativa—. La tía Clara tampoco está al corriente.

—¿Por qué no me lo dijiste?

—Porque me daba miedo de que trataras de volver a precipitarte a los brazos de Mark y volvieras a salir escaldada como la otra vez.

Eleanor evitó hacer algún comentario.

—Los dos saben que tú no estás enterada; en realidad, yo soy la única que lo sabe. —Miró a Eleanor con cara de preocupación—. ¿Te molesta que no te lo hubiera dicho antes?

—No. De hecho, creo que es posible que me hicieras un favor. En esa época, seguramente habría vuelto corriendo hacia él, y quizá él me habría acogido, llenándome de promesas falsas, y sí, probablemente me habría dado de bruces contra la pared una vez más. No, creo que hiciste bien.

⚜

Esa noche, antes de marcharse, Eleanor subió al cuarto de la tía Clara. Esta dormía profundamente y no la oyó cuando se instaló en el sillón contiguo a la ventana, donde ella se solía sentar.

No sabía qué pensar. Sabía que los médicos estaban desconcertados, que no acertaban a comprender qué había podido originar el estado en el que se encontraba. Su hipótesis era que padecía alguna especie de trauma, o un caso de Alzheimer repentino, que habría sido en todo caso muy inusual, teniendo en cuenta las pautas de evolución de esa enfermedad.

Aquella tarde, una vez se hubo ido Stella, tuvo una reunión con el abogado de la tía Clara. Puesto que esta había dejado especificado que en caso de hallarse en un estado que la invalidara, Eleanor debía hacerse cargo de la gestión de su vivienda, ahorros y propiedades, en ese momento tenía ante sí un montón de cartas que leer, así como facturas que revisar, a fin de familiarizarse con el patrimonio, pese a que se mantenía aún en su rotunda negativa de declararla incapacitada, tal como había reiterado al abogado.

Dotty y *su* James prestaban una ayuda inestimable, cuidando con fervor de la tía Clara, y Cook siempre procuraba que solo le sirvieran sus platos favoritos.

Sentada allí, observando a su tía, se preguntó hasta qué punto su tío habría estado enterado de su pasado. ¿Acaso se lo habría contado ella todo? Durante todos los años de los que Eleanor guardaba memoria, habían viajado por todo el mundo, excepto a Francia. Jamás habían mencionado Francia como un país por visitar o donde hubieran estado alguna vez. Debía de ser por algún motivo seguramente. Tal vez su tío sabía que Francia generaba demasiado dolor en su esposa como para ir allí.

Antes de irse de París, había escrito a Béatrix y había hecho constar su dirección de Londres en el remite. Ya debía de haber recibido su carta. A Béatrix le había expresado la misma pregunta: «¿Crees que mi tío lo sabía?» De todas maneras, el hecho de que lo supiera o no tampoco tenía mucha trascendencia. En caso afirmativo, el tío no había revelado su secreto; en caso de que lo hubiera ignorado, la situación seguía siendo la misma.

La tía Clara respiraba tranquilamente, con sosiego, como si no tuviera ni la menor preocupación. Eleanor sentía una renovada admiración por ella. Ahora comprendía su coraje en medio de la adversidad, se explicaba la protección y el vigoroso empujón que le había prestado a ella con ocasión del «incidente», sus constantes insinuaciones y reclamos para que se zambullera en la vida y abandonara el mundo de fantasía de sus libros, y las múltiples ocasiones en que le había pedido que se deshiciera del rencor que había anidado en ella y que había seguido albergando durante todos esos años.

Tan solo le estaba pidiendo que hiciera, en menor proporción, lo que ella misma había hecho, en mucha mayor escala. Eleanor ahora lo comprendía y tomaba conciencia de ello. Pero, ¿cómo podía ayudar a la tía Clara a día de hoy o de mañana? ¿Cómo podía ayudar a alguien que parecía haberse sumido voluntariamente en un estado de inconsciencia?

❧

Por si acaso guardaba alguna duda, ante sí tenía la confirmación definitiva de sus escasas dotes para las matemáticas. Lo de escribir era otro cantar. Era capaz de escribir cualquier cosa, pero los números no eran lo suyo.

De niña, había sido muy mala alumna hasta que la tía Clara intervino, pero, pese a que sus habilidades literarias habían llegado a un alto nivel, estaba claro que seguía siendo igual de negada para las matemáticas que hacía décadas.

Había diseminado todos los papeles por la habitación: facturas, recibos, extractos bancarios, donaciones, actividades benéficas; invitaciones a conferencias, reuniones eclesiásticas, recepciones, galerías de arte; así como una lista de cuidados de mantenimiento que requería la vivienda de la tía Clara.

La tía Clara se había fijado un presupuesto anual de gastos, con la intención de no superarlo nunca. A juzgar por los documentos que le habían entregado el contable y el abogado, parecía que lo había respetado durante todos esos años.

No obstante, Eleanor se enfrentaba a este año especial que, a causa del desembolso de los cuidados médicos, iba a rebasar ese promedio.

Aunque le llevó la mañana entera, le pareció que había logrado cuadrarlo todo. Confiaba en que la próxima vez fuera más fácil, tal como le habían asegurado el contable y el abogado.

Después de vestirse, se trasladó a la oficina del abogado para devolver los archivos que le habían entregado y luego fue a casa de la tía Clara. Llevaba consigo sus notas, porque debía ponerse al día en la redacción de la novela. El editor de Zela se estaba impacientando y, pese a que le quedaban solo unos pocos capítulos por pulir, sabía que debía terminarlos, como fuese, ese mismo día.

Mientras se dirigía al domicilio de la tía Clara, cayó en la cuenta de lo mucho que le gustaba aquel barrio. Las vías secundarias que partían de la parada del autobús eran muy homogéneas y las casas también presentaban un gran parecido entre sí. La de la tía Clara era quizá un poco distinta, porque al tener un parque detrás, su jardín era algo más extenso. También contaba con una puerta posterior que comunicaba el parque con el jardín. Eleanor y sus hermanas se habían escapado un sinfín de veces por esa puerta, aun a sabiendas de que lo tenían prohibido. Por lo general, Stella era la instigadora, y ella y Martha sus secuaces.

Subió de inmediato a ver a la tía Clara, que contemplaba la vista por la ventana, sentada en su sillón. Dotty estaba sirviendo el té. Eleanor saludó alegremente como si no ocurriera nada, pero no obtuvo ninguna reacción. La tía Clara ni siquiera la miró.

Después de tomar el té con su tía, se fue a la planta baja y se instaló en la biblioteca de su tío. Había desplazado todos los objetos del escritorio de su tío que la tía Clara se negaba a retirar y se había adueñado del espacio. De todas maneras, todas las noches, antes de irse, siempre dejaba las cosas tal como estaban antes, por si acaso.

Estuvo trabajando cuatro horas seguidas. Además de perfilar dos finales diferentes para la novela, terminó la primera corrección. Al día siguiente, podría entregarla al editor.

Se reclinó en el respaldo y cerró los ojos. Debió de quedarse amodorrada, porque se despertó al oír los vigorosos golpes que daba Dotty a la puerta.

—El señor Steerly al teléfono, señorita.

—¿El señor Steerly? ¿El secretario del abogado?

—Sí, señorita.

Salió al vestíbulo para atender la llamada.

—¿Sí? ¿Señor Steerly?

—Sí, señorita Eleanor, perdone que la moleste. Al parecer, había un archivo que no entregamos.

—¿Un archivo?

—Sí. Por lo visto, el señor Drosman ha venido antes y ha dicho que necesitaba que usted revisara este archivo que no estaba incluido en las entregas anteriores. Parece ser que siempre se mantuvo aparte y, cuando guardaba los que usted ha devuelto hoy, lo ha visto. Lo siento mucho, pero me temo que le queda un poco de trabajo por delante.

—No se preocupe. ¿Lo paso a buscar?

—No, ahora mismo se lo mando con un chico a la casa de su tía, si le parece. Al fin y al cabo, son solo las siete de la tarde.

—Muy bien. Lo esperaré aquí.

—Gracias. No es un asunto complicado; es de lectura fácil. Se trata de un registro de donaciones de carácter benéfico que hizo su tía a un orfanato de Francia. Por lo visto, siempre fue benefactora de ese centro. El archivo no es muy voluminoso, pero de todas formas, usted debería estar al corriente. ¡Perfecto pues! Ahí se lo mando. ¡Que tenga buena tarde!

—¡B- b- buenas tardes! —contestó, tartamudeando, Eleanor.

Oyó el clic del teléfono. Permaneció allí con el auricular en la mano, cerca de la oreja, sin poder moverse.

No se podía creer lo que acababa de oír.

Pidió a Dotty que le preparara un té y aguardó con impaciencia la entrega prometida por el señor Steerly.

Al cabo de poco, un muchacho llegó con una caja, más bien pesada, que dejó en la despacho de su tío. Después de darle una generosa propina, cerró la puerta, abrió la caja y sacó el enorme fajo de documentos que el señor Steerly había descrito como «de lectura fácil» y «no muy voluminoso».

※

Debió de quedarse hasta las diez de la noche revisando el contenido de la caja.

La institución se llamaba L'orphelinat de Sainte Catherine. Por lo que había leído Eleanor, la tía Clara había sido ya benefactora del centro antes de irse a la India. Las primeras cartas databan de 1947. A juzgar por su contenido, la tía Clara había estado sumamente implicada y comprometida con el bienestar de sus alumnos.

Todas las cartas tenían como propósito dar las gracias a la tía Clara por su ayuda y siempre aportaban una breve explicación de las mejoras que se habían llevado a cabo en el orfanato.

Al principio, era siempre la Reverenda Madre Thereese quien las enviaba. Después, al cabo de unos años, hubo una misiva en la que se informaba de la muerte de esta y de que su sustituta iba a ser la Reverenda Madre Lissel; sin embargo, el contenido de las cartas nunca varió. No había en ellas el menor indicio de que la correspondencia estuviera motivada por algo más que el deseo de expresar gratitud y ofrecer información sobre el uso que se daba a los donativos.

Cuando acabó de leer la última carta, las volvió a guardar todas en la caja.

Miró el reloj de pared. Eran poco más de las diez. Se mordió el labio y se dirigió al teléfono, con intención de marcar el número de Francia que conocía ya de memoria, pero de pronto, con el auricular en mano, se detuvo. Lentamente, volvió a colgar el auricular.

Aquella caja albergaba el secreto que la tía Clara había procurado mantener oculto toda su vida. Ni siquiera Béatrix sabía qué había sido del niño; la tía Clara no había querido contárselo ni a ella ni a su madre, Émilie. Tal vez ni siquiera lo sabía su propio marido, su tío. Era posible incluso que las hermanas del orfanato ignoraran quién era Clara Jenkins. ¿Y quién sabía? Tampoco podía descartar que no hubiera dejado al niño allí.

Suspiró.

No, esta vez no iba a ir con Antoine. Iría sola, sin decírselo a nadie. Respetaría lo que consideraba que había sido, y seguía siendo, el deseo de su tía.

Guardó la caja en uno de los armarios de la biblioteca, en un lugar donde estaría a buen recaudo hasta su regreso.

Capítulo 19

El niño

La puerta del orfanato era enorme, negra y reluciente. De ella partía un sinuoso camino bordeado de césped, flores y pinos que conducía al edificio principal.

Parecía tratarse de un edificio histórico, pero al entrar, saltaba a la vista que había sido restaurado con esmero.

Eleanor había llamado desde París. Se había identificado y explicó que su tía le había pedido que visitara el lugar si en algún momento viajaba a Francia y, dado que se encontraba allí, quería consultar si era posible ir a verlo. Le habían respondido que sus puertas siempre estaban abiertas y que en todo momento sería bienvenida.

En ese instante, sentada en un banco del vestíbulo, empezaba a dudar de si había sido una buena idea acudir sola, cuando de repente aparecieron dos monjas. Se identificaron como la Reverenda Madre Lissel y la Hermana Geneviève.

—Buenos días, ¿es usted la señorita Eleanor Timboult?

—Sí, sí, soy yo.

—Lamento mucho el fallecimiento de su tía —le dio el pésame la Reverenda Madre Lissel.

—¿El fallecimiento de mi tía? —preguntó perpleja Eleanor.

—*Mais oui* —contestaron ambas a la vez.

—No, debe de haber algún error.

—Usted es la sobrina de Clara Jenkins, *non*? —preguntó la Hermana Geneviève.

—Sí, pero ella no ha fallecido.

Las dos monjas se miraron, desconcertadas.

La Reverenda Madre volvió a tomar la iniciativa en el diálogo.

—¿Entonces qué hace usted aquí? ¿Cómo lo ha sabido?

—Hermanas —intervino una voz dulce a sus espaldas. Al volverse, vieron a otra religiosa, menuda, mucho mayor que las otras dos, que se apoyaba en un bastón—. Yo me ocuparé de atenderla, gracias.

Las dos monjas se inclinaron ante ella, y después, girando de nuevo hacia Eleanor, inclinaron las cabezas y se fueron por donde habían llegado.

La anciana monja levantó la mano, sonriendo.

—Soy la Hermana Félicité —se presentó.

Tenía unos ojos azules grandes y chispeantes, y el contacto de su mano era suave y cálido.

—¿Por qué creen que mi tía ha fallecido? —preguntó Eleanor.

—Porque su tía nos escribió diciendo que usted iba a ser quien continuaría con su legado. Iba a constituir una fundación de la que usted iba a ser administradora, pero solo después de su muerte, momento en el cual se le notificaría a usted de su existencia. Por eso, cuando llamó ayer, todo el mundo llegó a la conclusión de que la señora Jenkins había fallecido. Ahora siento curiosidad del porqué está usted aquí. De todas formas, puesto que nunca ha venido, permítame que le enseñe nuestra rosaleda. Hay un montículo desde el que podrá ver y formarse una idea de los alrededores de Sainte Catherine.

Tomaron un pasillo y salieron a un pequeño patio rodeado de arcos con una fuente en el centro. Desde allí, se dirigieron a una verja de hierro que daba paso a una rosaleda realmente espléndida, bellísima.

Eleanor quedó embelesada con la intensidad de los colores, la alternancia de tonalidades de rojo, amarillo, rosa y blanco que se sucedían a ambos lados de un estrecho sendero de grava que iba ascendiendo en zigzag.

—Todo el mundo cree y asegura que tenemos las rosas más hermosas de Francia y, sin embargo, no siempre ganamos el célebre concurso de rosas de la localidad de *Chermond* —comentó, riendo, la religiosa—. En realidad, creo que lo hemos ganado solo una vez en todos los años que llevo aquí, ¡y eso que llegué cuando tenía dieciocho!

La ladera las condujo a un paraje elevado donde había un bonito sauce, junto a un viejo banco de hierro.

—Sentémonos aquí —propuso, sonriendo, la hermana Félicité.

Eleanor se instaló a su lado y observó maravillada las construcciones de abajo. La panorámica que se ofrecía ante su vista parecía mayor de lo que cabía esperar del breve ascenso realizado.

»Como puede ver, Sainte Catherine consta de cinco edificios: la iglesia, la escuela con el gimnasio, el hospital y la zona de vivienda. El edificio principal donde estábamos acoge la parte administrativa y el último piso sirve de dormitorio para las monjas que, como yo, no trabajan ni en la escuela ni en el hospital.

—Algunas partes parecen nuevas.

—Sí, después de la guerra hubo diferentes fases de construcción, o más bien reconstrucción, porque hubo un incendio que casi lo destruyó todo. La iglesia también quedó afectada por la guerra y hubo que volverla a levantar en parte. Los alemanes la quemaron porque creían que escondíamos judíos y los ayudábamos a salir del país. En eso no se equivocaban, pero no los escondíamos en la iglesia; eso habría sido demasiado obvio.

Todos los edificios estaban conectados con excepción de uno: la escuela. En medio había un área donde, en ese momento, hacían deporte los niños. Estos vestían uniforme de deporte, mientras que las hermanas llevaban los hábitos anudados por abajo para poder correr sin el impedimento del faldón. El efecto resultaba bastante cómico.

—¿Y qué tal está la señora Jenkins?

—Debo contarle una historia. Necesito que me escuche y me diga si usted puede agregar algo para completarla. Se trata de un asunto íntimo y delicado. Es posible que usted no quiera decirme nada, o que no pueda, aunque yo albergue la esperanza de lo contrario.

La hermana Félicité asintió, alentándola con una sonrisa. Eleanor le contó todo, sin escatimar detalles, desde el principio. La religiosa la escuchó con suma atención. Cuando Eleanor terminó, la anciana tardó un buen momento en reaccionar.

—Es preciso que sepa que no me hallo en condiciones de confirmar o negar ninguna información —declaró en voz baja, reposando con afabilidad la mano sobre una de las de Eleanor.

—Sí, lo entiendo.

—Durante la guerra —prosiguió la hermana Félicité, posando la mirada en los niños que jugaban abajo—, muchos niños vinieron a vivir aquí por distintas circunstancias, como abandono o fallecimiento de los padres y parientes. Tuvimos incluso muchos niños escondidos, entre ellos, judíos, gitanos o hijos de comunistas.

»Después de la Liberación, nuestro principal objetivo fue tratar de reunir en la medida de lo posible a los niños con sus padres, pero muchos habían muerto en los campos de concentración, o incluso antes de llegar a estos. Otros se habían visto tan solo separados durante el viaje de huida, pero aun así costó bastante llegar a reunirlos, a los que tuvieron suerte, claro.

»Antes de la guerra —prosiguió tras una pausa, con ojos chispeantes—, yo era solo una novicia, muy ingenua e inexperta, la verdad. La guerra me espabiló, como a mucha otra gente, supongo, con toda esa crueldad, desolación y miedo. Cuando acabó la guerra, intentamos recomponer lo que se había roto, en nuestro caso, los niños.

»Había niños que esperaban y esperaban…. Esperaban que volvieran sus padres, pero estos no volvieron nunca más —relató, cabizbaja, con un suspiro—. Fueron muchos los niños que no tenían adónde ir y que acabaron quedándose aquí. Nosotras nos encargábamos de darles una educación, hasta que fueran capaces de desenvolverse por sí solos.

»Todavía recuerdo la noche en que llegó su tía —evocó, tras una pausa—, con «el niño», tal como ella lo llamaba al principio. Creo que solo tenía tres años, o puede que casi cuatro. Llegó hacia las dos de la madrugada, con una fiebre altísima y empapada hasta los huesos. Había hecho todo lo posible para que el niño no se mojara, pero se había olvidado de cuidar de sí misma.

»Esa es una reacción típica de las madres, sí, pero a medida que la fui conociendo, me di cuenta de que ella siempre se olvidaba de sí misma. Siempre atendía más las necesidades de los demás que las propias. «Amarás a tu prójimo como a ti mismo». Esa es la cuestión clave, pero al parecer, en un momento dado, ella se había olvidado de aplicar la segunda parte del mandamiento.

—Yo creía que la abnegación era una cualidad propia de los santos —alegó Eleanor.

—Sí, pero no si se fundamenta en el odio hacia uno mismo, como ocurría en su caso. Llegó aquí desolada, destrozada y, hay que decirlo, llena de odio y ansias de venganza, aunque también con un ansia desesperada de sofocar de alguna forma esos sentimientos. Sí, cuando llegó estaba enferma, pero no tanto en el plano físico como en el espiritual y el emocional.

—¿Cómo supo llegar hasta aquí?

—¡Ah! Porque aquí venían a quedarse, en un momento u otro, los niños que ella ayudaba a salvar y a escapar del país. Nosotros la conocíamos como Rosset, no Marguerite.

Calló un instante, como si meditara una decisión.

»Yo procuro venir a esta rosaleda cada día del año, sobre todo en primavera. Antes tenía el coraje para acudir en invierno, pero ahora no puedo, o al menos eso es lo que me aconsejan no hacer.

»Es que a mí me fascinan las flores que aquí crecen, y Bernard, el jardinero, siempre hace lo posible para que haya flores, de tal forma que cuando no es la época de las rosas, haya otras plantas que florezcan y aporten belleza y color. Normalmente vengo aquí a rezar. Siento que mis oraciones están envueltas por las obras de arte de Dios.

»Marguerite, su tía, también venía a menudo aquí, a veces sola y otras conmigo. Pasábamos muchos ratos hablando en este mismo sitio, en este banco —precisó, tocándolo—. Ella tenía muchas anécdotas que contar y necesitaba desahogarse, sacarlas de adentro. Yo solo tenía diez años más que ella y debo reconocer que ella me ganaba en experiencia. Me costaba creer que alguien tan joven hubiera vivido tanto. Me dejaba asombrada con todo lo que contaba. Era inteligente, valiente, leal, atenta y generosa. ¡Habría salvado ella sola el mundo, de haber podido!

»Me explicó el origen de la gestación del niño, y también que después de la guerra fue en busca del «padre», pero que lo encontró completamente destruido, y pese a que aún estaba vivo, saltaba a la vista que estaba muerto, más que muerto. Por lo visto, le pidió perdón y después le rogó que lo matara. Le pidió que hiciera justicia poniendo fin a su vida, si no por lo que le había hecho a ella, por todo el daño que había causado a los demás. Por suerte, ella fue incapaz de hacerlo. Su necesidad de «venganza» se detuvo en el umbral de la muerte. Cuando me lo contó, supe que no todo estaba perdido en su interior.

»Estaba desgarrada entre el amor que le inspiraba su hijo y el recuerdo de cómo había sido engendrado. Creía fervientemente en la vida, en la posibilidad de cambio y en las oportunidades. No lamentaba haberlo tenido ni haber seguido adelante con el embarazo, pero sentía que el modo como fue concebido sería siempre una barrera entre ambos.

»Aquí le puso por fin un nombre, Peter —agregó con ternura—. Fue en recuerdo de un soldado al que había querido muchísimo. Todavía lloraba su pérdida y una parte de sí aún no se había recuperado de ese trance. «Peter haría tal cosa… Peter diría tal otra… Peter siempre creyó…», decía —suspiró—. Peter siempre estaba presente en su pensamiento.

»Mientras estaba aquí, enferma, tuvimos que mantenerla apartada de su hijo, Peter, porque al principio uno de los médicos creía que tenía tuberculosis. Peter pasó aquellos días con los otros niños, mientras nosotros hacíamos lo posible para que ella recuperara la salud, tanto física como anímica.

»Peter era un niño alegre, que parecía haber salido indemne de la guerra. Otros niños de su edad se habían quedado muy afectados. Peter había estado al cuidado de su abuela, que siempre había procurado mantenerlo al margen de la violencia y las penalidades de ese periodo, y lo había conseguido. Ella fue de hecho la que se ocupó de él, de tal forma que aún hoy en día conserva imágenes de ella. Había logrado protegerlo de la guerra y de todo lo que ocurría en aquella época. Marguerite dijo que fue tan maravillosa con él como lo había sido con ella de niña. Era un pequeño extraordinariamente equilibrado y ahora, como adulto, todavía lo es.

»A Marguerite le carcomía la preocupación de lo que pudiera pasarle a Peter si llegaba a conocer algún día la verdad de su origen. Temía que, en caso de averiguarla, pudiera perder aquella parte tan hermosa de sí, la parte que ella había perdido y no estaba segura de poder llegar a recobrar, porque hasta entonces había sido incapaz.

»Muchas veces decía: «Traje a este mundo a una bella persona y todavía no puedo olvidar la violencia con la que fue concebido, la pesadilla y el dolor. Me preocupa que un día todo esto se vuelva evidente para él. Se percatará de mis sentimientos encontrados entre el amor que siento por él y el rechazo que brota dentro de mí y que siempre seguirá ahí, porque siempre me traerá un horrible recuerdo a la memoria. Él me recuerda constantemente lo que pasó y esos recuerdos acabarán por destruirnos a ambos. Para él, será más fácil que para mí. Él no sabe lo que es el odio ni la ira, y se merece esa oportunidad. Yo no querría que tuviera que atravesar la vida con la sombra de la destrucción ocasionada por los actos de su padre, y se merece mucho más de lo que yo le pueda ofrecer. No le puedo proporcionar lo que necesita, lo que se merece. Quizá aquí lo pueda encontrar».

»Solía observarlo desde aquí, admirando lo especial que era. Disfrutaba de su compañía incluso desde lejos, de la fascinación que sentía cada vez que descubría algo, de su independencia, su aplomo, su risa, su optimismo…

»Le puso por nombre Peter Guillaume Sorret. Ella tenía un cuaderno, una especie de diario, que conservaba desde niña, donde había dibujado cosas que le habían llamado la atención de pequeña. Hacía unos dibujos fantásticos, igual que él. Fue preparando ese cuaderno para él. Dejó en sus páginas dibujos de su madre, su abuela; de Peter, que identificó por escrito como su padre; de dos amigas muy queridas con las que había vivido durante una parte de la guerra, madre e hija; y por supuesto, de ella misma.

La religiosa paró de hablar para mirar jugar a los niños.

»En el cuaderno dejó también una carta dirigida a él.

»En ese cuaderno le transmitió todas las cosas positivas que se le ocurrieron. Algunas eran los sentimientos expresados por aquel soldado, Peter, que quería compartir con él, así como el amor que ese soldado sentía por él, como padre. Fue también una manera de dejarle el amor que sabía que su madre, abuela del niño, había sentido por él, y de las dos mujeres que habían sido tan cariñosas desde que nació. También fue la mejor manera de dejarle el amor que ella misma sentía por él, de una forma que pudiera perdurar en su mente, sin nada que obstaculizara ese amor.

»Aparte, dejó sujeta en una página una medalla de plata que siempre llevaba puesta, con la que a él le gustaba jugar cuando lo llevaba en brazos, con la esperanza de que la recordara.

»Él dice que se acuerda de algunas de las personas que aparecen en los dibujos, pero que tiene dudas por la multitud de veces que los ha mirado. Dice que recuerda nombres, caras y sitios, una granja, un viaje en tren, una vaca, gallinas y un gallo. —Se encogió de hombros—. Claro que, ¿quién podría distinguir lo que es un recuerdo y lo que no, teniendo a disposición los dibujos?

Hizo una pausa.

»Tiene una memoria fotográfica, igual que ella. Es capaz de grabar en la memoria páginas y páginas de lo que lee, sin ninguna dificultad. Por eso le duele no estar seguro de si las imágenes que conserva son reales o derivadas de los dibujos.

»Le explicaron que ella había muerto de tuberculosis y que su padre, su abuela y las dos mujeres habían fallecido durante la guerra. Fue una manera de permitirle cerrar un capítulo. Esa fue la decisión que ella tomó. Fue una decisión muy difícil, porque sufría una división interior, entre lo que quería hacer y lo que se sentía capaz de hacer. Pese a saber que siempre viviría preguntándose cómo estaba su hijo, sentía que no debía volver a verlo ni entrar en contacto con él.

El lapso de silencio subsiguiente se prolongó unos minutos, interrumpido tan solo por los trinos de los pájaros.

—No sé si he hecho bien al faltar a la promesa que le hice a ella contándoselo todo a usted, pero me da la impresión de que, de todas formas, lo iba a averiguar o de que habría ido a preguntar a la persona que no debía, y eso yo no lo podía permitir.

»Debe mantener el secreto, respetar sus deseos. Tal como comprobará por sí misma, aunque resulte un poco doloroso, y pese a que a partir de ahora sienta que está ocultando algo, incluso engañando, tal como me ha ocurrido a mí, verá que la decisión de su tía y su determinación, demostró ser un acierto.

»Él no debe saberlo nunca —advirtió, tomando las manos de Eleanor y mirándola a los ojos.

»Los únicos que conocíamos la verdad —precisó— éramos el doctor Camet, el padre Philippe, la Reverenda Madre Thereese y yo; ahora, evidentemente, somos solo usted y yo. Del mismo modo, nadie está enterado de que Clara Jenkins es Marguerite, aparte de usted y yo.

»No tardé mucho en darme cuenta —agregó, tras una pausa—, por las fechas de los donativos y por la carta que enviaba cada año para agradecernos todo lo que hacíamos, de que Clara y Marguerite eran la misma persona, pero nunca dije nada.

—¿Cuánto tiempo se quedó aquí entonces?

—Un año. Mantenía las distancias con los demás y apenas se relacionaba con nadie, salvo con la Reverenda Madre, el padre Philippe o yo. A medida que pasaban los días, yo percibía que iba mejorando. Parecía menos agitada, más tranquila. No diría feliz, porque nunca se la veía feliz, pero sí parecía que empezaban a disminuir la rabia y el odio que la corroían.

»Después, un buen día… se marchó —declaró con un suspiro.

—¿Así sin más? ¿Sin avisar?

—Creo que la Reverenda Madre lo sabía, pero nunca lo dio a entender. En cuanto al mal que la aflige ahora, no creo que sea por Peter, su hijo, después de tantos años. A mí me parece que la causa recae en otro motivo y espero que pronto se resuelva.

Calló, posando la mirada en sus manos.

»¿Sabe? Para poder llevar a cabo lo que se había propuesto, necesitaba dejar el pasado atrás y distanciarse de la Marguerite… la Marguerite que sabía desenvolverse mejor en la guerra que en tiempos de paz; la Marguerite que estaba llena de rabia, de odio, de dolor y de decepción; la Marguerite que era una heroína de guerra, valiente y decidida, capaz de hacer más de lo que los demás podían o querían hacer, pero que sentía un odio constante contra sí misma por un error de cálculo que nunca se perdonó. —Hizo una pausa—. ¿Para qué iba a querer hacer aflorar ahora esa parte de sí?

Permanecieron en silencio un momento, hasta que la religiosa se puso en pie.

—Y ahora, si tiene la amabilidad de acompañarme, le enseñaré el resto de Sainte Catherine. Si en un futuro va a asumir la dirección de la fundación de su tía, debería familiarizarse por lo menos con el lugar.

Primero enseñó a Eleanor el edificio principal y la espaciosa iglesia. Después fueron al ala de la escuela, donde vio de paso las clases y los niños, que se preparaban para las diferentes actividades. Advirtió que todos parecían risueños y alegres. Las monjas y los profesores también demostraban una disposición sumamente afable.

A continuación, fueron a la parte destinada a los cuidados médicos.

La hermana Félicité le había explicado que allí atendían no solo a los niños del orfanato, sino también en ocasiones a los de los pueblos de los alrededores.

Entraron en una sala llena de camas, desocupadas con excepción de una en la que un niño, sentado, lloraba, mientras un médico le vendaba el brazo.

El médico le hablaba con voz suave y reposada. Poco a poco, pareció que el pequeño se calmaba. Una religiosa se acercó, sin decir nada. No obstante, parecía como si adivinara lo que el médico necesitaba en cada momento.

Aunque solo percibía su perfil, con solo ver el color rubio del cabello y las facciones de su cara, Eleanor supo quién era. Se volvió hacia la hermana Félicité, que sonrió en silencio.

—¿Qué? ¿Qué tal ahora? ¿Mejor? Yo que tú, procuraría mejorar mis habilidades para trepar o, si no, me buscaría otro pasatiempo. Ya van cuatro esguinces en dos meses ¿no? —consultó, sonriendo, el doctor al chiquillo.

El pequeño confirmó con la cabeza.

El médico preparó un cabestrillo sin dejar de hablar y después se lo colocó.

—Ahora, ya sé que el cabestrillo no te va a gustar, pero te prometo que te ayudará a curarte más deprisa. Solo tienes que mantener el brazo ahí, así. ¡Sí, ya está!

—¡Pero todavía me duele! —se quejó con ardor el niño.

—¿Ah, sí? —preguntó, con tono de sorpresa, el doctor, antes de coger una de las manos del chiquillo.

»Muy bien. ¿sabes qué vamos a hacer? Cierra los ojos y escucha con atención lo que te voy a contar.

El niño cerró con fuerza los ojos, arrugando de paso toda la cara.

»Ahora —le pidió él médico, con el mismo tono apaciguador— quiero que me des todo tu dolor y que lo pongas en la palma de mi mano.

—¿Cómo? —preguntó el pequeño, abriendo los ojos.

—Ponlo aquí, en mi mano —respondió tranquilamente, alborotándole el pelo con la otra mano—. Ahora sigue mis instrucciones. Cierra los ojos, apoya la mano en la mía, así, y ahora dame todo tu dolor. —Aguardó un instante—. Ahora abre los ojos y mira lo que hago con él. —Cerró la mano, como si tuviera algo en ella, y la metió en el bolsillo de la bata—. Ahora me lo voy a llevar conmigo y tú vas a ver que el dolor poco a poco irá disminuyendo porque yo lo tengo aquí, ¡dentro de mi bolsillo!

El niño asintió, sonriendo. Parecía como si se sintiera mejor.

—Ahora, la hermana Marie te va a dar una medicina que sabe fatal, realmente mal.

—¿Cómo lo sabe?

—¿Qué sabe horrible?

—Sí.

—Pues porque yo también lo tuve que tomar a tu edad y porque, normalmente, todas las medicinas saben fatal.

—Ah —dijo el niño, con los ojos muy abiertos.

—Sí, y cuando fui a estudiar para ser médico, eso fue lo primero que pregunté: «¿Por qué saben mal las medicinas?» ¿Y sabes qué me respondieron?

El pequeño negó con la cabeza.

—Me dijeron que los que tienen un sabor horroroso —explicó, con una mueca exagerada de repugnancia— ¡son los que curan más deprisa!

O sea que te lo tienes que tomar todo sin quejarte, ¿de acuerdo?

El niño asintió con la cabeza.

—¡Muy bien!

El médico dirigió una señal a la religiosa, que ayudó a bajar al niño de la cama para después acompañarlo hacia la salida.

—Doctor Sorret, Peter, le querría presentar a la señorita Eleanor Timboult. Es la sobrina de Clara Jenkins, una de nuestras más estimadas benefactoras.

Eleanor se quedó atónita. Peter era la viva imagen de su madre, Marguerite, aunque sus ojos azules tenían un brillo de alegría más intenso en la mirada y, a juzgar por las arrugas de su cara, sonreía muy a menudo.

—¡Ah! ¡Es un honor! —dijo Peter en un inglés impecable.

Era más alto y algo mayor que ella, pero la alegría que irradiaba lo hacía parecer más joven.

Eleanor procuró no dejar entrever la emoción que la embargaba.

—He pensado que podría enseñarle las últimas mejoras realizadas.

—La hermana Félicité se volvió para despedirse con un efusivo abrazo—. Ha sido un placer conocerla, Eleanor. Transmítale, por favor, mis más afectuosos saludos a su tía. ¡Y vuelva a vernos!

Acto seguido, dio media vuelta y se marchó.

—¡Ahí va el auténtico corazón, la verdadera alma de Sainte Catherine! —exclamó Peter, sonriendo, mientras la miraban alejarse.

Se había ido por el mismo lado que el niño lesionado. Al llegar junto a él, se inclinó para decirle algo. El pequeño soltó una carcajada y la hermana Félicité prosiguió su camino.

Peter sonrió al ver el intercambio, y después pasó a exponerle cómo estaba organizado el «hospital», las habitaciones y el material de que disponían. También se detuvieron para saludar a algunos niños que encontraron a su paso, así como a las monjas que los acompañaban.

Le enseñó las salas de atención para necesidades especiales.

—Recibimos muchos niños abandonados que sufren bastantes deficiencias —comentó.

—¿Como ciegos, o sordos?

—Sí, y también con problemas ortopédicos o parálisis cerebral, por ejemplo. Por eso hemos contratado a varios terapeutas especializados que nos ayudan a aportarles una mayor calidad de vida. Es increíble los cambios que se están introduciendo en este centro, y todo gracias a donantes como su tía.

—¿Lleva usted mucho tiempo aquí? —preguntó.

—Exceptuando el tiempo en que estuve estudiando medicina en la universidad, he pasado aquí toda mi vida. Me crie aquí.

—Debe de guardar muy buenos recuerdos si decidió volver.

—Sí, sí, así es —confirmó con aplomo, sonriendo—. No es lo mismo que tener tu propia familia, cosa que ahora sé porque tengo una familia. Pero antes no era consciente de eso, y todo gracias a las hermanas.

»Recuerdo que, al principio, consideraba afortunados a los otros niños que tenían a quién esperar, y esperaban a que ese *alguien* volviera, a un familiar que estaría esperándolos en algún sitio pero que acudiría a buscarlos. A veces, no con frecuencia, así sucedía, aunque por lo general, no era el caso. A medida que transcurría el tiempo, me di cuenta de que el afortunado era yo, porque sabía con certeza lo que había ocurrido, a diferencia de muchos de ellos que lo ignoraban. Ellos esperaban y esperaban… —Tendió la vista hacia el pasillo, como si recordara—.

Algunos todavía esperan, dentro de su corazón, en sus sueños.

»En el fondo, algunos más que otros, todos estábamos más o menos en la misma situación, y las religiosas nos atendían muy bien. Siempre procuraban hacernos sentir como si formáramos todos parte de una gran familia, compuesta de multitud de hermanos—. Se echó a reír—. Hasta nos daban tareas que cumplir como en cualquier familia normal, ya fuera coser, cocinar, barrer, limpiar cristales, cuidar el jardín y el huerto, o incluso aplicar algunas nociones de mecánica a los coches. En un momento u otro de nuestra estancia aquí, nos enseñaban todo eso. Debo reconocer que yo tenía una especial afición por la costura y que se me daba muy bien. Por otra parte, nunca me permitían limpiar los cristales ¡porque me gustaba hacer dibujos con el jabón! —explicó, riendo.

Calló un instante, antes de continuar, con una sonrisa pícara.

»La hermana Annette era un caso aparte. Ella nos enseñó a jugar al fútbol, al hockey, al baloncesto e incluso al béisbol. No sé cómo se las arreglaba con el hábito, pero el caso es que no le impedía participar en todos los partidos. Incluso se empeñó en que las otras hermanas aprendieran los diferentes deportes y se enfadaba muchísimo si no demostraban una implicación total.

—¿Béisbol? —preguntó, con cara de extrañeza, Eleanor.

—Sí. Por lo visto, había cuidado durante una temporada de un soldado americano que no hablaba más que de béisbol. Hasta le enseñó cómo manejar un bate y ¡la verdad es que tenía un excelente swing!

Se encontraban en el extremo del pasillo, que daba acceso a una especie de oficina, adonde la animó a entrar.

»También aprendimos a jugar al ajedrez, a las cartas… la hermana

Nicole era muy buena en el póker… y, por supuesto, el arte era una actividad obligatoria, ya fuera la pintura, escultura o la música. Había la posibilidad de formar parte del coro o de aprender a tocar un instrumento. ¡Yo aprendí a tocar el piano! Aparte estaban, claro está, las clases normales y los exámenes finales —agregó, quitándose la bata blanca.

Después la condujo por otro corredor.

»Supongo que podría compararse con un internado, con la triste diferencia de que nosotros nos quedábamos aquí también durante las vacaciones.

Peter se detuvo para mirar a Eleanor.

»¡Bueno, ya basta de hablar de mí! ¿Me permite preguntarle a qué se dedica? ¿Y qué la ha traído aquí?

—Bueno, yo escribo libros infantiles.

—Ah, ¿y ha venido aquí para investigar?

—No, no, para nada. Yo escribo libros de lectura, no exactamente libros… textos para aprender a leer ¿entiende? —aclaró, al haber visto su expresión de desconcierto—. Son para niños que tienen dificultades para aprender a leer.

—¡Ah! —exclamó, asintiendo con la cabeza.

—Parece ser que, sin proponérmelo, inventé un nuevo método y ahora los editores de Francia quieren que participe en la creación de libros de lectura de ese tipo, en francés. Por lo visto, algunos profesores dieron con mi método en inglés y, bueno, resumiendo, están viendo cómo se podría adaptar para los alumnos franceses.

—Parece muy interesante. ¿Y por eso está aquí?

—No, no. Como mi tía me habló de su implicación con Sainte

Catherine, decidí aprovechar mi estancia aquí en Francia, en París, para ser exactos, para venir a hacer una visita. —Se acordó de que debía mirarlo a los ojos, para que pareciera real la mentira que le estaba contando.

—¿Y qué impresión le ha dado hasta ahora? —preguntó él, sonriendo con ojos chispeantes.

—¡Creo que es precioso, magnífico! Los niños se ven felices. Sonríen y ríen. Yo he estado en escuelas normales donde nadie sonríe, y ya no digamos reír. La escuela a la que yo asistí es un ejemplo de ello.

—¿Así que nos vamos a llevar una valoración positiva? —preguntó con alegría.

—¡Definitivamente! —confirmó ella, riendo.

Peter abrió una puerta y le cedió el paso. Salieron del ala del hospital para dirigirse al edificio principal.

—¿Hay muchos niños que trepan a los árboles? —preguntó ella, mirando al pequeño que acababa de pasar por la enfermería.

Con el brazo en el cabestrillo, corría hacia otros compañeros, seguido de una monja que trataba de detenerlo.

—No —contestó, riendo, Peter—. Ha tenido suerte, porque solo ha sido un esguince ligero. Le dolerá un poco y ya está. ¡Por lo que se ve, ya se encuentra mejor!

—Me he fijado en el truco que ha utilizado, con eso de la mano y el bolsillo. Lo voy a compartir con mi hermana, que tiene tres hijos pequeños. Seguro que le va a servir.

—Según tengo entendido, mi padre lo compartió con mi madre, y ella me lo transmitió a mí.

—¿Así que la conoció?

—Bueno, ella murió cuando yo tenía tres años, casi cuatro. Sí, conservo algunos recuerdos de ella, de una abuela y de dos señoras que creo que eran mis tías. Me acuerdo de una granja y de ese «truco», como lo llama usted. Me acuerdo como me cogía la mano y me consolaba de esa forma. También me dejó un diario con un montón de dibujos y explicaciones de cosas que quería que supiera. —Hizo una pausa—. Lo dejó todo escrito, y ese «truco», creo que fue una de las cosas que más quiso dejarme.

Tendió la mirada hacia los niños que jugaban.

»El caso es que a veces me cuesta distinguir entre lo que sería un recuerdo genuino y uno creado a partir de las imágenes del diario. De todas formas, estoy muy contento de que me dejara el diario, porque me ayudó a mantener vivo su recuerdo durante toda mi vida, hasta ahora.

Siguieron observando los juegos de los niños.

»Debió de ser una mujer extraordinaria —comentó él de improviso, sintiéndolo de corazón.

De repente oyeron una aguda carcajada. Una niña rubia de unos nueve años acudió corriendo por el vestíbulo.

—*Papa! Papa! Maman dit qu'il faut presque y aller* —dijo.

Peter se inclinó y la levantó del suelo.

—*Ah, oui?* —preguntó.

—*Oui!* —contestó ella, sonriente.

—Marguerite, te presento a una nueva amiga de Inglaterra, Eleanor.

—¡Eleanor! —repitió la chiquilla, saludando con la mano para luego esconder, con timidez, la cara en el cuello de su padre.

Se encontraban ya cerca de la entrada al edificio principal, donde había otra niña de unos siete años, cuya expresión se iluminó al ver a Peter. A su lado, una mujer, mayor que Eleanor y probablemente un poco más joven que él.

—Eleanor, le presento a mi esposa, Carole, y a mi hija menor, Béatrix.

—¡Hello! —saludó la niña rubia en inglés, mientras Carole le tendía, sonriendo la mano.

Después de entrar en el edificio, las niñas se pusieron a correr por el vestíbulo.

—¡Tienen una energía desbordante! —comentó Carole—. Parece como si no se cansaran nunca.

Los tres se echaron a reír.

Las niñas se detuvieron delante de las puertas oscilantes.

Peter se paró también al llegar allí.

—Me tengo que ir —dijo a Eleanor—. Ha sido un placer conocerla. Dele, por favor, las gracias a su tía por todo lo que ha hecho, y no dude en volver.

—¡Descuide! —prometió Eleanor, al tiempo que estrechaba la mano de Carole.

Peter sonrió una vez más y Eleanor de nuevo advirtió lo mucho que se parecía a la tía Clara, sobre todo en la mirada y en la forma de sonreír.

—¡Hasta la próxima! *Au revoir!* —se despidió, antes de salir por la puerta, detrás de Carole y las niñas.

Eleanor se quedó mirando como las pequeñas correteaban en torno a sus padres durante el trayecto hacia el coche. Él rodeaba con el brazo la cintura de ella y ella la de él. Una de las chiquillas le dio un tirón y entonces él también se puso a jugar al pilla pilla, al igual que su esposa.

Los vio desplazarse así hasta que llegaron al coche y después alejarse en él.

Estaba muy emocionada, con el corazón casi en la boca. Apenas podía creer lo que había visto. Presa de sentimientos contradictorios, no sabía si reír o llorar.

¡Ah, cuánto le habría gustado haberlo podido compartir con Antoine!

Capítulo 20

Uniendo las piezas

Llegó más temprano de lo previsto al mismo hotel de París en el que se había alojado otras veces. La noche anterior se había quedado, debido a la distancia, en otro hotel cercano al orfanato. No le gustaba conducir de noche, y hoy se había tomado su tiempo para efectuar el trayecto, porque tenía mucho en qué pensar.

Después de ducharse, se sentó en la cama envuelta en un enorme batín blanco del hotel que debía de ser tres tallas mayor de la que habría necesitado.

Pese a que había echado de menos a Antoine en la última fase del viaje, sabía que había actuado correctamente al ir sola.

¿Supondría una traición hacia la tía Clara, Marguerite, si compartiera su secreto con él? Había que tener en cuenta que era el hombre al que quería, el hombre que había tenido la generosidad de ayudarla a llegar hasta allí. Había cuidado de ella, la había asistido e incluso había recurrido a sus amigos por ella.

Descolgó el teléfono y marcó su número.

—*Gérard, s'il te plaît, arrête de m'appeler. Je ne vais pas au cinéma avec toi demain. Je dois étudier tout comme toi. Tu comprends maintenant?* —contestó, con tono molesto, una voz que no le resultó desconocida.

—¿Andrea? Disculpa, soy yo, Eleanor.

—¡Ah, Eleanor! ¡Hola! —saludó, riendo, la muchacha—. ¡Creía que era Gérard! ¿Sabes qué? Me ha llamado seis veces para pedirme lo mismo. Quiere que vaya con él al cine, pero yo tengo que estudiar. *Incroyable! Je ne comprends pas les hommes, tu sais?* No entiendo a los hombres. *Papa! Allons, papa! Eleanor est au téléphone! Au revoir, Eleanor!* Besos.

Oyó el ruido del contacto del auricular sobre una mesa. Seguramente lo había descolgado en la sala de estar, en la mesa contigua a la ventana.

Notó que la embargaba una especie de calidez, una sensación acogedora, familiar, como si formara parte de algo …qué extraño.

—*Hallo!* —saludó Antoine, tan animado como siempre—. Cómo me alegro de oírte, Eleanor. De hecho, eres la primera persona que me llama para hablar conmigo hoy. El teléfono no para de sonar, y siempre es para Andrea. Tendré que investigar qué clase de hechizo está usando con todos esos chicos, sobre todo con ese Gérard, que está rendido por ella —afirmó, riendo—. Por cierto, te iba a llamar para proponerte que fuera yo el que te vaya a visitar esta vez. Podrías enseñarme todos los museos, llevarme a tomar el té, a ver el cambio de la guardia real y toda esa clase de cosas. ¿Qué? ¿Qué te parece?

Eleanor se sentía exultante, y al mismo tiempo tremendamente nerviosa, con la sensación de haber traicionado a aquella maravillosa persona.

—Me gusta la idea, pero creo que va a tener que ser para más adelante, si te parece bien, porque verás… ahora estoy en París, en mi precioso hotel.

Tras una breve pausa, prosiguió:

»Pensaba que quizá podrías ir a cenar conmigo. Hay algo, algo… que te querría explicar.

—¡Perfecto! —aceptó él de inmediato—. ¿Te paso a recoger hacia las siete?

—¡Sí, a las siete!

❧

Aunque había hecho calor durante el día, el aire había refrescado. No había previsto nada especial que ponerse. De hecho, las dos faldas que había traído parecían más bien piezas de un traje de oficina que otra cosa. Aparte, estaba el vestido, el único que había traído. ¿Por qué lo habría puesto en la maleta?

—Mi subconsciente sabe más lo que hago que mi mente normal —determinó en voz alta.

Con una carcajada, se colocó delante del espejo con el vestido delante, todavía puesto en la percha. ¡Sí! Sin duda. El verde le iba bien con el color verde de los ojos y el cabello pelirrojo.

Estaba ya en la puerta del hotel cuando él llegó, saludando con la mano, en su viejo coche que ya conocía tan bien. Como siempre, Antoine se bajó para abrirle la puerta y la cerró una vez estuvo instalada. Después se fueron.

La llevó a una zona más antigua de la ciudad, próxima al restaurante de Luc.

—Podemos pasar por allí a tomar el café o una copa, si quieres. Me ha estado llamando un sinfín de veces. *Je ne sais pas pourquoi, car il ne laisse pas de message.* Con lo fácil que es dejar un mensaje —concluyó, riendo.

El establecimiento era pequeño, con pocas mesas y pocos clientes, tal vez porque era un día entre semana. Antoine pidió una mesa apartada de las demás, para poder disfrutar de más intimidad. Después de elegir los platos, les llevaron, como siempre, a la mesa el vino, el pan y la mantequilla. Antoine se quedó mirándola, con actitud expectante.

—No sé por dónde empezar —admitió ella con nerviosismo—. Encontré al niño… bueno, al hombre más bien. Al final le puso un nombre: Peter. Le puso el nombre de Peter Guillaume Sorret.

—¿Guillaume?

—Sí. Le puso el nombre del amor de su vida y del amor de su madre, no cabe duda. Supongo que Sorret surgió de una recombinación de las letras de su apodo, Rosset ¿no?

Percatándose de la preocupación que se reflejaba en la cara de Eleanor, Antoine posó una mano en la suya, sonriendo.

—Adelante. Estoy intrigadísimo.

Eleanor le habló de los documentos que le había hecho llegar el abogado de su tía, dado que le correspondía a ella administrar los asuntos de esta hasta que se restableciera o, en caso de que falleciera, después de su muerte. Le explicó que su tía había realizado donativos al orfanato de forma regular desde 1947, y que en el orfanato sabían que ella iba a seguir contribuyendo a la buena marcha del centro a través de la fundación de su tía.

A continuación, le expuso lo que le había confiado la hermana Félicité, y después le describió el encuentro y la conversación que había tenido con Peter.

—Debió de ser muy emotivo para ti —comentó él.

—Sí, sí. También fue muy… esclarecedor. En cierta manera, creo que ahora la entiendo mejor. Aun así, conociéndola, no acabo de entender su decisión de darnos el sobre, puesto que ha provocado que salieran tantas cosas a la luz. Aparte está la cuestión de que ella siempre encaró de frente la adversidad, con lo cual no se entiende qué está ocurriendo ahora.

Antoine puso cara de desconcierto.

»Te voy a dar algunos ejemplos de lo que intento expresar. Pongamos, por ejemplo, los niños. Nos dijeron que a ella le encantaban los niños y, sin embargo, a la tía con la que yo me crie, la tía que conozco, no le gustan los niños. Personalmente, yo siempre pensé que, puesto que mi tío no podía tener hijos, era como una manera de solidarizarse con su problema, una forma de hacer que él no se preguntara si en el fondo ella habría querido tenerlos.

—¿Y ahora?

—Ahora creo que era un mecanismo de defensa. Creo que sentía que habría sido una traición afectiva con su hijo el haberse atrevido a dar amor a otro niño.

—Pero contigo se comportó de una manera especial.

—Sí, cuando yo tenía unos diez años. A esa edad, uno ya no es tan niño. Mi hermana tiene tres hijos, muy bien educados, y, aun así, todos sabemos que a la tía Clara no le gusta tenerlos cerca durante mucho rato. —Asintió, como si se reafirmara en su conclusión—. De verdad creo que se trata de eso, de un sentimiento de lealtad hacia Peter, su hijo.

Calló un momento, concentrada.

»Entiendo que necesitara romper con su pasado, de forma radical. De hecho, solo la hermana Félicité adivinó quién es. Creo que por eso nunca le contó a Béatrix dónde está Peter ni qué fue de él. Me parece que, si Béatrix hubiera tenido oportunidad de insistir sobre la cuestión, también habría dejado de tener noticias de la tía Clara.

»Lo cierto es que, hasta donde sabemos, nunca ha vuelto a París. Ese fue uno de los lugares a los que le pedí que me llevara cuando me acompañó a Italia. Me dijo solo «Quizás», y nunca volvió a hablar del asunto.

»Nunca nos dijo que hablaba alemán, ni nos habló de su participación en la Resistencia. Ni siquiera supe que tenía memoria fotográfica, ni que dibujaba. Pasó página y cerró el libro. Los únicos vínculos que ha mantenido con el pasado son las cartas que mandó a Béatrix y los donativos al orfanato… hasta ahora, cuando nos dio el sobre para su madre.

»Ningún médico es capaz de dar una explicación concreta a su trastorno. Por eso empiezo a pensar que ha actuado así con algún propósito. Aunque no sé de qué se pueda tratar, sospecho que no lo hizo con intención de encontrar a Peter, porque no tiene sentido que después de tantos años de no revelarlo a nadie, haciendo todo lo posible para que él nunca averiguara su origen, dejara que todo saliera a la luz. No encaja con su carácter.

Calló un instante.

—Tampoco entiendo que una persona tan luchadora frente a la adversidad haya sucumbido ahora… a algo.

Volvió a callar y Antoine también guardó silencio, esperando.

—Me habría gustado que me acompañaras, pero decidí que era algo que debía hacer sola. Espero que no sientas que te dejé a un lado.

—¡Ah! ¡De modo que era eso! —Soltó una carcajada—. Cuando has llamado, he pensado que me querías dejar.

—¡Oh, no! ¡Por Dios, no! —contestó ella, sonriendo.

—Ahora yo también sonrío y estoy contento. ¡Había venido preparado para convencerte de que no lo hicieras! —Le cogió ambas manos—. No, creo que hiciste bien. Es posible que, de haber estado yo, la hermana Félicité no hubiera sido tan franca y expansiva contigo. Creo que has acertado en proceder así.

»En cuanto a tu tía, es muy difícil saber cuándo la mente dice de repente «Ya no puedo más», incluso cuando uno no quiere perder la batalla o no tiene costumbre de dar su brazo a torcer. Por eso creo que quizá habrá que ir viendo sobre la marcha cómo evoluciona, sobre todo tú, que la quieres tanto. De todas maneras, quiero que sepas que yo estoy aquí para ayudarte en todo lo que pueda.

Eleanor asintió, satisfecha de oír su ofrecimiento.

»¡Y ahora vamos a acabar de cenar y luego iremos a ver qué se trae entre manos Luc! Quizá nos aporte otra pieza importante del rompecabezas.

Capítulo 21

Una explicación

El establecimiento de Luc, con sus luces, colores y música de acordeón de fondo, ofrecía como siempre el ambiente más animado que Eleanor había visto nunca en un restaurante.

De vez en cuando, la voz de Luc o sus sonoras y efusivas carcajadas resonaban por encima del murmullo de voces de los clientes.

Al verlos entrar, levantó la mano y les indicó que fueran a una mesa que había al fondo de la sala.

Pidieron café a una camarera rubia que acudió de inmediato. Fue, sin embargo, Luc quien se lo llevó en una pequeña bandeja, con un periódico bajo el brazo y una jarra de cerveza en la otra mano. Se detuvo para susurrar algo a un camarero, que se fue hacia el otro extremo del local.

—*Bonsoir les deux!* —los saludó, besando la mano de Eleanor—. ¡Está igual de guapa que siempre! ¡Y tú, amigo mío, eres de lo que no hay! —reprochó a Antoine—. ¿No te dijo tu hija que había llamado?

—Sí, pero como no dejaste ningún mensaje, pensé que solo querías que fuera a jugar al póker el viernes —contestó él, riendo.

—No, yo no le haría eso a un buen amigo ¡porque te habríamos dejado desplumado! ¡Sin un céntimo! —vociferó con una atronadora carcajada.

Después, adoptando una expresión seria, sacó el periódico y lo dejó en la mesa, antes de sentarse con ellos.

—¡Mira! ¡Aquí! —Señalaba un artículo de un periódico francés, que procedió a leer en voz alta—: *Un espion anglais, nazi allemand, meurt mystérieusement à l'âge de 73 ans à Greenfield, London*. «Un espía inglés, nazi alemán, muere de forma misteriosa a los 73 años en Greenfield, Londres». —tradujo, pese a saber que no era necesario.

«¿Greenfield? Esa es la zona donde vive la tía Clara», pensó para sus adentros Eleanor.

—Y hay más —dijo Luc, mirándolos con intensidad—. Era conocido como el *Caméléon*. Hablaba muchas lenguas y era muy hábil disfrazándose. Trabajó en París para los alemanes por la misma época que Françoise Aubert y también trató de infiltrarse en la *Résistance* en St. Gervais. Creo que fue en el mismo periodo en que su tía y su madre vivieron allí antes del final de la guerra.

»Por lo visto, después de la guerra, trabajó como espía para el gobierno inglés. —Hizo una pausa—. Ahora, sin embargo, creen que era un agente doble y que quizá fueron los rusos quienes lo mataron. Bueno, esa es una de las posibilidades que barajan.

»Al principio, creyeron que fue un ataque de corazón sin más. Debido a que trabajaba para el gobierno, era obligado que le hicieran la autopsia. Hace poco, un empleado del laboratorio dejó filtrar a la prensa la información, que se había mantenido en secreto, sobre su identidad y la forma como había muerto…

—O lo hicieron a propósito, para que los rusos supieran que ellos saben… que los británicos saben que era un espía —lo interrumpió Antoine.

—¡Exacto! —acordó Luc—. Lo envenenaron, o le obligaron a ingerir veneno, una clase de veneno muy especial proveniente de una planta llamada digital. —Calló para mirar a su alrededor—. Sébastien Petite ha sido designado últimamente como sospechoso del acto.

—¿Cómo? —preguntó, sorprendido, Antoine.

—Sí, por lo que se ve, Sébastien Petite estaba en Inglaterra en ese momento, y él llevaba años buscando a ese individuo. Ese hombre mató a su hermana, después de violarla y torturarla durante tres días. Él fue también quien ordenó la ejecución de la familia de Jacques O'Cringe. A Jacques lo están investigando también, pero está ilocalizable… ¡y nunca van a encontrar a ninguno de los dos, os lo aseguro!

»No hace mucho —prosiguió, tras una pausa—, me enteré de que Françoise Aubert había recibido órdenes de matarlo o de organizar su muerte en París. Sin embargo, no pudo hacerlo; se fue poco después de que le llegara la orden de Sébatien Petite, Rolo. Ella y O'Cringe debían encargarse de hacerlo, pero O'Cringe no consiguió localizar a Caméléon, ni siquiera después de que ella se marchara.

Sin saber qué decir ni qué pensar, Eleanor se alegraba de que Antoine no la mirase, y que continuara pendiente como estaba de las explicaciones de Luc.

—Me pareció que deberíais saberlo, por si os sirviera de ayuda.

»Podría haber sido cualquiera —puntualizó—. Traicionó a los rusos y a los ingleses. Parece ser que su codicia lo llevó a la perdición. Los ingleses probablemente lo querían vivo, los rusos lo querían sin duda muerto y el Mossad llevaba años buscándolo también. —Apuró la jarra de cerveza de un trago—. Sí, es triste, muy triste, que no lo atraparan vivo —comentó con pesar.

Luego se levantó y se fue de forma repentina, dejando el periódico junto a la jarra de cerveza vacía. De pronto, volvió a ser el Luc de siempre, mientras se alejaba riendo y hablando estrepitosamente.

En el periódico, había unas fotos del espía, pequeñas pero nítidas: una con el uniforme alemán, otra con traje de civil y otra que había sido probablemente tomada cinco años antes.

Eleanor miró la fecha del periódico. Era de hacía dos días. Seguramente había salido la tarde en que ella se fue. El corazón le latía con fuerza; no quería concretar ni dejar aflorar la idea que trataba de tomar forma en su mente.

—Béatrix —dijo—. Tenemos que consultar a Béatrix.

—¿A qué hora sale tu avión mañana? —preguntó Antoine.

—A las diez y media de la mañana. ¿Por qué?

—Porque voy a ir contigo. Pero ahora iremos a mi casa y desde allí, llamaremos a Béatrix. Tenemos que confirmar lo que ya sospechamos.

—Que es el hombre que mató a Catherine y a Peter —verbalizó Eleanor.

—Sí.

—¿Crees que habrá leído el periódico?

—Sí, estoy seguro. Es el de mayor tirada del país.

Se miraron a los ojos.

—Sabes lo que eso podría suponer, que la tía Clara, Marguerite… no me preguntes cómo… pero… —Calló al ver que Antoine apoyaba el índice en los labios.

—No sabemos nada todavía —precisó, con una sonrisa—, así que vamos a ir despacio, procurando averiguar la verdad, *n'est-ce pas?* Debes tener presente, además, que en ningún momento hemos escuchado que Marguerite, como tal, o Tania, Rosset o Marie Ellen, hubiera matado a nadie, ni siquiera durante la guerra.

Capítulo 22

¿Un final?

El cuarto de la tía Clara estaba en penumbra, con las cortinas corridas. Cuando Eleanor y Antoine llegaron a Inglaterra, en los periódicos ya no se hablaba del espía anglo alemán.

Se habían dirigido de inmediato al domicilio de la tía Clara y, en ese momento, mientras Antoine tomaba un refrigerio abajo, Eleanor se encontraba en el piso de arriba, en la habitación de su tía.

Abrió las cortinas, dejando entrar la luz de un día grisáceo y sombrío. Aunque estaba nublado y se notaba que iba a llover de un momento a otro, el cuarto quedó algo más iluminado.

La tía Clara estaba sentada en su sillón habitual, al lado de la ventana. Como de costumbre, durante todos aquellos meses anteriores, se encontraba completamente vestida, como si estuviera a punto de ir a alguna parte. Sin embargo, no decía nada, y tan solo miraba por la ventana.

Eleanor se instaló en el otro sillón, de espaldas a la ventana. Solamente la mesa mediaba entre ambas.

—Tía Clara —dijo en voz baja—. Helbert Schneider ha muerto.

Calló, pero como apenas apreció ninguna reacción, lo volvió a repetir.

»Helbert Schneider ha muerto.

La tía Clara se volvió despacio para mirarla.

—Marguerite —dijo por fin—. Marguerite sabría lo que había que hacer, siempre sabía… pero ha pasado tanto tiempo… —Volvió a fijar la vista en la ventana—. *Et ma mère…* —añadió, como si proyectara las palabras hacia la ventana. No dijo nada más.

Eleanor corrió su sillón para colocarlo delante de su tía. Luego juntó las manos con las de su tía, antes de continuar.

—Tú eres Marguerite. —Hizo una pausa—. Todo lo bello y maravilloso de Marguerite se transformó en Clara Jenkins. La Marguerite que querías que sobreviviera a través de Clara Jenkins, con el corazón lleno de amor, valiente y fuerte.

En los ojos de su tía comenzaron a asomar las lágrimas.

—Helbert Schneider está muerto. No hay necesidad de tomar ninguna decisión. No hay necesidad de hacer nada.

—Él me lo quitó todo…

—Lo sé.

—Quería matarlo… pero no quería sentir el odio… ese odio horrible… ¡otra vez no! —Se cubrió la cara con las manos.

—Ahora se ha ido, para no volver más.

Guardaron silencio un momento.

—Tía Clara, vuelve con nosotros, por favor —le rogó en voz baja Eleanor.

Su tía se descubrió la cara. Eleanor volvió a juntar las manos con las suyas, palma con palma.

—Me tengo que volver a marchar —dijo, tendiendo de nuevo la

mirada hacia la ventana—. Volver a empezar… pero me siento tan cansada, tan cansada… Él me reconoció… y yo a él. En la iglesia, ese domingo, topamos el uno con el otro. Yo… no sabía qué hacer. No quería recordar. No quería recordar el odio… no quería sentir ese horroroso odio. —Se volvió para mirar a Eleanor y luego dijo—: Marguerite, en cambio, aunque odiara, siempre sabía qué hacer… siempre. Necesitaba que volviera… pero no volvió… ¿verdad? —Las lágrimas brotaban de sus ojos azules, tan claros.

Eleanor comprendió.

—No necesitabas seguir odiando, ni buscar venganza. Todo aquello se acabó. Marguerite lo sabía, sabía que había terminado hace años. Por eso la Marguerite que odiaba no volvió nunca y no va a volver nunca más.

El silencio se asentó en el cuarto.

Eleanor apretó las manos de su tía, para que centrara la atención en ellas. Después hizo deslizar las suyas sobre las palmas de las de su tía. Cuando solo se tocaban los dedos, las cerró formando sendos puños, que introdujo a lado y lado en los bolsillos. Después de abrir las manos en los bolsillos, las sacó y dio unos golpecitos en los bolsillos.

La tía Clara, que había observado la operación, levantó la vista para mirar a Eleanor.

—Se acabó —dijo en voz baja.

Capítulo 23

Cerrando puertas con apertura al amor y a la vida

Eleanor había puesto al corriente a Antoine de lo ocurrido mientras esperaban al doctor Harreds. Después, una vez hubo llegado este, le explicó que la tía Clara sufría sin margen de duda un estado de *shock* ocasionado por un trauma del pasado que había vuelto a aflorar, una mala experiencia vivida durante la guerra.

El doctor Harreds la escuchó atentamente y, después de examinar a la paciente y administrarle un leve calmante, aceptó llamar a un especialista, conocido suyo, que trabajaba en casos de ese estilo.

—¿O sea que vamos a tener un desenlace positivo? —preguntó Antoine, una vez se hubo ido el médico.

—Sí, eso parece —confirmó Eleanor, aun sin saber si debía sentir alivio o no—. Tengo que llamar a mi hermana Stella. Podríamos tomar un té juntos.

—Sí. —Se acercó a ella y la tomó de las manos—. Y me vas hacer un gran favor. Vas a llamar a tu otra hermana, ¿sí?

Eleanor se quedó inmóvil.

»Tienes que cerrar ese capítulo, mi querida Eleanor. Para que lo nuestro tenga futuro, necesitas cerrar ese capítulo, ¿sí?

Eleanor lo miró a los ojos. Permaneció así, pensando, buscando… pero ¿qué era lo que buscaba? ¿Qué le faltaba? Lo que había acabado había acabado. Antoine tenía razón. Era hora de cerrar esa puerta y abrir otra.

—Sí —acordó, con una gran sonrisa—. Tienes toda la razón.

De repente se sintió llena de entusiasmo, de alegría, de ímpetu incluso… con una extraña sensación de alivio. Era como si se hubiera quitado un peso de encima… qué extraño.

❧

Dos días después, se reunieron todos al completo en torno a la mesa del jardín de la tía Clara. Eleanor había organizado un té muy bien surtido para sus dos hermanas, Stella y Martha, sus maridos, Fred y Mark, los tres hijos de Stella, y Antoine.

La tía Clara estaba mucho mejor, pero Eleanor no quería alejarse mucho, por si acaso. Había decidido organizar aquel encuentro en la casa de su tía, convencida de que en caso de haber sabido cuál era su propósito, no habría tenido el menor inconveniente.

El momento más complicado fue cuando llegaron Martha y Mark. Stella y Fred se encontraban en el jardín con sus hijos, mientras Eleanor y Antoine acudieron a recibir a los invitados tan esperados.

Cuando vieron a Eleanor al entrar, se quedaron parados, con actitud arrepentida, incómodos.

Ambos parecían mayores, pese a que Martha seguía igual de guapa que siempre y Mark conservaba el mismo tipo de encanto juvenil.

Permanecieron inmóviles, mirándose.

De repente, Antoine intervino para romper el hielo, presentándose. Se las arregló para conducir a Mark hacia el jardín, dejando a Eleanor y Martha solas, frente a frente.

—Eli, yo...

Eleanor dio un paso y la abrazó.

De repente, ambas rompieron a llorar y siguieron enlazadas en un estrecho abrazo, dejando fluir las lágrimas.

Al oírlas, Stella se acercó a mirar y decidió sumarse al abrazo.

—Yo... —volvió a tratar de hablar Martha.

—Ven —le dijo Eleanor, interrumpiéndola—. ¡Vamos a tomar el té!

Al final, pasaron una tarde muy agradable. Antoine se desenvolvió con mucha soltura, sintiéndose como en su casa; encajaba perfectamente, incluso parecía que todos lo conocían desde hace años y él a ellos.

Eleanor comprobó, con cierta sorpresa, la escasa consideración que le inspiraba Mark. Seguía siendo igual de guapo que siempre y era capaz de hacer reír a la gente, pero, al igual que Martha, estaba vacío. Les faltaba algo que ella no alcanzaba a definir. En todo caso, observándolos a ambos y luego a Antoine, los vio tal como eran: frívolos, superficiales, casi pueriles. No habían crecido ni madurado; habían recorrido la vida sin evolucionar. Seguían hablando de las mismas cosas, tenían los mismos sueños y estaban estancados en el mismo lugar donde se encontraban ocho años antes.

Antoine, por su parte, era un hombre, una persona madura que había aprendido ciertas lecciones de la vida, pero que había salido indemne de ellas, seguramente gracias a su optimismo y a su amor por la vida y las personas. Era un padre y un hijo fantástico, y un amigo fiel, noble y leal. Era inteligente y estaba abierto a las novedades y tenía espíritu aventurero. Era de trato fácil y tolerante en sus formas y modo de pensar.

Mientras reflexionaba sobre todo aquello, a su memoria acudieron imágenes de sus intervenciones en el transcurso de sus andanzas y no pudo evitar sonreír.

Sí, era maravilloso. Estaba enamorada de él y, más importante aún, él lo estaba de ella. Todo había sido tan sencillo, tan fácil, tan natural… sin tener que forzar nada, sin rastro de falsedad.

Él se volvió de improviso y la miró. Había estado jugando al fútbol con uno de los hijos de Stella, David.

Se dirigieron mutuamente una sonrisa.

Ambos sabían.

Epílogo

Perspectivas

Cuando oímos decir a los médicos eso de que «El tiempo lo cura todo», solemos poner cara de escepticismo. El dicho se ha convertido en una especie de cliché que muchas veces expresa más un deseo que una convicción. No obstante, en el caso de la tía Clara fue acertado.

Al saber por fin qué había ocasionado el estado de la tía Clara, llamaron a un médico especialista que se ocupaba de casos como el suyo. Le tomó un tiempo, pero poco a poco, la tía Clara fue recobrándose hasta volver a ser la misma de antes.

Nunca se sinceró con Stella ni con Martha, pese a que esta se desvivía por volver a ganarse su estima. Con Eleanor, en cambio, era como un libro abierto.

Con ella, hablaba sin reservas de Peter, de todos los momentos que habían compartido, de todo lo que habían vivido durante la guerra, de su afán por salvar cuantas más personas y niños pudieran.

La tía Clara siempre se implicó más allá de lo que cabía considerar normal. Había asumido incluso más riesgos de los que Béatrix hubiera podido imaginar, y Peter, por su parte, pasaba mucho tiempo procurando que estuviera a salvo, pese a que él mismo arriesgaba la vida más a menudo de lo que nadie sospechaba.

También fue Peter, según le contó, quien le devolvió a su corazón su frescura natural, la que tenía de niña.

—Tenía una voz suave y sosegada, tal como era él. Siempre mantenía el optimismo y creía que, poniendo empeño, todo podía volver a enderezarse —le explicó—. Sentía compasión por todo el mundo, incluso por las personas cuyo comportamiento no entendía.

Le habló asimismo de Guillaume, compartiendo cosas que había dicho con Antoine; además de describir su carisma o el humor con que procuraba verlo todo, incluso el horripilante espectáculo del que, junto con su madre, habían sido testigos en Berlín.

—Él buscaba soluciones, sin dejarse lastrar por los aspectos horrendos de la situación —decía.

Aquel hombre adoraba a su madre y ella, por su parte, siempre lo consideró como un padre, en todos los sentidos.

Hablaba de su madre con una tremenda admiración. La fuerza, la determinación y la entereza que esta había demostrado durante su infancia y adolescencia le habían dejado una profunda huella. Su amor y su afecto, la voluntad de siempre seguir adelante sin aceptar la derrota, habían sido una fuente de equilibrio para ella, incluso en medio de las penalidades que sufrió durante los últimos años que pasaron juntas.

Siempre se había sentido respetada por su madre. Pese a su preocupación por las decisiones que tomaba su hija y los riesgos que asumía, siempre la apoyó, aun sin comprenderlos muchas veces.

Era consciente de que el amor que Catherine le dio a su hijo fue ejemplar. De no haber sido por ella, tal vez hubría evolucionado de otra forma. Su propia manera de ser fue, en todo caso, un factor clave que contribuyó a su felicidad y a la de todas las personas de la casa en aquellos tiempos tan difíciles.

Le habló de la amistad que la unía con Béatrix. Lamentaba no haber sido más sincera, pero tuvo sus motivos para no confiarle todo. Le preocupaba la posibilidad de que pudiera ir a buscar al niño. En su opinión, aquello habría tenido un efecto perjudicial para su hijo, porque habría neutralizado la posibilidad que deseaba darle. Tarde o temprano, este habría hecho preguntas. Conociendo a Béatrix, ella le habría aportado las respuestas, y entonces él habría tenido que lidiar para siempre con un dolor terrible.

La llamó por teléfono, en compañía de Eleanor. Béatrix lloraba tanto que tuvieron que posponer la conversación para otra llamada. La tía Clara, en cambio, no lloró. No era porque fuera insensible o no la conmoviera la situación; ni tampoco porque no hubiera echado de menos a su amiga durante todos aquellos años. No, era porque de alguna forma, como de costumbre, una de las dos debía asumir el papel de la más fuerte, y ella se acogía a él. Era un rol que siempre asumía, sin pararse a pensar lo que en realidad deseaba: tal vez expresar abiertamente lo que sentía sin servir de sostén de nadie. Por tanto, una vez más, dejó que su buena y afectuosa amiga Béatrix fuera la que diera rienda suelta a las emociones reprimidas durante tantos años. Ella, por su parte, expresó las suyas de manera contenida, con actitud calmada y serena.

Lo mismo ocurrió con Lucile, la madre de Antoine, que acudió a verla. El encuentro fue muy conmovedor para ambas. Hablaron de los recuerdos felices que conservaban, evitando, en la medida de lo posible, los que resultaban perturbadores. Ambas aceptaron que había que cerrar el capítulo de aquella noche fatal, y así lo hicieron, mencionándola tan solo lo necesario y renovando su amistad con todos los demás momentos maravillosos que habían compartido y los otros que la vida les había regalado más adelante.

En el fondo, Eleanor corroboró en esos días lo que había deducido sobre la tía Clara durante la indagación que había llevado a cabo en compañía de Antoine. Marguerite era la persona más fuerte en todas las situaciones, la que asumía la carga, el pilar, la que se arriesgaba como fuera, la que controlaba el desenlace y, en realidad, lo dirigía a ser posible.

Cuando Eleanor le preguntó por las numerosas identidades que había usado, le dio la misma explicación que le había dado a Peter aquella tarde a orillas del río. Para ella, lo importante era saber quién era uno por dentro, no el nombre que acompañaba a la persona. Mientras uno no perdiera de vista quién era y entendiera cuál era su esencia, cualquier nombre o apellido podía servir.

No obstante, a su hijo le había puesto los nombres de los dos hombres que habían representado el amor en su vida: Peter, el amor de su vida, y Guillaume, a quien consideraba como un padre.

Nunca había vuelto al orfanato, y Eleanor no sabía cómo decirle que ella sí lo había visitado, ni revelarle lo que le habían contado y a quién había conocido allí. Sin embargo, con la tía Clara era muy difícil mantener un secreto.

—Lo viste —dijo, dando por hecho que así fue.

Era una tarde de verano, en que se encontraban las dos solas afuera en el jardín de su casa.

—Sí —confirmó Eleanor.

—¿Cómo es?

—¡Es magnífico! Es tal como me imaginaba que era Peter a raíz de la descripción de Béatrix, aunque no fuera su hijo, y por lo que tú me has contado. Es encantador, alto, rubio y con ojos azules como tú, y se parece a ti. Es médico y trabaja para el pueblo y para Sainte Catherine. Se fue para estudiar y volvió. Todavía conserva tu diario, como algo de gran valor, igual que todo lo que tiene que ver contigo. Está casado y tiene dos hijas. Una se llama Béatrix y la otra Marguerite.

La tía Clara asintió con la cabeza y desvió la vista un instante.

—¿Se acuerda…?

—Se acuerda de todo lo que dibujaste y de ti. El comentario que hizo, después de hablarme de lo que sabía y del diario, fue: «¡Debió de ser una mujer extraordinaria!»

La tía Clara guardó silencio un momento.

—Entonces tomé la decisión correcta —dijo—. Fue doloroso. No creas, Eleanor, que no dudé, o que no me dolió. Yo soy fuerte, pero no insensible ni despiadada. Me enamoré de él cuando fui capaz de verlo por separado, independientemente del dolor con que lo había rodeado. Cuando fui capaz de verlo más allá de la rabia, el odio y el violento dolor que sentía… entró en mi corazón, o tal como lo habría expresado

Peter: «Por fin encontraste en tu corazón lo que siempre amaste durante todos esos años».

»Lo he llevado en mi corazón, junto con Peter, durante toda mi vida, siempre con interrogantes, siempre con la tentación de averiguar cómo estaba, pero no era conveniente que él lo supiera, no debía enterarse nunca. El riesgo era demasiado grande, no solo por parte de las personas que me conocían, si no por mí. No estaba segura de que aquella carga explosiva no fuera a aflorar… La verdad es que él iba vinculado a un recuerdo y tenía dudas de si habría sido capaz de mantener a raya ese recuerdo estando con él.

»Siempre estaré agradecida a Peter —agregó, tras una pausa—, porque aun sin darse cuenta, me dio motivos para extirpar el odio, el dolor y la angustia, y mirar a mi hijo como un ser humano inocente y digno, capaz de amar, ¡rebosante de alegría y felicidad! Para mí era importante que continuara siendo así. —Exhaló un suspiro—. Lamento tener que reconocer que no estaba segura de que así fuera de haberlo mantenido a mi lado, porque la sombra del pasado habría estado siempre presente.

—Todavía es el mismo. Alegría es lo que se percibe —confirmó Eleanor.

Otro día, Eleanor se animó a formular otra pregunta que tenía pendiente, con respecto a su tío.

—Y mi tío, ¿estaba enterado de… todo?

—No. A él también lo quería. No creas que no. Él sabía, y yo sabía que él sabía, que yo tenía un secreto que no podía compartir. Demostró su grandeza de corazón aceptándolo, amándome sin saber qué había bajo la superficie. Aceptó sin hacer preguntas que así tenía que ser. Él también me enseñó muchas cosas sobre el amor, como puedes ver.

—Pero no fue como con Peter.

—Fue diferente, pero ambos tenían una gran bondad de corazón. Yo procuro no plantearme a cuál de los dos quise más. No sería justo, porque ambos me amaron por igual, y tal como te he dicho, tanto uno como el otro me enseñaron valiosas lecciones sobre el amor. Me demostraron que el amor debe ser generoso, directo como en el caso de Peter, y en todo caso libre de vergüenza, de los sentimientos negativos que lo erosionan. Ese es el regalo que ambos me hicieron.

»Peter me ayudó a comprender que todavía podía amar, que mi corazón aún seguía vivo, disponible para la vida y para mi hijo.

»Tu tío, por su parte, aceptó lo que no podía entender, lo que yo no podía compartir, confiando en mí y en mi buen juicio. Me amó de todas formas, a sabiendas de que no estaba al corriente de todo. No lo tomó como una ofensa, sino como una necesidad mía que él estaba dispuesto a respetar hasta la muerte, y así fue. Eso es, en sí mismo también, una expresión máxima de amor y de generosidad.

En lo que se refiere a Helbert Schneider, las autoridades concluyeron que no fueron ni Sébastien Petite ni O'Cringe quienes lo mataron. Le atribuyeron la responsabilidad a los rusos, que no se tomaron la molestia de protestar ni confirmar. La opinión de Luc al respecto era que ni Inglaterra, ni Francia, ni Bélgica mancillarían el historial de dos héroes por la muerte de un nazi alemán que había causado tantas penurias a tanta gente. El interrogante sobre su muerte quedaba pues sin despejar, pero curiosamente, una vez que los dos héroes quedaron eximidos de cargos, nadie pareció interesado en determinar quién era el verdadero culpable de la muerte de Helbert Schneider.

En cuanto a Eleanor, Antoine siguió cortejándola, tal como había anunciado, y se casó con ella, ¡tal como se había propuesto desde el principio! Eleanor se trasladó a vivir a París, pero mantuvo su pequeño apartamento para las frecuentes ocasiones en que visitaban Londres.

No tuvieron hijos juntos. En lugar de ello, se implicaron mucho en la vida del orfanato de Sainte Catherine, hasta el punto de convertirse en parte integrante de la gran familia afectiva que componía. Todavía mantienen contacto con muchos de los niños, ahora adultos, que crecieron allí.

Eleanor siguió escribiendo libros, incluso los publicados con el seudónimo de Zela Tusheva. Antoine, a quien le gustaba leerlos, a menudo le pedía que... les añadiera un poco de picante.

Tenía el propósito de escribir un día la historia de la tía Clara. En ella narraría sus aventuras e incluiría a Peter, Béatrix y a todos los demás héroes que habían contribuido a salvar a tantas personas injustamente perseguidas por motivos de religión, raza o ideología.

No obstante, Eleanor estaba decidida a mantener para siempre el secreto de la tía Clara y no pensaba tocar esa área de su vida. Al fin y al cabo, Peter Guillaume Sorret tenía hijos, y no deseaba que ellos se enteraran de aquellos hechos. No, aquello era el secreto de Marguerite, la decisión que ella tomó con la esperanza de que fuera lo mejor para él.

Desde el punto de vista de Eleanor, la decisión de la tía Clara seguiría siendo siempre su decisión, que debía mantenerse y respetarse, tal como ella deseaba, en el pasado, en el presente y en el futuro: una decisión de silencio en torno a todo lo que había rodeado el despertar del amor hacia su hijo y la renuncia que asumió por él.

—FIN—

Milton Keynes UK
Ingram Content Group UK Ltd.
UKHW042243011124
450424UK00001BA/197

9 798990 124981